現代日語語法詳解

余均灼　著

香港中文大學授權

鴻儒堂出版社發行

鳴 謝

本書承蒙宮川美智子及其家人與友人
Robert Rosenkranz先生慷慨贊助印
製費用，在此謹致謝意。

目 錄

圖表目錄

前　言

　　本書以品詞爲綱領，深入詳盡地將日語語法作一有系統的處理，適合中等及高等程度之學習者，以及從事日語教學工作者參考之用。

　　本書在編寫時的主要參考書籍有塚原鐵雄：《新講日本文法指導綱要－文語・口語》（中央書房）、杉崎一雄：《国語法概說》（有精堂）、鈴木重幸：《日本語文法・形態論》（むぎ書房）、湯沢幸吉郎：《口語法精說》（明治書院）、《文法教育》（麥書房）、《日本語教育事典》（大修館書店）、渡辺正数：《教師のための口語文法》（右文書院）、松村明：《日本文法大辭典》（明治書院）等。此外，本書部分說明及用例，亦有採自上述書籍。

　　本書在搜集資料期間，承蒙國際交流基金資助，在一九八八年八月至一九八九年七月，前赴日本。在日期間，並蒙日本國立國語研究所提供各種方便，都在此一併致謝。

　　本書爲中、高級之日語語法參考書，讀者已具一定日語水平，故所有例句之漢字部分都不註讀音，亦不附例句譯文。至於本書淺陋不足之處，尚祈讀者不吝指正。

余均灼

1

導 論

1.1　術語釋義

　　遣詞造句的法則，統稱爲語法。本書以現代標準日語爲主，按品詞部類，擇其要義，援例詳說。先將有關之語法術語簡介於後。

　　單詞：單詞是表示事物、人、動作、狀態、性質、數量、時間等，具有一定意義和讀音的最小語言單位，如「こと」、「日本人」、「走る」、「静か」、「高い」、「5人」、「1年」。

　　品詞：按單詞在詞彙上的意義和性質，語法上的意義和形態，以及在句中的作用等，可分成若干種類。這些單詞的種類，稱爲品詞。日語的品詞可分爲名詞、動詞、形容詞、形容動詞、副詞、連體詞、接續詞、感動詞、助動詞和助詞。

　　名詞：表示事物的名稱、數量等，包括代名詞及數詞。名詞可附上助詞「が」、「を」、「に」等而成爲主語、目的語、補語等；此外，名詞又可附上助動詞「だ」、「です」而成爲述語；名詞的詞例如「学生」、「彼」、「勉強」、「4人」。

　　形容詞：表示性質、狀態等，可通過各種詞形變化，或附上助詞、助動詞而成爲述語、修飾語、補語；形容詞的詞例如「赤い」、「美しい」。

　　形容動詞：形容動詞詞彙上的意義和性質及其語法上的意義和在句中的作用，均與形容詞相同，它和形容詞不同之處是在詞形變化；形容動詞的詞例如「静か」、「にぎやか」。

　　動詞：表示動態(動作、行爲、作用、變化等)、狀態、存在等。可通過各種詞形變化或附上助詞、助動詞而成爲述語、修飾語、補語；動詞的詞例如「来る」、「読む」、「書く」。

　　副詞：表示動作、狀態的樣子，以及表示數量、動作、狀態、

性質等的程度。作用主要用於修飾用言；副詞的詞例如「ゆっく
り」、「少し」。

　　連體詞：無詞形變化，專作修飾體言之用；連體詞的詞例如「あ
の」、「いわゆる」。

　　接續詞：無詞形變化，通常位於句首，起接續作用，表示該句
與上一句之各種關係；接續詞的詞例如「それで」、「また」。

　　感動詞：表示發言者或作者的心情。感動詞本身可單獨成為呼
喚、應對、吆喝等句子，或位於句中表示上述意義；感動詞的詞
例如「まあ」、「はい」。

　　助動詞：是具詞形變化的附屬詞，附在體言或用言之後，表示
各種意思；助動詞的詞例如「だ」、「そうだ」。

　　助詞：是無詞形變化的附屬詞，附在獨立詞後面，表示單詞與
單詞之間的關係，或具有加添意義的作用；助詞的詞例如「は」、「の
で」。

　　詞組：由一個單詞或兩個以上單詞連結一起，形成一個概念的
語言單位。在談話時，可在詞組前後停頓而沒有不自然的感覺；例
如：「これは/桜の/花です。」一句可分為三個詞組。

　　句：是表達一個完整意思的語言單位，例如：「今日は月曜日で
す。」。

　　主語：是述語述說的對象，表示「誰」或「甚麼」，例如：「これは
桜です。」中的「これ」是主語，「は」是表示主題（在此句中同時亦是主
語）的助詞。

　　述語：對主語加以述說，表示「是甚麼」或「怎麼樣」。例如：「こ
れは桜です。」中的「桜」是述語，「です」是助動詞，接「桜」之後，表
示「桜」是述語。

　　目的語：表示他動詞所及的對象，例如：「先生は教員室でお茶

を飲みます。」中的「お茶」是他動詞「飲みます」的目的語,「を」是表示目的語的助詞。

補語:表明主語與述語之間的空間、時間、原因、理由、目的等的關係,例如:「先生は教員室でお茶を飲みます。」中的「教員室」是補語,「で」是表示行爲發生場所的助詞。

修飾語:修飾體言或用言的單詞、詞組、短句等。修飾體言的稱爲連體修飾語;修飾用言的稱爲連用修飾語,例如:「桜の花がきれいに咲きます。」中的「桜の」是連體修飾語,修飾體言「花」;「きれいに」是連用修飾語,修飾屬用言的動詞「咲きます」。

體言:名詞(包括代名詞、數詞)亦稱體言;即指無詞形變化,能成爲主語的獨立詞。例如:「山」、「勉強」、「これ」、「十五」。

用言:動詞、形容詞、形容動詞合稱用言;即指有詞形變化,能單獨成爲述語的獨立詞。例如:「考える」、「広い」、「にぎやか」。

活用:單詞的詞形變化,稱爲活用。用言(動詞、形容詞、形容動詞)和助動詞都有活用,故亦稱活用詞。活用詞有各種活用形,例如動詞有未然形、連用形、終止形(基本形)、連體形、假定形、命令形。

獨立詞:能單獨構成詞組,具一定客觀概念的單詞稱爲獨立詞;屬於獨立詞的品詞有動詞、形容詞、形容動詞(以上具活用)和名詞、副詞、連體詞、接續詞、感動詞(以上無活用)。

附屬詞:不能單獨構成詞組,附在獨立詞之後,加添意義;或表示單詞與單詞之間的關係;屬於附屬詞的品詞有助動詞(具活用)和助詞(無活用)。

綜上文所述,日語品詞分類可整理如圖1.1。

圖1.1　日語品詞的分類

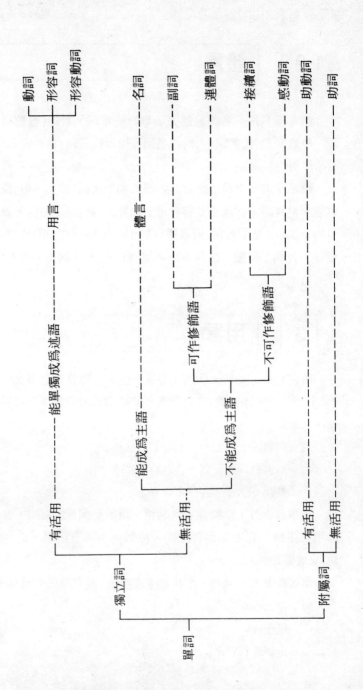

1.2 體言

　　體言指名詞。名詞包括表示事物的單詞、數詞(基數詞、助數詞、序數詞)、代名詞(人稱代名詞、指示代名詞)和形式名詞(只具語法作用的名詞)。

　　體言及用言的觀念源自日本連歌和俳諧的「体」、「用」觀念，而思想上與我國宋代理學及佛教思想相連。「體」指「本質」，表示事物等的單詞(主要是名詞)稱爲體言(「体言」)。「用」指「作用」，表示動作、行爲、狀態、性質等的單詞(動詞、形容詞、形容動詞)稱爲「用言」。

1.3 用言

　　用言指表示動作、狀態、存在、性質、現象等之獨立詞。用言的「用」字與體言的「體」字相對應。具體而言，用言指形容詞、形容動詞、動詞。

　　例：形容詞：美しい、おいしい、赤い

　　　　形容動詞：元気、きれい、にぎやか

　　　　動詞：歩く、食べる、守る

　　除用言之外，助動詞亦具活用，但助動詞是附屬詞，與獨立詞的用言不同，它不在用言之內，但因兩者具有活用，故合稱活用詞(參看圖1.2)。

　　用言除具有詞義外，亦具有陳述機能，故可單獨成爲句子述語。

　　例：こどもが笑う。

　　　　風が強い。

　　　　花がきれいだ。

圖1.2　日語的活用詞

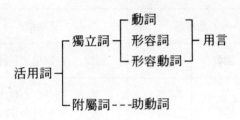

　　用言因句讀（如句中停頓、結句等）或後續詞語不同而產生各種
詞形變化，這些詞形變化稱為活用。各種變化的詞形稱為活用形。

　　用言亦可後接助詞或助動詞，成為各種陳述形式。

　　例：こどもが笑います。（動詞＋助動詞）

　　　　風も強いし、雨もはげしい。（形容詞＋助詞）

　　　　あの人は元気だが体は小さい。（形容動詞＋助詞）

　　屬於用言的單詞，都具有詞幹和詞尾。在活用時，詞形不發生
變化的部分稱為詞幹；在活用時，詞形發生變化的部分稱為詞尾.
（參看表1.1）。

　　用言最基本的詞形是基本形，基本形又稱為終止形，是用於簡
體結句（現在、肯定）的詞形。

　　例：子供が笑う。

　　　　風が強い。

　　　　花がきれいだ。

　　用言基本形最後的一音節是詞尾，而詞尾以外的音節是詞幹。
動詞詞尾都在「ウ」段，即詞尾音節的母音是「ウ」，或詞尾就是母音
音節「ウ」。

　　例：笑う：母音ウ

　　　　書く：カ行ウ段

表1.1　日語用言的詞幹和詞尾

		基本形		活用例	
		詞幹	詞尾	詞幹	詞尾＋〔後續成分〕
用	動詞	笑 書 乗	う く る	笑 書 乗	わ〔ない〕 か〔ない〕 ら〔ない〕
	形容詞	赤 広 美し	い い い	赤 広 美し	く〔ない〕 く〔ない〕 く〔ない〕
言	形容動詞	元気 にぎやか きれい	だ だ だ	元気 にぎやか きれい	で〔ない〕 で〔ない〕 で〔ない〕

　　　　話す：サ行ウ段

　　　　立つ：タ行ウ段

　　　　運ぶ：バ行ウ段

　　　　読む：マ行ウ段

　　　　乗る：ラ行ウ段

　　　　食べる：ラ行ウ段

　　　　見る：ラ行ウ段

　　　　来る：カ行變格活用動詞，不分詞幹詞尾

　　　　する：サ行變格活用動詞，不分詞幹詞尾

　　形容詞詞尾是「い」，形容動詞詞尾簡體是「だ」，敬體是「で
す」(參看表1.2)。

表1.2　日語的形容詞和形容動詞的詞幹和詞尾

	詞　幹	詞　尾
形容詞	赤 広 美し 楽し	い い い い
形容動詞	きれい にぎやか 元気 上手	だ/です だ/です だ/です だ/です

注意：

　　1. 動詞、形容詞的終止形是肯定、現在、簡體的詞形，動詞的敬體要在連用形後接助動詞「ます」；形容詞的敬體是終止形後接造成敬體成分的「です」。形容動詞的詞尾有兩個，一是簡體的「だ」，另一個是敬體的「です」。

　　2. 一般傳統的日語語法用書大多以一段活用動詞終止形最後兩個音節爲詞尾，而由兩個音節構成的一段活用動詞則不分詞幹與詞尾。事實上，一段活用動詞詞尾「る」對於上一音節並無詞形變化的影響(包括由兩個音節構成的一段活用動詞在內)，故宜作詞幹處理，更爲簡單易記；而此等一段活用動詞的未然形和連用形的活用可作詞尾消失處理，因詞尾消失亦是活用的一種形式。此外，變格活用動詞無詞幹和詞尾的區別，因整個動詞都有詞形變化，作例外處理。

　　3. 接在其他語詞之後，加添詞義或發揮語法機能的用言稱爲補助用言。補助用言有補助動詞和補助形容詞兩種。

表1.3 日語的動詞活用

活用種類		詞例	詞幹	詞尾	未然形	連用形		終止形 (基本形)	連體形	假定形	命令形
						(ます形)	(て形)				
五段		書く	か	く	かか(ない)かこ(う)	かき(ます)	かい(て) 〔イ音便〕	かく	かく	かけ(ば)	かけ
		泳ぐ	およ	ぐ	およが(ない)およご(う)	およぎ(ます)	およい(で)	およぐ	およぐ	およげ(ば)	およげ
		買う	か	う	かわ(ない)かお(う)	かい(ます)	かっ(て) 〔促音便〕	かう	かう	かえ(ば)	かえ
		立つ	た	つ	たた(ない)たと(う)	たち(ます)	たっ(て)	たつ	たつ	たて(ば)	たて
		取る	と	る	とら(ない)とろ(う)	とり(ます)	とっ(て)	とる	とる	とれ(ば)	とれ
		*行く	い	く	いか(ない)いこ(う)	いき(ます)	いっ(て)	いく	いく	いけ(ば)	いけ
		死ぬ	し	ぬ	しな(ない)しの(う)	しに(ます)	しん(で) 〔撥音便〕	しぬ	しぬ	しね(ば)	しね
		運ぶ	はこ	ぶ	はこば(ない)はこぼ(う)	はこび(ます)	はこん(で)	はこぶ	はこぶ	はこべ(ば)	はこべ
		読む	よ	む	よま(ない)よも(う)	よみ(ます)	よん(で)	よむ	よむ	よめ(ば)	よめ
		話す	はな	す	はなさ(ない)はなそ(う)	はなし(ます)	はなし(て) 〔無音便現象〕	はなす	はなす	はなせ(ば)	はなせ
一段	上一	見る	み	る	み(ない・よう)	み(ます)	み(て)	みる	みる	みれ(ば)	みろ みよ
	下一	食べる	たべ	る	たべ(ない・よう)	たべ(ます)	たべ(て)	たべる	たべる	たべれ(ば)	たべろ たべよ
變格	カ行	来る	—	—	こ(ない・よう)	き(ます)	き(て)	くる	くる	くれ(ば)	こい
	サ行	する	—	—	し(ない・よう)	し(ます)	し(て)	する	する	すれ(ば)	しろ せよ

註：( )內表示所接之助動詞、助詞之例示；*「行く」為促音便、屬例外。

表1.4 日語的形容詞活用

詞例	詞幹	詞尾	未然形	連用形	終止形 [基本形]	連體形	假定形	命令形
広い	ひろ	い	ひろかろ（う）	ひろかっ（た） ひろく（て、ない）	ひろい	ひろい	ひろけれ（ば）	—
おいしい	おいし	い	おいしかろ（う）	おいしかっ（た） おいしく（て、ない）	おいしい	おいしい	おいしけれ（ば）	—

註：形容詞無「命令形」。（　）內表示所接之助動詞、助詞、形容詞等之例示。

表1.5 日語的形容動詞活用

詞例	詞幹	詞尾	未然形	連用形	終止形［基本形］	連體形	假定形	命令形
りっぱ（だ）	りっぱ	だ	りっぱだろ（う）	りっぱだっ（た）/りっぱで（ない）/りっぱに	りっぱだ	りっぱな	りっぱなら	―
きれい（だ）	きれい	だ	きれいだろ（う）	きれいだっ（た）/きれいで（ない）/きれいに	きれいだ	きれいな	きれいなら	―

註：形容動詞無「命令形」，（ ）內表示所接之助詞、形容詞等之例示。

2

名　詞

2.1　**概說**

2.2　**名詞的用法**

2.3　**時間名詞**

2.1　　概説

　　名詞可按其來源、結構、詞義等，分爲若干種類，例如分爲和語名詞、漢語名詞和複合名詞；或分爲具體名詞、抽象名詞、普通名詞和專有名詞等。此外，又可按其他語言的名詞分類法加以整理，但在現代日語中，上述的名詞分類在語法上並無重大意義，故今從略。

2.2　　名詞的用法

□　2.2.1　名詞爲句子主語

　　名詞可後接助詞「が」，成爲句中主語。

　　例：桜が咲きます。

　　　　あの山が富士山です。

　　若有關名詞成爲話題、比較對象和否定對象等，助詞「が」可被其他助詞「は」、「も」等來代替。

　　例：あそこにいる人は李さんの兄さんです。

　　　　これはわたしの本です。あれもわたしの本です。

□　2.2.2　名詞爲句子述語

　　名詞可後接助動詞「だ」和「です」，成爲句子述語。

　　例：わたしは中国人だ。

　　　　インドは歴史の古い国です。

名詞也可與用言結合，構成句中述語。

例：あのレストランはサービスが悪いです。

李さんは背が高いです。

□ 2.2.3 名詞爲連用修飾語

名詞後接助詞「が」、「を」、「に」、「へ」、「で」、「と」、「から」
和「まで」等，成爲連用修飾成分，修飾後續用言。

（1）名詞後接「が」，表示喜惡的對象和能力所及對象。

例：張さんは映画が好きです。

わたしは日本語ができます。

作爲連用修飾時，亦可按個別不同情況，後接其他助詞，如
「は」和「も」等。

例：張さんは映画も音楽も好きです。

あの人は音楽は好きですが、文学はきらいです。

（2）名詞後接「を」，再後接他動詞，成爲該他動詞之目的語。

例：わたしは毎朝パンを食べます。

あの人はよく酒を飲みます。

名詞後接「を」，再接表示往來、走動等自動詞時，則成爲補
語，表示出發地點和通過場所。

例：わたしは毎朝八時にうちを出ます。

人は歩道を歩きます。

（3）名詞後接「に」，可以表示存在場所，與狀態或行動有關的
位置、人物、時間、對象和目的地等。

例：辞書は図書館にあります。

来年の夏は日本に行きます。

　(4)　名詞後接「へ」，表示目的地、目的地所在方向，以及與行動有關的對手和對象等。

　　例：わたしは毎日5時ごろ<u>うち</u>へ帰ります。

　　　　<u>左</u>へ回ってください。

　　　　これは<u>田中君</u>への手紙です。

　(5)　名詞後接「で」，可以表示所用工具、材料、樣子、狀態、原因和行動進行的場所等。

　　例：<u>鉛筆</u>で書きます。

　　　　<u>かぜ</u>で学校を休みます。

　　　　<u>ここ</u>で待ってください。

　(6)　名詞後接「と」，再接其他名詞，表示並列，可以成爲主語、述語或修飾語。

　　例：机の上に<u>本</u>と<u>ノート</u>があります。

　　　　試験は<u>国語</u>と<u>数学</u>だけです。

　名詞後接「と」，再接動詞，可以表示動作行爲的夥伴，或某狀態成立時之必要對象。

　　例：わたしは来年<u>陳さん</u>と結婚します。

　　　　これは<u>あれ</u>と違います。

　(7)　名詞後接「から」，表示行動的時間和空間起點，同時又可表示來源、材料和某狀態成立的必要對象等。

　　例：授業は<u>八時半</u>からです。

　　　　<u>正門</u>から入ってください。

　　　　日本のお酒は<u>米</u>から作ります。

　　　　<u>おじ</u>から手紙をもらいました。

　(8)　名詞後接「まで」，表示行動時間、空間的終迄點和所及範圍等。

　　例：試験は<u>あした</u>までです。

　　　　公園まで歩きました。

　　　　子供まで招待を受けました。

　　(9) 名詞可後接「の」，作爲連體修飾，修飾後續體言，表示屬
性(種類、用途、材料、樣子)、所有者、所屬集團、數量、價格、
人際關係中的有關人物、同一人物及行動、狀態的主體和對象等。

　　例：子供は紙の飛行機を飛ばしました。

　　　　これはわたしの傘です。

　　　　千円の切符を二枚ください。

　　　　こちらは友達の田中さんです。

　　　　雨の降る日はもっときれいです。

　　　　納豆のすきな人はいませんか。

　　名詞也可以後接「の」，成爲修飾短句中的主語。

　　例：雨の降る日は涼しくなります。

　　　　桜の咲くころにはもう一度おいでください。

　　名詞後接「へ」、「で」、「と」、「から」和「まで」等，可再接「の」
起連體修飾作用，修飾後續體言。

　　例：先生への手紙はこれです。

　　　　これは李さんからのお土産です。

　　　　日本での留学生活は楽しかったです。

　　至於名詞後接助詞的用例，可參看本書第十一章有關助詞的分
析。

□　2.2.4　名詞爲句子自立語

名詞可不接助詞而單獨在句中出現，表示呼喚或主題。

　　例：田中君! こっちです!

　　　　空! これこそ僕等の夢だ!

□ 2.2.5 以名詞結句

名詞本身或名詞後接助詞作為句子的結句，這種用法大多見於書面語，尤其是標題、標語、法規和諺語等。

例：「お歳暮のご用命は<u>当店</u>へ」
「まずは<u>御礼</u>まで」
「嘘から出た<u>まこと</u>」
「一寸の虫にも五分の<u>魂</u>」

參考一　作為述語的名詞

名詞後接助動詞「だ／です」，成為句子述語。其敬體、簡體、肯定、否定、現在和過去式等的各種組合詞形，請看表2.1。

表2.1 「だ／です」的詞形變化

	簡體		敬體	
	肯定	否定	肯定	否定
現在	だ	で(は)ない	です	で(は)ありません
過去	だった	で(は)なかった	でした	で(は)ありませんでした

簡體的肯定詞形後接表示疑問的助詞「か」，是直接接名詞之後，毋需用「だ」。此外，「よ」和「ね」亦有直接接名詞之後的用例，這是屬於女性用語。

　例：きょうは日曜日か。

　　うん、日曜日よ。

　在書面語、鄭重談話或演講等，有用在名詞後接「である」和「でござる」的形式，而「でござる」是最鄭重拘謹的一種表達形式（參看表2.2a及表2.2b）。

表2.2a 「である」的詞形變化

	簡體		敬體	
	肯定	否定	肯定	否定
現在	である	で(は)ない	であります	で(は)ありません
過去	であった	で(は)なかった	でありました	で(は)ありませんでした

表2.2b 「でござる」的詞形變化

	簡體		敬體	
	肯定	否定	肯定	否定
現在	でござる	で(は)ない	でございます	で(は)ございません
過去	であった	で(は)なかった	でございました	で(は)ございませんでした

參考二　名詞的提示

　　助詞接名詞之後，對名詞起提示作用；常用的助詞有「は」、
「も」、「こそ」、「さえ」、「しか」、「すら」、「でも」、「だけ」、「ばか
り」和「まで」。

　　(1)「は」具對照、比較的提示作用。

　　　　例：タバコは吸うが酒は飲まない。

　　　　　　文学は好きですが、音楽はきらいです。

　　(2)「も」是在提示與上文具相同性質的事例，或列舉同類事例
時使用。

　　　　例：田中君は大学生だ。山田君も大学生だ。

　　　　　　李さんも張さんも去年日本へ行きました。

　　(3)「こそ」表示強調有關內容。

　　　　例：富士山こそ日本の象徴だ。

　　　　　　ふだんの努力こそ成功の原因だ。

　　(4)「さえ」提示極端事例，強調有關狀況，以例其餘。

　　　　例：自分の名前さえ書けない。

　　　　　　そこは電気さえない不便な所です。

　　「さえ」與「～ば」或「～たら」連用時，是表示有關事例爲後項事
例成立之先決條件。

　　　　例：あなたさえ承知してくれれば、この話はすべてうまく行
　　　　　　きます。

　　(5)「しか」後接否定敍述形式，是將所舉事例以外之事例予以
否定。

　　　　例：たよりにできるのは君しかいない。

　　　　　　わたししか知りません。

　　(6)「すら」舉出極端事例，予以强調。

　　　　例：そこは電気すらないような山の中です。

新聞すら読めないような人は大学に入れますか。

(7)「でも」舉出一事例，以例其餘。

例：そんなことは子供でもできます。

あの人は病気でも会社に行きます。

(8)「だけ」用於限定某一事物或範圍。

例：あなただけがたよりです。

反対した人は陳さんだけです。

(9)「ばかり」表示大概的數量和份量，或限於某事物和某範圍。

例：一週間ばかり旅行にでかけます。

肉ばかり食べていた。

(10)「まで」舉出極端事例，表示所及範圍，加以強調。

例：最近食欲がなくて、一番すきな「天ぷら」まで食べたくありません。

あの人は子供のお金までだましとった。

參考三　名詞的列舉

(1) 列舉事物時，可將有關名詞排列，用「、」分隔。

例：虎、ライオン、豹はみんな猛獣です。

日本語、フランス語、ドイツ語、イタリア語の中から一つ選んで勉強しなさい。

(2) 名詞後接「と」當用於並列時，形成一組，與句中其他部分連繫。列舉三個以上的名詞時，在書面語中，大多在「と」後附「、」號。

例：朝日と毎日と読売は日本の三大新聞です。

朝日と、毎日と、読売は日本の三大新聞である。

　　在文言風格的文章中，有在最後一個名詞之後也接「と」的用例。

　　例：朝日と毎日と読売とは日本の三大新聞である。

　　下面例子的上一句「AはBと結婚しました。」中，主語爲「A」，下一句「AとBは結婚しました。」的主語則爲「A」與「B」。

　　例：AはBと結婚しました。

　　　　AとBは結婚しました。

　　(3)「や」從衆多事例中舉出二、三，以例其餘。

　　例：談話室に新聞や雑誌がおいてあります。

　　　　ボールペンやノートはかばんの中にしまってください。

　　「と」是將所有事例列舉，而「や」則暗示尚有其他。「や」常與「など」連用。「など」在口頭語中則爲「なんか」。

　　例：彼はフランス語やドイツ語やイタリア語などができます。

　　　　わたしはたばこやお酒なんかはきらいです。

　　(4)「か」是在從兩個或以上的事例中選取其一時用，具有排除不獲選擇事例的含義。

　　例：現金か小切手で支払ってください。

　　　　土曜日の午後か日曜の朝に行きましょう。

　　(5)「なり」從衆多事例中選出其一，但其選擇範圍不限於所列舉者，選擇未有列舉的同類事例亦可。

　　例：鉛筆なりボールペンなりをお使いください。

　　　　アイスクリームなりジュースなり冷たい物がほしいです。

　　(6)「だの」、「やら」和「とか」亦用於列舉二、三事物，以例其餘。

　　例：わたしの大学には日本人だのアメリカ人だのいろいろな
　　　　国の留学生がいます。

　　　　お菓子やら果物やらたくさん買って来た。

　　　　わたしは映画とかしばいとかいうものはあまり見ません。

(7)「に」是在將事例逐一有秩序地列出時用。

　　例：大学では経済に歴史に日本語を勉強している。

　　　　葱ににんにくに人参をください。

「に」亦有將所列舉的事例合成一組，或成爲一個習慣上的組合的用例。

　　例：うめにうぐいす。

　　　　スラックスにセーターのお嬢さん。

參考四　　名詞的單數與複數

部分的日語名詞沒有單數和複數的觀念。

　　例：そとに人がいる。

　　　　先生が待っている。

　　　　学生が遊んでいる。

要特別指明是複數時，可按個別名詞的慣用情況，或加接頭詞「諸」，或加接尾詞「たち」和「ども」，或以該名詞重疊的形式等來表示。

　　例：そとに人々がいる。

　　　　諸先生が待っている。

　　　　学生たちが遊んでいる。

要表示一具體數量時，可在有關名詞之前加上數詞及助詞「の」，或在有關名詞之後接數詞而成爲一個詞組，或以數詞修飾後述用言。

　　例：3人の先生が待っている。

　　　　学生が2人遊んでいる。

　　　　指5本とも汚れている。

參考五　複合名詞

　　兩個名詞可複合成爲另一個名詞，這些名詞稱爲複合名詞。

　　例：さくら〔桜〕＋もち〔餅〕：さくらもち〔桜餅〕

　　　　の〔野〕＋ばら〔薔薇〕：のばら〔野薔薇〕

　　兩個名詞在複合時，後項名詞第一個音節有時會變成濁音，這種讀音變化的現象稱爲連濁。

　　例：やま〔山〕＋てら〔寺〕：やまでら〔山寺〕

　　　　こい〔恋〕＋ひと〔人〕：こいびと〔恋人〕

　　下面例子中的「ち」和「つ」因連濁而成爲濁音，寫成「ぢ」和「づ」，讀音與「じ」和「ず」相同。

　　例：はな〔鼻〕＋ち〔血〕：はなぢ〔鼻血〕

　　　　いのち〔命〕＋つな〔綱〕：いのちづな〔命綱〕

　　兩個名詞複合時，前項名詞最後一個音節在「エ段」時（即母音是「e」），有時會變成「ア段」（即母音是「a」），或由「イ段」轉爲「オ段」，「オ段」變成「ア段」，又或母音音節加上子音（「ア」行音變成「サ」行音）的現象。

　　例：あめ〔雨〕＋かさ〔傘〕：あまがさ〔雨傘〕（エ段→ア段）

　　　　き〔木〕＋かげ〔陰〕：こかげ〔木陰〕（イ段→オ段）

　　　　ひ〔火〕＋かげ〔影〕：ほかげ〔火影〕（イ段→オ段）

　　　　しろ〔白〕＋くも〔雲〕：しらくも〔白雲〕（オ段→ア段）

　　　　こ〔小〕＋あめ〔雨〕：こさめ〔小雨〕（ア行→サ行）

　　名詞與名詞可以複合成另一名詞外，也可與其他品詞或接頭詞、接尾詞複合，而名詞以外的品詞也有複合成名詞的用例，其形態非常複雜，大致有下述幾種：

　　（1）名詞＋名詞：山道、旅人

　　（2）動詞＋名詞：忘れ物、飲み物

　　（3）名詞＋動詞：月見、野菜炒め

(4) 動詞＋動詞：覚え書、飲食（のみくい）

(5) 形容詞詞幹＋名詞：厚紙、近道

(6) 形容詞詞幹＋動詞：うれし泣き

(7) 名詞＋形容詞詞幹：足早、気短か

(8) 形容詞詞幹＋形容詞詞幹：遠浅、白黒

(9) 接頭詞＋名詞：お菓子、ご高配

(10)名詞＋接尾詞：親達、先生方

(11)同一名詞重疊：人々、国々

(12)三語組成：茶の間、天の川

有些名詞與其他造詞成分複合後轉爲其他品詞。

例：理性＋的な：理性的な　（形動）

　　　男＋らしい：男らしい　（形）

　　　こども＋ぽい：こどもっぽい　（形）

參考六　名詞的轉化

　　名詞以外的其他品詞有轉化成名詞，或本身非名詞而在語法上具名詞功能的用例。

(1) 動詞的連用形：遊び、休み

(2) 形容詞的連用形：近く、遠く、多く

(3) 人名中有動詞的終止形和文言形容詞的終止形：

　　保、　茂、　登、　勇、　進
　　たもつ　しげる　のぼる　いさむ　すすむ

　　高、　博、　猛、　毅、　久
　　たかし　ひろし　たけし　つよし　ひさし

　　(4) 部分的形容詞和形容動詞詞幹後接接尾詞「さ」、「み」和「げ」等後成爲名詞：

例：$\begin{cases} 寒さがきびしい。 \\ 寒げに背を丸める。 \end{cases}$

あたたかみがある人。
春のようなあたたかさだ。

この池の深さは100ノートルぐらいある。
この小説は深みがない。

あの店の店員はちょっと親切さが足りない。
勤勉さと親切さとどちらが大切ですか。

2.3 時間名詞

在現代日語中，表示時間的名詞大致可分爲下述三類。

□ 2.3.1 定點時間名詞

指出具體年、月、日或時、分、秒等的時間名詞，其所指的是具體時間，不隨發言時間而改變，其內容有固定客觀的實質。

例：1997年7月1日0時0分。

不論發言者是在哪一天說「1997年7月1日0時0分」，其所指的具體日期時間不變；曆法上的年、月、日和時鐘上的時、分、秒，都屬於定點時間名詞。

□ 2.3.2 定量時間名詞

表示某一段時間爲該當範圍，如「3か月」、「5年」、「1日中」、「1年中」、「2週間」和「24時間」等；另一天之中某段時間者亦屬此，如「午前」、「午後」、「朝」、「昼」、「晚」、「ゆうがた」、「夜」、「夜中」等；定量時間名詞所指的一段時間，亦具固定客觀的實質，不隨發言者發言而時間有所改變。

□　2.3.3　時間代名詞

指具代名詞性質的時間名詞，即所指時間會隨發言者發言時間
而改變，其所指的內容是相對的，並無客觀實質。如「今日」、「明
日」、「あさって」、「去年」、「今年」、「来年」、「先週」、「今朝」和
「今晩」等。發言者在9月1日說「あした」，是指9月2日；在10月1日說
「あした」，是指10月2日。

□　2.3.4　時間名詞的用法

上文所述的三種時間名詞會結合使用，如「今朝九時」、「きのう
の朝」和「あした午後」等，在語法上，當按後項時間名詞的性質處
理。

定量時間名詞和時間代名詞起連用修飾作用時，不後接助詞
「に」，而直接修飾後續動詞。定點時間名詞則要後接助詞「に」，修
飾後續動詞。

例：1日中うちにいます。

　　　去年日本へ行きました。

　　　試験は9時30分に始まります。

同様，「2日」和「15日」會按內容不同而作定點或定量時間處理。

例：
{ 2日に東京に着きます。（定點時間，指2號那天）
{ 2日東京にいます。（定量時間，指兩天時間）

{ 15日に始まります。（定點時間，指15號那天）
{ 15日かかります。（定量時間，指15天時間）

一日之中的某段時間如：「朝」、「昼」、「晩」和「夜」等，可作定
點或定量時間處理，可後接「に」或不接「に」修飾後續動詞。

例：
{ あしたの朝に着きます。（定點時間）
{ あしたの朝どこへ行きますか。（定量時間）

　　定點和定量時間的說法：定點時間指日曆上的年、月、日和時鐘的時、分、秒；定量時間是指一段期間或時間。參看表2.3。

表2.3　日語的定點和定量時間

單位	定點	定量
年	～年（ねん）	～年（ねん）
月	～月（がつ）	～か月（げつ）
日	日（か）（曆法上的日子） 一日（ついたち）、二日（ふつか）、三日（みっか）……何日（なんにち） （注意：二十日（はつか）、二十一日（にじゅういちにち）……以下相同）	日（か）（計算日數用） 一日（ついたち）、二日（ふつか）、三日（みっか）……何日（なんにち）[或] 一日（ついたち）、二日（ふつか）間（かん）、三日（さんにちかん）間……何日間（なんにちかん） （注意：二十日（はつか）／二十日（はつか）間（かん）……）
時	～時（じ）	～時間
分	～分（ふん／ぶん／ぷん）	～分／～分間（ふん／ぶん／ぷん　ふんかん／ぶんかん／ぷんかん）
秒	～秒（びょう）	～秒／～秒間（びょう／びょうかん）

　　有部分定點時間名詞和定量時間名詞的詞形相同，故除從詞形之外也要從上文下理加以判斷。

　　時間代名詞一般可附接頭詞，如「去～」、「先～」、「今～」、「来～」等。此外，「毎～」所指內容與發言者時間無關，在語法上亦不需後接「に」修飾後續動詞，故亦列入此類，以便記憶。參看表2.4。

表2.4　日語的時間代名詞與接頭詞

時間	先～	去～	今～	来～	毎～
年		きょねん 去年	ことし／こんねん 今年	らいねん 来年	まいねん／まいとし 毎年
月	ぜんげつ 先月		こんげつ 今月	らいげつ 来月	まいげつ／まいつき 毎月
日	きのう／さくじつ （昨日）		あした		まいにち 毎日

　　此外，用於書面語的附有接頭詞的時間名詞包括「本～」和「当～」等，如「本年」、「本月」、「本日」、「当年」、「当日」。

2.4	數詞

　　數字及表示數量或次序等的單詞稱爲數詞，其中數字稱爲基數詞或本數詞，如「一、二、三……百、千、万」等；接基數詞後表示人、畜或物品等單位名稱的稱爲助數詞或量數詞，如「～人」、「～匹」、「～頭」、「～本」和「～冊」等，接基數詞之前或後，表示次數、順序、等級或時間等的單詞稱序數詞，如「第～」、「～番」、「～等」、「第～回」、「～時」、「～分」、「～秒」和「～年～月～日」等。

圖2.1　日語的數詞

$$\text{數詞}\begin{cases} \text{基數詞（本數詞）} \\ \text{基數詞} + \begin{cases} \text{助數詞（量數詞）} \\ \text{序數詞} \end{cases} \end{cases}$$

□ 2.4.1 數詞的用法

日語數詞的用法有下述三種：

(1) 具一般體言的用法，後接助詞「の」修飾後續體言。

例：2羽の鳥。

　　1杯の水。

　　3人のこども。

(2) 具副詞用法，直接修飾用言。

例：鳥が2羽飛んでいる。

　　水を1杯ください。

　　こどもが3人いる。

(3) 直接接名詞和代名詞之後，表示規限數量。

例：皿1枚。

　　あれ4つ。

參考一　強調數量的說法

例：　　{ 子供が1人いる。
　　　　{ 1人の子供がいる。

　　　　{ りんごを2つ食べた。
　　　　{ 2つのりんごを食べた。

一般情況下，上一句較爲自然，而下一句有強調數量的感覺。

2.5　代名詞

代名詞表示相對的人稱、時間和空間概念，不具絕對內涵，有指示性質。如「わたし」、「これ」等，所指人物和日期並非絕對，其

具體內涵按發言者及發言場合不同而有異。

□ 2.5.1 人稱代名詞

人稱代名詞分自稱、對稱、他稱及疑問稱，按使用場合不同，可整理如表2.5所示。

表2.5 日語的人稱代名詞

客氣(尊敬)程度	自稱	對稱	他稱	疑問稱
大	わたくし （ども） こちら	職名 （先生、社長） （姓名）｝さま 　　　さん そちら	この その｝職名、 あの｝親屬稱謂 この その｝かた あの 　あちら 　｛そちら 　こちら	どちらさま どなたさま どなた どちら
普通	わたし（ども） 　　　（たち） ぼく（ら）	あなた きみ	あの人	だれ
小	おれ（ら）	おまえ てまえ	この その｝やつ あの 　こいつ 　｛そいつ 　あいつ	｛どのやつ ｛どいつ

□ 2.5.2 指示代名詞

指示代名詞用於指示事物，按所指內容不同，分為事物、場所、方向的指示代名詞。又按所指空間或方向不同，分近稱、中稱、遠稱和疑問稱。今整理如表2.6所示。

表2.6. 日語的指示代名詞

指示代名詞	近稱	中稱	遠稱	疑問稱
事物	これ （こいつ）	それ （そいつ）	あれ （あいつ）	どれ （どいつ）
場所	ここ	そこ	あそこ	どこ
方向	こちら （こっち）	そちら （そっち）	あちら （あっち）	どちら （どっち）

一　事物的指示代名詞

事物的指示代名詞近稱、中稱、遠稱和疑問稱的用法如下：（在以下的說明中，發言者在會話時指說話的人，在文章時指作者；受言者指會話時的對手或文章的讀者；第三者指上述兩者以外的人。）

近稱：

（1）指發言者手上拿着或指着比受言者較為接近的東西，又或是指發言者所屬的東西。

例：これはわたしの傘です。

　　あなたのかばんはこれですか。

（2）指發言者剛說完的事物。

例：以上わたしの話はおわります。みなさんはこれをどう思いますか。

これだけ言っても、まだわかりませんか。

（3）指發言者即將說出的事物。

例：これはわたしが小さい時に、おじいさんから聞いたお話
です。……

中稱：

（1）所指東西爲受言者手上拿着，或更接近受言者或屬於受言
者的事物。

例：あなたのそばに大きな字引きがありますね。それは何の
字引きですか。

（2）指受言者剛才說完的事物。

例：{ 「李さんはおなかがいたいと言って帰りました。」
    「それは何時ごろですか。」

（3）指發言者自己剛說完而認爲受言者已充分理解明白的事
物。

例：友達から手紙が来ました。それにはあなたのことが書い
てあります。

遠稱：

（1）指位置遠離發言者及受言者的東西。

例：{ 「向こうに見えるのは何の花ですか。」
    「あれは菊でしょう。」

（2）談話（或文章）開始之前發言者與受言者已熟知的事物，即
不必於事前說明，受言者亦知悉所指內容時使用。

例：{ 「あのことはどうなりましたか。」
    「あれはもううまく解決しました。」

疑問稱：

（1）詢問有關事物的內容。

例：あなたの傘はどれですか。

　　日漢辞典がほしいですがどれがいいでしょうか。

(2) 疑問稱後接助詞「も」，統指所有該事物的整體。

例：あの公園の花はどれもきれいです。

　　田中さんの書いた絵はどれもすきです。

(3) 疑問稱後接助詞「か」，表示不特定的有關事物。即在某該當範圍內之任何事例皆適用。

例：この中からどれか1つすきなのを選んでください。

(4)「なに/なん」與「どれ」的用法不同，「どれ」是要求受言者在某特定範圍之中作選擇，而「なに/なん」是詢問有關事物是甚麼，要求受言者說出其名稱、內容或性質等。

例：$\begin{cases} 君の論文はどれですか。（這篇還是那篇?） \\ 君の論文は何ですか。（內容是甚麼?） \end{cases}$

　　$\begin{cases} 君がほしいのはどれですか。 \\ 君がほしいのは何ですか。 \end{cases}$

(5)「これ/それ/あれ」在書面語中的用法，可參看表2.7。

表2.7 「これ」、「それ」和「あれ」的用法

事物指示代名詞　＼　所指內容	發言者		受言者	發言者和受言者都熟知內容
	即將說出內容	剛說完內容	剛說完內容	
これ	✓	✓		
それ		✓	✓	
あれ				✓

二 場所的指示代名詞

場所指示代名詞近稱、中稱、遠稱和疑問稱的用法如下：

（1）發言者指自己所在的場所時用「ここ」。

例：どうぞここにかけてください。

あしたここで試験をします。

（2）發言者與受言者位於不同場所時，用「そこ」表示受言者所在的場所。

例：{ 「そこは何ですか。」
　　 「ここは応接間です。」

發言者與受言者位於同一場所時，用「そこ」指距離兩者較近的場所。

例：{ 「そこは何ですか。」
　　 「そこは台所です。」

（3）「あそこ」指遠離發言者及受言者的場所，或指發言者和受言者雙方事前都已知悉的場所。

例：{ 「あそこにある傘は誰のですか。」
　　 「あそこにある傘は李さんのです。」

（4）疑問稱「どこ」用於詢問何處。

例：{ 「ここはどこですか。」
　　 「ここは銀座です。」

場所指示代名詞的用法可整理如圖2.2所示。

三 方向的指示代名詞

方向的指示代名詞近稱、中稱、遠稱和疑問稱的用法如下：

（1）近稱「こちら」指發言者自己所處的方向，或受言者所處的方向以外的方向。

例：こちらは東です。（發言者指自己所處的方向）

圖2.2　日語的場所指示代名詞

　　駅は<u>こちら</u>です。（受言者所處以外的方向）

(2)　中稱「そちら」指發言者所處方向以外的方向。

例：電車は<u>そちら</u>から来ます。（發言者指自己所處以外的方向）

(3)　遠稱「あちら」指發言者及受言者所處方向以外的方向。

例：<u>あちら</u>を見てください。

　　（發言者及受言者在東西線上而指向北）

(4)　疑問稱「どちら」用於詢問方向和所在。

例：銀行は<u>どちら</u>ですか。

方向指示代名詞的用法可用圖2.3來表示。

圖2.3 日語的方向指示代名詞

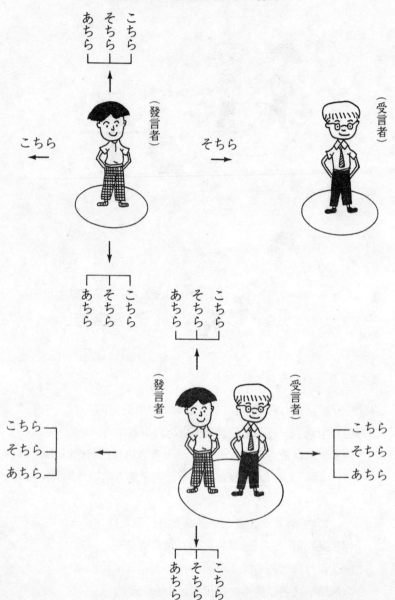

　　方向指示代名詞用於指示場所和人稱，其用法與場所和人稱的
近稱、中稱、遠稱和疑問稱相同。

　　例：「こちらは息子です。」(發言者指自己身旁的兒子)

　　　　「そちらはどなたですか。」(發言者指受言者身旁的人物)

　　　　「どちら様でいらっしゃいますか。」(發言者問對方的姓名)

2.6	形式名詞

　　有部分名詞必須附連體修飾語，而其本身並無具體詞義，只在
語法上起名詞作用，這種名詞稱爲形式名詞。

　　形式名詞一般不用作主語。屬於形式名詞的名詞有：「かぎ
り」、「つど」、「つもり」、「ため」、「あげく」、「はず」、「かわり」、
「ところ」、「ほど」、「もの」、「こと」、「あいだ」、「ゆえ」和「まま」
等。

　　較常用的形式名詞的用法如下：

一　「ことだ/です」

　　「ことだ/です」接動詞的連體形之後，表示有關事情屬於必要或當
然如此，用於勸告、忠告及請求。

　　例：雨具は自分で持参することです。

　　　　来週までにレポートを提出することだ。

　　書面語中有省略「だ/です」而用於命令。

　　例：必ずヘルメットをかぶること。

　　　　借りた本は二週間以内に返すこと。

二　「つもりだ/です」

　　「つもりだ/です」接動詞的連體形之後，表示發言者有使某事情實

現的意圖和打算。助動詞「う/よう」是發言者直接表示當時的意向，而「つもりだ」是發言者將自己意向作客觀的表達，與「う/ようと思う」大致相若，用「つもりだ」時，該意圖是持續的，是處於積極地採取行動，使該意圖實現的狀態。

　　例：わたしは来年大学院に入るつもりです。

　　　　わたしは来月帰国するつもりだ。

　　用「つもりだ/です」結句時只用於第一人稱，而在疑問、推測和傳聞等句子中可用於第二和第三人稱。

　　例：あの人はあしたの会には出席するつもりだと言っている。

　　　　彼は大学に入るつもりで、日本へ来たらしいです。

　　過去式「つもりだった/でした」只用於未能實現的意圖。

　　例：きのうのパーティーに出るつもりでしたが、急用ができ
　　　　て、行きませんでした。

三　「ところだ/です」

　　「ところだ/です」接動詞的連體形之後，表示事態進行至某階段。

　　(1)「(〜する)ところだ/です」接動詞連體形後，表示某事態正在開始，或正處於開始前一瞬的狀態。

　　例：これから食事にするところだ。

　　　　ちょうどいま出かけるところです。

　　「(〜する)ところだった/でした」用於預測事態必然發展至某狀態，而事實上該事態並無發生。

　　例：君が助けてくれなかったら、ぼくは死ぬところだった。

　　　　もうすこし雨に降られるところでした。

　　(2)「(〜した)ところだ/です」接動詞「〜た」的連體形後，表示某動作和行為正在完結，或處於完結後的一瞬。

　　例：飛行機は今、飛び立ったところだ。

　　　　今食事が終わったところです。

(3)「(〜している)ところだ/です」接動詞「〜ている」式的連體
形後，表示某事態和行動正在進行中。

　　例：それを今、考えているところです。

　　　　今、彼の返事を待っているところだ。

(4)「〜う/ようとしているところだ/です」與助動詞「う/よう」
合用，表示事前已作好準備而正處於徐徐開始的狀態。

　　例：今出かけようとしているところだ。

　　　　今田中さんに電話をしようとしているところです。

四　「はずだ/です」

(1) 用於預測或期待某事情的實現，而認爲此事情的實現屬理
所當然，或用於有所根據而作的預測，也可用於已預定的事情。

　　例：午前中の汽車で来ると言っていたから、間もなく着くは
　　　　ずだ。

　　　　あの人は新聞が読めるはずです。

(2)認爲某事情屬理所當然，企圖令對方信服。

　　例：「あれは産地直売ですよ。」「道理で安いはずですね。」

　　　　「あの人は大学生です。」「じゃ、手紙が書けるはずです。」

(3)「はすだ/です」接「〜た」的連體形之後，可用於發生於過去
而認爲是理所當然的事情。

　　例：あの旅行には君も行ったはずだね。

　　　　今月の電気代は払ったはずです。

五　「ものだ/です」

(1) 用於表示按一般習慣或道理，普通是如此做。

　　例：こんな時には誰でも同じようなことを考えるものだ。

　　　　大人の言うことは聞くものだ。

（2）「（～た）ものだ/です」接「～た」連體形之後，表示回想過去經常如此做，常與副詞「よく」連用。

　　例：若いころは夫婦げんかをよくした<u>ものだ</u>。

　　　　この川で君とよく遊んだ<u>ものだ</u>。

六　「わけだ/です」

（1）用於表示從事態發展或從事物道理來看，應該達到必然的結論。

　　例：時差が4時間あるから、日本時間のちょうど正午に着く<u>わけだ</u>。

　　　　きのう習ったばかりだから、よくできる<u>わけです</u>。

（2）用於確認有關事實，而以此事實爲下文之理由。

　　例：君たちだって、いずれは年をとる<u>わけだ</u>から年寄りは大事にすべきだよ。

形容詞

3.1　概說

　　形容詞為獨立詞，可單獨成為述語，屬用言之一，終止形的詞尾為「い」，主要用於表示性質和狀態。

3.2　形容詞的活用形與用法

□　3.2.1　未然形

　　形容詞的未然形「かろ」後接助動詞「う」表示推測，但在現代日語中，表示推測，是在終止形後接「だろう」（簡體）或「でしょう」（敬體），故實際上，形容詞的未然形已是名存實亡。

　　例：これでよかろう。（→いいだろう/いいでしょう）

　　　　あの人が日本へ行けるときいたら、きっと嬉しかろう。

　　　　（→嬉しいだろう/嬉しいでしょう）

　　　　これは高かろう。（→高いだろう/高いでしょう）

　　　　北海道の冬は寒かろう。（→寒いだろう/寒いでしょう）

□　3.2.2　連用形

　　形容詞的連用形有「く」和「かっ」兩種詞形。

一　「く」形用法

　　(1) 修飾後續用言。

　　例：湯が冷たくなる。

　　　　物価がだんだん高くなる。

　　　　一生懸命に勉強していてもちっとも<u>うまく</u>ならない。

　　　　もうすこし<u>安く</u>してくださいませんか。

　(2) 後接形容詞「ない」，成爲否定形。

　　例：それは<u>冷たく</u>ない。

　　　　この魚はあまり<u>新しく</u>ないようだ。

　　　　あの人は、<u>ほしく</u>ないと言っている。

　　　　<u>辛く</u>ないのもございます。

　　形容詞的連用形「く」與後續「ない」分別爲兩個獨立單詞，故中間可加插助詞「は」和「も」。

　　例：10月は<u>暑く</u>もないし、<u>寒く</u>もないから一番過しやすい時
　　　　期です。

　　　　これは<u>高く</u>はないが品はあまりよくありません。

　　肯定時連用形「～く」也有加插「は」、「も」和「さえ」等，再後接「ある」或其他用言的用例。

　　例：<u>美しく</u>もあります。

　　　　その時、<u>こわく</u>さえ感じました。

　(3) 用於句中停頓，也可後接「て」而用於句中停頓；前者用法較具古舊的感覺，大多用於書面語。

　　例：風は<u>涼しく</u>、月は美しい。

　　　　帯にみじかく、たすきに長い。

　　　　このみかんはあまくなくて、すっぱいです。

　　　　あの店は高くなくて、サービスもいいです。

　　兩個或兩個以上的形容詞同時修飾一個名詞時，前一個（或數個）形容詞亦用中止形，否定時亦然。

　　例：<u>美しく</u>（て）、悲しい物語だ。

　　　　<u>冷たく</u>（て）、きれいな水だ。

　　　　秋は<u>暑く</u>もなく、寒くもない季節だ。

（4）後接助詞「て」，表示原因或理由等。

例：あの人は体が<u>弱くて</u>、すぐ病気になります。

これは<u>甘くて</u>、虫歯にはよくありません。

<u>高くて</u>買えません。

きのうの試験は<u>難しくて</u>できませんでした。

（5）少部分形容詞的連用形「く」，可後接助詞「の」，成爲連體修飾語，修飾後續體言。

例：<u>多くの</u>人が<u>早くから</u>来ていた。

<u>遠くの</u>親類より<u>近くの</u>他人。

二 「かっ」形用法

形容詞的連用形另一詞形爲「かっ」，後接助動詞「た」或助詞「たり」。

例：去年の冬は<u>寒かった</u>。

ゆうべの食事は<u>おいしかった</u>がちょっと量が<u>少なかった</u>。

集まる人は<u>多かったり</u>、<u>少なかったり</u>します。

春先は<u>暖かかったり</u>、<u>寒かったり</u>します。

☐ 3.2.3 終止形

形容詞的終止形詞尾爲「い」，它的終止形亦稱爲基本形，是在字典上出現的詞形。

（1）用於結句，是爲簡體。敬體是終止形後接「です」。

例：{ この花は<u>赤い</u>。（簡體）
この花は<u>赤い</u>です。（敬體）

{ 桜は<u>美しい</u>。（簡體）
桜は<u>美しい</u>です。（敬體）

（2）可後接助動詞「そうだ」（傳聞），「らしい」和「だろう」，或

後接助詞「と」、「けれど(も)」、「が」、「から」、「し」、「やら」、
「か」、「な(あ)」、「ぞ」、「とも」和「さ」等。

　　例：あの小説は<u>おもしろい</u>そうだ。

　　　　荷物は<u>多い</u>かしら。

　　　　あの店は<u>高い</u>だろう。

　　　　あまり希望者が<u>少ない</u>と中止することになるかもしれな
　　　　い。

　　　　あの人は体が<u>小さい</u>けれどもなかなか力があります。

　□　　3.2.4　　連體形

　　形容詞的連體形詞形與終止形相同，詞尾爲「い」。

　　(1) 修飾體言或具體言機能的助詞「の」。

　　例：<u>よい</u>品を買おう。

　　　　富士山は一番<u>美しい</u>山だ。

　　　　<u>古い</u>のをやめて、<u>新しい</u>のにしよう。

　　　　<u>高い</u>のも<u>安い</u>のもあります。

　　(2) 後接助動詞「ようだ」(比擬)，或助詞「ので」、「ばかり」、
「ぐらい」和「だけ」等。

　　例：雨があまり<u>強い</u>ので行かないことにした。

　　　　あの人は日本語が<u>うまい</u>ようだ。

　　　　あの店は<u>高い</u>だけで、ぜんぜんおいしくない。

　　　　彼女は声が<u>大きい</u>ばかりで、歌は上手ではない。

　□　　3.2.5　　假定形

　　形容詞的假定形詞形爲「けれ」，後接助詞「ば」，表示假定、條
件。

　　例：安ければ買う。

　　　　風が強ければ海へ行くのをやめましょう。

　　　　お金がなければ貸してあげます。

　　　　これがほしければ持って帰ってもいいです。

　　形容詞的假定形後接「ば」亦有用於列舉事例的用例，而其表達
形式是「～も～ば～も～」。

　　例：形もよければ、味もよい。

　　　　気候もよければ、環境もよい。

　　　　背も高ければ体も丈夫です。

注意：

　　在現代日語，形容詞是無命令形的。

參考一　　形容詞作爲副詞的用法

　　形容詞的連用形具副詞用法，修飾用言。從品詞而言，不屬副
詞；但亦有少部分形容詞的連用形已轉化成爲副詞。

　　例：僕はよく失敗するんだ。（＝しばしば）

　　　　えらく怒っていたぜ。（＝非常に）

參考二　　形容詞與動詞的否定形

　　動詞的未然形後接助動詞「ない」雖有修飾名詞的用法，但敬體
結句時與形容詞不同，不後接「です」。而動詞否定形一般成「ませ
ん」。（✓)表示可以；（✕)表示不可以。

　　例：$\begin{cases} \text{あした学校へ行かない人はだれですか 。（✓）} \\ \text{あした学校へ行きません（✓）/行かないです。（✕）} \end{cases}$

　　　　$\begin{cases} \text{虫歯のない人は一人しかいません。（✓）} \\ \text{虫歯がありません（✓）/ないです。（✓）} \end{cases}$

參考三　形容詞與連體詞

　　有少部分的形容詞與連體詞的詞形相似，各按其本身所屬的品詞起語法作用。

例：$\begin{cases}大きい\\大きな\end{cases}$

　　　$\begin{cases}小さい\\小さな\end{cases}$

　　　$\begin{cases}こまかい\\こまかな\end{cases}$

3.3　形容詞詞幹的用法

□　3.3.1　以形容詞詞幹結句

　　形容詞詞幹可用於結句，但只適用於感歎或驚訝等場合。

例：ああ、痛!

　　ああ、熱!

□　3.3.2　形容詞詞幹爲句子主語

　　部分形容詞的詞幹本身亦是名詞，可作爲句子之主語。

例：赤がいいと思う。（赤い→赤）

　　白のほうがほしいです。（白い→白）

□　3.3.3　形容詞詞幹與助動詞

形容詞詞幹後接助動詞「そうだ」(樣態)。

例：この料理はおいしそうだ。

　　あの店は高そうに見えるけど、実はあんがい安いですよ。

　　子供たちは嬉しそうに遊んでいます。

　　あの人は偉そうに話しています。

　　おいしそうなケーキだ。食べてもいい?

□　3.3.4　形容詞詞幹與複合詞

形容詞詞幹與其他詞複合後，成爲複合詞。

(1) 形容詞詞幹後附接尾詞「さ」和「み」成爲名詞。

例：高さ、深さ、美しさ、おいしさ、深み、たのしみ、甘み

同一詞幹可分別接「さ」或「み」成爲名詞時，要留意其用法的區別。

例：$\begin{cases}$この池の深さはどのくらいですか。\\この小説に深みがあります。$\end{cases}$

(2) 形容詞詞幹最後一音節不是「し」者有與名詞「け」複合，成爲複合名詞的用例，表示具有該種感覺。

例：寒けがした。

　　眠けを催した。

(3) 形容詞詞幹後接「める」、「まる」成爲動詞，表示使之變成或成爲該種性質或狀態。前者爲他動詞，後者爲自動詞。

例：高い→高める、高まる

　　　　深い→深める、深まる

　　　　広い→広める、広まる

　　　　強い→強める、強まる

　　　　弱い→弱める、弱まる

　這些複合詞有時會發生讀音變化。

　　例：せまい→せばめる、せばまる

　此外，有形容詞詞幹後接「める」或「む」而分別成爲他動詞和自動詞的用例，亦有只成爲他動詞或自動詞的用例。

　　例：ぬるい→ぬるめる、ぬるむ

　　　　ゆるい→ゆるめる、ゆるむ

　　　　いたい→いためる、いたむ

　　　　なつかしい→なつかしむ

　　　　かなしい→かなしむ

　同時形容詞詞幹亦有後接「がる」者。

　　例：うれしい→うれしがる

　　　　ほしい→ほしがる

　上述的後附其他成分而轉爲其他品詞的用法，不具普遍性，只宜按已有的用例使用。

　（4）形容詞詞幹與其他詞複合時，有些成爲複合詞的前半部，有些爲後半部。

　　例：ながい＋雨→なが雨

　　　　ほそい＋長い→ほそ長い

　　　　長い＋すぎる→長すぎる

　　　　手＋ちかい→手ぢか（な）

　　　　気＋みじかい→気みじか（な）

　　　　手＋せまい→手ぜま（な）

3.4 形容詞的否定形

　　形容詞的連用形「く」後接「ない」成為否定的說法。動詞的未然形後接助動詞的「ない」，可用另一助動詞「ぬ(ん)」代替，但「ぬ(ん)」不能代替形容詞的連用形後的「ない」。

　　例：近くない(✓) 近くぬ(×)

　　　　行かない(✓) 行かぬ(✓)

　　形容詞的連用形「く」與「ない」之間，可加助詞「も」或「は」。

3.5 形容詞的音便

　　形容詞作為述語時，敬體後接「です」。在敬語中，形容詞的連用形(詞尾「く」)後接「ございます」時，詞尾「く」發生讀音變化現象，轉為「う」。

　　例：寒いです→寒うございます

　　　　おもしろいです→おもしろうございます

　　　　軽いです→軽うございます

　　　　遅いです→遅うございます

但形容詞詞幹最後一音節在ア段時，要轉為才段。

　　例：いたいです→いとうございます

　　　　こわいです→こおうございます

若形容詞詞幹最後一個音節在イ段時，要轉為拗音。

　　例：宜しいです→宜しゅうございます

　　　　大きいです→大きゅうございます

　這種形容詞的讀音變化現象，稱爲形容詞的「ウ音便」。

　詞形變化（活用）與形容詞相同的助動詞「たい」、「らしい」後接「ございます」時，亦有上述的音便現象。

　　例：お伺いしとうございます。

　　　　お見えになられたらしゅうございます。

　但形容詞後接「ございません」時，則無音便現象。

　　例：痛くございません。

3.6　補助形容詞

　形容詞「ない」接其他形容詞的連用形後，或接形容動詞和助動詞「だ」的連用形「で」之後，成爲否定敍述形式，失去其本身詞義，稱爲補助形容詞。

　　例：今日は寒くは<u>ない</u>が暖かくも<u>ない</u>。

　　　　これはわたしの本では<u>ない</u>。

　他動詞連用形後接「て」，再接「ない」，也表示否定。

　　例：門はまだあけて<u>ない</u>。

　　　　お金はまだ払って<u>ない</u>。

　此外，「いい」和「ほしい」亦有作補助形容詞，下面例中的「いい」表示許可，「ほしい」表示對別人的期望。

　　例：もう帰って（も）<u>いい</u>。

　　　　お金を儲けて<u>ほしい</u>。

3.7　複合形容詞

　　形容詞可與其他品詞結合，或附接頭語、接尾語而成複合形容詞。

(1) 名詞＋形容詞：名高い

(2) 動詞＋形容詞：見苦しい

(3) 形容詞詞幹＋形容詞：古くさい

(4) 同一形容詞詞幹重覆＋しい：弱々しい

(5) 附接尾語：なまめかしい

(6) 附接頭語：こ高い、こうるさい、こ憎らしい

4

形容動詞

4.1 概說

　　形容動詞屬用言之一，為獨立詞，有活用，能單獨成為述語，
其終止形詞尾為「だ」或「です」，主要表示性質和狀態，與形容詞的
語法機能相同，兩者的分別在於活用有異。

4.2 形容動詞的活用形與用法

☐ 4.2.1 未然形

　　形容動詞的未然形「だろ」後接助動詞「う」，成為「だろう」，表
示推測。

　　　例：あの町は<u>静かだろう</u>。
　　　　　あの人は日本に長くいたから日本語が<u>上手だろう</u>。
　　「だろう」的敬體是「でしょう」。
　　　例：秋の日光は<u>きれいでしょう</u>。

☐ 4.2.2 連用形

　　形容動詞的連用形有「だっ」、「で」和「に」三種詞形。
　　(1)「だっ」：後接助動詞「た」和助詞「たり」。
　　　例：波は<u>おだやかだった</u>。
　　　　　あの町は昔<u>静かだった</u>。

　　　ここは静かだったり、にぎやかだったりして時間帯によっ
　　　て違う。

　　　あの村の人たちは丁寧だったり、乱暴だったりします。

（2）「で」：形容動詞的連用形「で」有下列三種用法：

1. 後接形容詞「ない」，成爲否定形式。

例：情勢は穏かでない。

　　　最近あまり元気でない。

一般在「で」後接助詞「は」再接「ない」，成爲「ではない」。

例：情勢は穏かではない。

　　　最近あまり元気ではない。

　　　「で（は）ない」的敬體是「で（は）ありません」。

2. 後接補助動詞「ある」，成爲形容動詞書面語的終止形。

例：情勢は穏かである。

　　　この新製品は便利である。

另外，可按實際需要，在「で」和「ない」或「ある」之間加插助詞
「は」、「さえ」或「も」。

例：不愉快でさえある。

　　　きれいでもない。

3.「で」本身可用於句中停頓。

例：まわりは静かで、緑も多い。

　　　あの人は体が丈夫で、力もある。

（3）「に」：後接用言，起副詞作用，成爲連用修飾語。

例：風は静かに吹く。

　　　教室に机がきれいに並べてある。

注意：

　　　助詞「て」接其他用言連用形，但不接形容動詞的連用形。

□　4.2.3　終止形

(1) 形容動詞的終止形詞尾爲「だ」，用於句末，敬體爲「です」。

例：香港の夜景はきれいだ。

　　あの人はまじめです。

(2) 形容動詞的終止形後接助動詞「そうだ」，助詞「と」、「けれど
(も)」、「が」、「から」、「し」、「な(あ)」、「ぞ」、「とも」、「よ」和
「ね(え)」等。

例：あの町は漁業がさかんだそうです。

　　英語がへただと大学には入れませんよ。

　　テニスは上手だけれど水泳はにがてです。

　　数学は得意だが英語はだめです。

　　体も丈夫だし、力もあります。

　　あの人はわがままだから人間関係が悪いです。

(3) 形容動詞終止形後接「こと」或「もの」，用於感歎。

例：にぎやかだこと。

　　だっていやだもの。

□　4.2.4　連體形

(1) 形容動詞的連體形「な」後接體言或助詞「の」、「ので」、「の
に」、「ばかり」、「くらい」和「だけ」等。

例：静かな所がよい。

　　適当なのがなければ、この次にしよう。

　　複雑な事件なので調べるには時間がかかる。

　　外見はすてきなのに品質は悪い。

　　形はきれいなばかりで何のとりえもない。

(2) 形容動詞的連體形後接助動詞「ようだ」

　例：あの子には気の毒なようだ。

　　　前期の成績は<u>上々</u>なようだ。

注意：

　1. 動詞和形容詞的終止形與連體形同形，而形容動詞則不然。

　2. 形容動詞的連體形敬體「です」一般不後接名詞，只接「もの」和「こと」等形式體言及助詞「ので」和「のに」等。

　例：<u>静か</u>ですもの。

　　　まあ<u>立派</u>ですこと。

　　　にぎやかですのでうるさいです。

　　　体が<u>丈夫</u>ですのによく病気をなさいます。

　以上用例有以「もの」和「こと」視作表示感動的終助詞，而「だ/です」則仍視作終止形。

□ 4.2.5 假定形

　形容動詞的假定形「なら」本身可表示條件或假定，又或後接助詞「ば」表示條件或假定，但在口頭語中，一般不後接「ば」。

　例：<u>本当</u>なら（ば）もう結婚しているはずだ。

　　　こんな物で<u>結構</u>なら（ば）差しあげます。

　　　日本語が<u>上手</u>なら（ば）日本語で書きなさい。

注意：

　形容動詞無命令形。

4.3 ｜ 形容動詞詞幹的用法

□ 4.3.1 以形容動詞詞幹結句

形容動詞詞幹能單獨使用，用於結句或詞幹後接終助詞結句。

例：ああ、ゆかい。

まあ、すてき。

みごと、みごと。

海は静か。

ほんとにきれいね。

□ 4.3.2 形容動詞詞幹與助動詞

形容動詞詞幹可後接助動詞「そうだ」(樣態)和「らしい」、助詞「か」。

例：きれいそうだ。

みごとらしい。

じょうぶか。

□ 4.3.3 形容動詞詞幹後接「の」

形容動詞詞幹有後接「の」，成為連體修飾語的用例。

例：潮州特有の料理

不快の感情

まれの出張
当然の処置

□ 4.3.4 形容動詞詞幹後接「さ」

形容動詞詞幹後接「さ」成爲名詞。

例：静かさ

ふしぎさ

みごとさ

のどかさ

たしかさ

巧みさ

□ 4.3.5 形容動詞詞幹後接「がる」

形容動詞詞幹後接「がる」成爲動詞，表示具有該種狀態。

例：ふしぎがる

得意がる

此外，辭典中的用言，是以基本形出現，但形容動詞則只收錄其詞幹，故檢索形容動詞時按詞幹檢索便可。

□ 4.3.6 形容動詞詞幹與體言

形容動詞詞幹與體言有時很難區別，尤其是表示狀態的漢語單詞，有時既是形容動詞又是體言。

例：$\left\{\begin{array}{l}\text{あの人はとても\underline{正直}だ。（形動）}\\\text{\underline{正直}は美徳だ。（體言）}\end{array}\right.$

$\left\{\begin{array}{l}\text{\underline{危険}な場所には近寄るな。（形動）}\\\text{身に\underline{危険}を感じる。（體言）}\end{array}\right.$

形容動詞詞幹與體言可作如下區別：

（1）形容動詞詞幹不接格助詞「が」和「を」，而體言能接「が」和「を」，使成爲句子中的主語、目的語，或連用修飾語。

例：$\left\{\begin{array}{l}\text{あの人はとても\underline{健康}だ。（形動）}\\\text{\underline{健康}が大切だ。（體言）}\end{array}\right.$

$\left\{\begin{array}{l}\text{そこはきわめて\underline{危険}だ。（形動）}\\\text{\underline{危険}を感じます。（體言）}\end{array}\right.$

（2）形容動詞詞幹可上接連用修飾語，但不可上接連體修飾語。體言則相反，體言上接連體修飾語而不上接連用修飾語。

例：非常にきれいだ。（✓）

非常に中国人だ。（×）

（3）形容動詞的連體形可後接體言和助詞「の」、「ので」和「のに」；名詞後接助動詞「だ」的連體形「な」時，只後接「ので」、「のに」、「のだ」和「のです」。

例：静かな所がいい。<u>にぎやかな</u>のはいやだ。

海が<u>おだやかな</u>ので船はあまり揺れない。

あの人は<u>親切な</u>のにみなにきらわれる。

陳さんの奥様は<u>日本人</u>なのでよく日本の雑誌を買うんだ。

$\left\{\begin{array}{l}\text{「あの人は難しい漢字をたくさん知っているわね。」}\\\text{「あの人は\underline{中国人}なのだ。」}\end{array}\right.$

名詞修飾後續名詞時一般用「の」。

例：<u>日本語</u>の新聞はまだ読めない。

<u>田中さん</u>の次男は香港で育ったのに広東語ができない。

參考一　特殊活用形的形容動詞

「こんな（だ）」、「そんな（だ）」、「あんな（だ）」和「同じ（だ）」雖屬形容動詞，但詞幹本身具連體修飾功用，可直接後接體言。

例：同じ年でもこんな違いがあるのか。
　　あんなときには、どんなやり方があるだろうか。

但後接「の」、「ので」和「のに」時，以連體形「な」後接「の」、「ので」和「のに」。

例：性格があんななので嫌われる。
　　値段は同じなのに、品質は違う。
　　顔があんななのにぜいたくを言っている。
　　お父さんの御病気はどんななの。

「同じ」用於句末或名詞之前，有時會說成「同じい」，但不是標準日語的說法，不宜傚效。

例：毎朝同じい道を通る。
　　これとそれは同じい。

「こうだ」和「そうだ」等詞形與形容動詞相似，但屬副詞後附助動詞「だ」，宜加以注意區別。

參考二　形容動詞與其他品詞

（1）少部分形容詞和形容動詞有共同的詞幹，但各按其本身所屬的品詞而活用。

例：
$\begin{cases} 暖かい \\ 暖か（だ） \end{cases}$
$\begin{cases} 細かい \\ 細か（だ） \end{cases}$

$$\begin{cases} やわらかい \\ やわらか (だ) \end{cases} \quad \begin{cases} いじわるい \\ いじわる (だ) \end{cases} \quad \begin{cases} きがるい \\ きがる (だ) \end{cases}$$

$$\begin{cases} けぶかい \\ けぶか (だ) \end{cases} \quad \begin{cases} しかくい \\ しかく (だ) \end{cases} \quad \begin{cases} てがるい \\ てがる (だ) \end{cases} \quad \begin{cases} ひよわい \\ ひよわ (だ) \end{cases}$$

(2) 有部分名詞與形容動詞詞幹同形，須按其在句中的語法作用加以區別。

例：
$$\begin{cases} \underline{健康}は宝だ。(名詞) \\ \underline{健康な}人は幸せだ。(形動) \end{cases}$$

$$\begin{cases} 小さな\underline{親切}でも忘れられない。(名詞) \\ あの方は\underline{親切な}人だ。(形動) \end{cases}$$

有些比較難判斷的。

例：
$$\begin{cases} あの方は\underline{勤勉}だ。(形動) \\ あの方の長所は\underline{勤勉}だ。(名詞) \end{cases}$$

在有關單詞前可加上表示程度的副詞，如「とても」、「非常に」等作為修飾語，而文意通順合乎語法者為形容動詞。若有關單詞為述語時，可主述語位置互換而意思不變，又或可在有關單詞前加上連體修飾語者，則為名詞。

例：
$$\begin{cases} あの方はとても勤勉だ。(\checkmark) \\ あの方の長所はとても勤勉だ。(\times) \end{cases}$$
$$\begin{cases} 勤勉はあの方だ。(\times) \\ 勤勉はあの方の長所だ。(\checkmark) \end{cases}$$

(3) 形容動詞與其他品詞的差別，可參看下列表4.1、表4.2、表4.3及表4.4。

表4.1　日語的形容動詞與動詞相異之處

	形容動詞	動詞
詞幹	可單獨使用；在詞典中出現的部分	不能單獨使用；在詞典中以詞幹連同詞尾出現
連用形	具副詞用法	後接助詞、助動詞；連用形本身不具副詞用法
命令形	無	有
後續成分	後續之助動詞甚少	後續之助動詞甚多

表4.2　日語的形容動詞與形容詞相異之處

	形容動詞	形容詞
中止法 (句中停頓)	只有「～で」形	有「～く」、「～くて」兩形
後續助詞、助動詞時	以詞幹後接「ながら」、「か」、「ね」、「らしい」	以終止形後接「ながら」、「か」、「ね」、「らしい」
終止形及連體形的詞形	終止形為「～だ」，連體形為「～な」	兩者同形，均為「～い」

表4.3　日語的形容動詞與副詞相異之處

	形容動詞	副詞
活用	有	無
中止法	連用形本身具中止法，用於句中停頓	無
單獨成為述語	可以	不可以

表4.4　日語的形容動詞與名詞相異之處

	形容動詞	名詞
成為主語、目的語	不可以	可以
單獨成為述語	可以	不可以，要後接「だ」或「です」才可成為述語
上接修飾成分	上接連用修飾語	上接連體修飾語
活用	有	無
修飾名詞	以連體形「～な」修飾名詞	名詞後接助詞「の」，修飾其他名詞
修飾動詞	以連用形「～に」修飾動詞	部分數詞、時間名詞可直接修飾動詞

（4）詞幹相同的形容詞與形容動詞：部分形容詞與形容動詞詞幹相同，從歷史演變而言，由形容動詞繁衍成為形容詞者較多（參看表4.5）。

表4.5　日語的形容動詞繁衍為形容詞

形容動詞	形容詞
暖か（だ）	暖かい
黄色（だ）	黄色い
気軽（だ）	気軽い
けぶか（だ）	けぶかい
しかく（だ）	しかくい
てがる（だ）	てがるい
ておも（だ）	ておもい
ひよわ（だ）	ひよわい

（5）形容動詞可加接頭語而詞性不變，仍為形容動詞。

例：「お」：お静か（だ）

　　「ご」：ご丈夫（だ）

　　「こ」：こぎれい（だ）

(6) 有些接尾語與其他詞複合後，成爲形容動詞。

例：「け(だ)」：うれしげ(だ)

　　「やか(だ)」：にこやか(だ)

　　「的(だ)」：標準的(だ)

$\boxed{5}$

動　詞

5.1 概說

　　動詞屬獨立詞，具有活用，其終止形的詞尾爲「う」或屬「う段」（母音爲「ウ」）。主要表示動態、作用、狀態和存在等。動詞可單獨成爲句子述語，亦可通過各種活用形，成爲連體或連用修飾語。

　　例：雨が<u>降る</u>。（述語）

　　　　<u>歩く</u>人はここに集まってください。（連體修飾語）

　　　　わたしたちは富士山に<u>歩いて</u>登った。（連用修飾語）

5.2 動詞的活用種類

　　按動詞基本形的音韻結構特質，可將動詞分爲五種，這五種的動詞詞形變化法則各有不同。

　　五段活用動詞詞尾在「う段」，並及於「は行」和「や行」以外的各行(即「は行」和「や行」除外)。詞尾變化及於五段 (即詞尾音節母音變化及於「ア、イ、ウ、エ、オ」五段)，故稱五段活用動詞(參看表5.1)。

　　文言中有詞尾「ふ」之動詞，如「言ふ」、「思ふ」等，在現代日語中已不用，故此從略。

　　一段活用動詞詞尾只有「ラ行ウ段」之「る」，不及於「ラ段」之其他各行。詞尾對上一音節(即詞幹最後一音節，如詞幹爲單音節則指該單音節)只及於「い段」或「え段」，屬「い段」者，稱爲上一段活用動詞，屬「え段」者，稱爲下一段活用動詞。

表5.1　日語的五段活用動詞詞尾

詞尾所屬之行	詞例
あ行	買う
か行	書く
さ行	話す
た行	立つ
な行	死ぬ
は行	—
ま行	読む
や行	—
ら行	乗る
が行	泳ぐ
ば行	遊ぶ

　　例：上一段活用動詞：見る、いる

　　　　下一段活用動詞：食べる、入れる

　　變格活用動詞「来る」和「する」之詞形變化及於整個動詞，無詞
幹詞尾之分，故稱變格活用。「来る」首音節屬「カ行」（子音與「カ」
同），故稱「カ行」變格活用動詞。「する」首音節屬「サ行」（子音與
「サ」同），故稱「サ行」變格活用動詞。

　　例：「カ行」變格活用動詞：来る

　　　　「サ行」變格活用動詞：する

　　按上述不同活用種類動詞的特徵，可從動詞的基本形，判別其
所屬之活用種類。

　　（1）動詞詞尾不是「る」的，全屬五段活用動詞。也就是說，詞
尾爲「く、ぐ、す、つ、ぬ、ぶ、む、う」的，都屬五段活用動詞。

　(2)　動詞詞尾是「る」而前一音節不在「い段」和「え段」的，都屬五段活用動詞。

　(3)　動詞詞尾是「る」而前一音節在「い段」的是上一段活用動詞；詞尾是「る」而前一音節在「え段」的是下一段活用動詞。

　(4)　變格活用動詞只有兩個，沒有詞幹和詞尾的區別。

　　例：「カ行」變格活用動詞：来る

　　　　「サ行」變格活用動詞：する

　(5)　若根據以上原則，下列動詞應屬一段活用動詞，但實際上是五段活用動詞，應例外記住。

　　例：入る、知る、走る、散る、切る、要る、帰る、照る、
　　　　参る、限る、罵る、減る。

注意：

　下列動詞的音節構造是一樣，但分別屬於不同活用種類的動詞，宜注意區分。

例：$\begin{cases} 切る(五) \\ 着る(上一) \end{cases}$　$\begin{cases} 帰る(五) \\ 変える(下一) \end{cases}$　$\begin{cases} 要る(五) \\ 居る(上一) \end{cases}$

5.3　動詞的活用形

　動詞的基本形指產生詞形變化(活用)以前的原形。

　動詞的基本形是動詞最基本的詞形，詞形與終止形和連體形相同。

　動詞的基本形可分為詞幹和詞尾，詞幹是沒有詞形變化(無活用)的部分，詞尾是有詞形變化(有活用)的部分。

　　動詞的基本形最後一個音節是詞尾，屬「う段」(母音爲「ウ」)或詞尾本身是「う」。

　　動詞有六種不同的詞形變化，這些詞形變化亦稱爲「活用」。這六種詞形是「未然形」、「連用形」、「終止形」、「連體形」、「假定形」和「命令形」。

☐　5.3.1　五段活用動詞

　　凡動詞詞尾在五十音圖「あ、い、う、え、お」五段中變化的，叫做五段活用。參看表5.2。

　　日語五段活用動詞的未然形詞尾有兩種形式：後接助動詞「ない」、「れる」時轉爲「あ段」；後接助動詞「う」時轉爲「お段」；後接「ない」時的詞形又稱「ない形」或「否定形」；後接「う」時的詞形又稱「意志形」或「推量形」。

例：行く $\begin{cases} 行かない \\ 行こう \end{cases}$　　　運ぶ $\begin{cases} 運ばない \\ 運ぼう \end{cases}$

　　　読む $\begin{cases} 読まない \\ 読もう \end{cases}$　　　話す $\begin{cases} 話さない \\ 話そう \end{cases}$

　　動詞的詞尾爲「う」後接「ない」和「れる」時，成爲「わ」(「わ行」的「あ段」)，而不是同行「あ行」的「あ」；接「う」時成爲「お」，是同行的「お段」，與其他五段活用動詞相同。

例：買う $\begin{cases} 買わない \\ 買おう \end{cases}$　　　笑う $\begin{cases} 笑わない \\ 笑おう \end{cases}$

　　連用形後接助動詞「ます」時，詞尾轉爲「い段」，亦稱「ます形」。後接助動詞「た」和助詞「て」、「たり」時，詞尾亦轉爲「い段」，但詞尾爲「す」以外的五段活用動詞，都有音便現象。連用形後接「て」和「た」時的詞形分別稱爲「て形」和「た形」。

　　五段活用動詞連用形的音便法則如表5.2所示。

表5.2　日語的五段活用動詞變化

基本形	詞幹	詞尾					
		未然形	連用形	終止形	連體形	假定形	命令形
書く	か	か・こ	き・い	く	く	け	け
泳ぐ	およ	が・ご	ぎ・い	ぐ	ぐ	げ	げ
買う	か	わ・お	い・っ	う	う	え	え
立つ	た	た・と	ち・っ	つ	つ	て	て
取る	と	ら・ろ	り・っ	る	る	れ	れ
死ぬ	し	な・の	に・ん	ぬ	ぬ	ね	ね
運ぶ	はこ	ば・ぼ	び・ん	ぶ	ぶ	べ	べ
読む	よ	ま・も	み・ん	む	む	め	め
話す	はな	さ・そ	し	す	す	せ	せ
主要用法		後接{ない/う}	後接{ます/て(で)}	結句	後接體言等	後接(ば)	命令結句

一 「イ音便」

　　指五段活用動詞的連用形由「き」和「ぎ」改讀爲「い」：

（1）五段活用動詞詞尾「く」的連用形接「ます」時是「き」，但接「て」和「た」時變爲「い」。

（2）五段活用動詞詞尾「ぐ」的連用形接「ます」時是「ぎ」，但接「て」和「た」時變爲「い」，而「て」和「た」就變爲濁音「で」和「だ」。

二　「促音便」

指五段活用動詞詞尾的連用形由「い」、「ち」、「り」、「き」改讀爲促音：

（1）五段活用動詞詞尾「う」的連用形接「ます」時是「い」，但接「て」和「た」時變爲促音「っ」。

（2）五段活用動詞詞尾「つ」的連用形接「ます」時是「ち」，但接「て」和「た」時變爲促音「っ」。

（3）五段活用動詞詞尾「る」的連用形接「ます」時是「り」，但接「て」和「た」時變爲促音「っ」。

（4）「行く」詞尾是「く」，它的連用形接「ます」時是「き」，但接「て」和「た」時變爲促音「っ」，應當例外記着。

三　「撥音便」

指五段活用動詞詞尾的連用形由「に」、「び」和「み」改讀爲撥音「ん」：

（1）五段活用動詞詞尾「ぬ」的連用形接「ます」時是「に」，但接「て」和「た」時變爲撥音「ん」，而「て」和「た」就變爲濁音「で」和「だ」。

（2）五段活用動詞詞尾「ぶ」的連用形接「ます」時是「び」，但接「て」和「た」時變爲撥音「ん」，而「て」和「た」就變爲濁音「で」和「だ」。

（3）五段活用動詞詞尾「む」的連用形接「ます」時是「み」，但接

「て」和「た」時變爲撥音「ん」，而「て」和「た」就變爲濁音「で」和
「だ」。

四　其他

　　詞尾「す」的五段活用動詞、上一段、下一段和變格活用動詞的
連用形接「ます」和接「て」、「た」一樣，無音便現象。

總結：

　　1. 詞尾「く」、「ぐ」的屬イ音便，「行く」例外，屬促音便。
　　2. 詞尾「う」、「つ」、「る」的屬促音便。
　　3. 詞尾「ぬ」、「ぶ」、「む」的屬撥音便。
　　終止形是基本的詞形，在辭典的檢閲標題單詞中的動詞，是
以終止形出現。終止形的詞尾都在「う段」。
　　例：書く、泳ぐ、買う、立つ、取る、死ぬ、運ぶ、読む、
　　　　話す
　　連體形的詞形與終止形相同，但兩者的用法有異。
　　假定形是「う段」，詞尾變成「え段」，可後接助詞「ば」。
　　例：書く→書け（ば）　　泳ぐ→泳げ（ば）
　　　　買う→買え（ば）　　立つ→立て（ば）
　　　　取る→取れ（ば）　　死ぬ→死ね（ば）
　　　　運ぶ→運べ（ば）　　読む→読め（ば）
　　　　話す→話せ（ば）
　　命令形詞形與假定形相同，但兩者的用法有異。

□　5.3.2　一段活用動詞

　　一般語法學說以「見る」、「いる」、「着る」、「似る」和「煮る」等
詞幹詞尾不加區別的動詞爲一段活用動詞，又如「起きる」、「生き

る」、「食べる」和「受ける」等，以基本形最後兩個音節（即「きる」、
「ける」）作爲詞尾處理，今爲方便記憶及說明起見，不採此說，概以
基本形最後一音節「る」爲詞尾（參看表5.3）。

表5.3　日語的一段活用動詞變化

動詞	基本形	詞幹	詞　尾					
			未然形	連用形	終止形	連體形	假定形	命令形
上一段	見る	み	——	——	る	る	れ	{ろ よ
	起きる	おき	——	——	る	る	れ	{ろ よ
下一段	寝る	ね	——	——	る	る	れ	{ろ よ
	受ける	うけ	——	——	る	る	れ	{ろ よ

　　一段活用動詞的未然形和連用形的詞尾消失，只餘詞幹。未然
形可後接助動詞「ない」、「よう」；連用形可後接助動詞「ます」。

　　例：見る→ { 見（ない）、見（よう）
　　　　　　　　見（ます）

　　　　寝る→ { 寝（ない）、寝（よう）
　　　　　　　　寝（ます）

一段活用動詞的終止形和連體形的詞形相同。

　　　例：私は寝る。

　　　　　もう起きる。

　　　　　もう寝る時間だよ。

　　　　　起きる時間だ。

　　　一段活用動詞的假定形是詞尾由「う段」的「る」變爲「え段」的
「れ」，可後接助詞「ば」。

　　　例：見る→見れ（ば）

　　　　　寝る→寝れ（ば）

　　　　　起きる→起きれ（ば）

　　　　　受ける→受けれ（ば）

　　　一段活用動詞的命令形有兩種詞形，一是詞尾變爲「ろ」，一是
詞尾變爲「よ」。

　　　例：見る→見ろ、見よ

　　　　　寝る→寝ろ、寝よ

　　　　　起きる→起きろ、起きよ

　　　　　受ける→受けろ、受けよ

　　　但「くれる」的命令形是「くれ」，與其他一段活用動詞不同，當
例外記住。

□　5.3.3　變格活用動詞

　　　日語的「カ行」及「サ行」變格活用動詞都沒有詞幹和詞尾的區別，
而其詞形變化及於整個動詞，故名爲「變格」（參看表5.4）。

一　「カ行」變格活用動詞：「来る」

　　　日語「カ行」變格活用動詞只有「来る」一詞，與其他用言一樣，有
詞形變化。

　　　「来る」的未然形是「こ」，後接助動詞「ない」和「よう」。

例：日曜日には来ない。

あした一緒に来よう。

「来る」的連用形是「き」，後接助動詞「ます」。

例：あしたも来ますか。

「来る」的終止形是「来る」。

例：弟はあした来る。

「来る」的連體形和終止形相同，都是「来る」。

例：ここに来る人はみんな学生です。

「来る」的假定形是「くれ」，後接助詞「ば」。

例：彼が来れば助かりますが。

「来る」的命令形是「こい」。

例：早く来い。

二 「サ行」變格活用動詞：「する」

日語「サ行」變格活用動詞只有「する」一詞，但一些日本固有單詞、漢語單詞、副詞和外來語等與「する」複合而成的動詞，亦屬於這種活用。

例：うわさする、手習いする、勉强する、くよくよする、

サービスする

「する」的未然形有「し」、「せ」和「さ」三種詞形。

(1)後接「ない」、「よう」、時詞形爲「し」。

例：くよくよしない。

勉强しよう。

(2)後接「ぬ(ず)」時，詞形爲「せ」。

例：手習いせぬ。

(3)後接「れる」和「せる」時，詞形爲「さ」。

例：うわさされる。

サービスさせる。

「する」的連用形是「し」。

例：旅行します。

「する」的終止形和連體形的詞形相同。

例：帰国する。

　　結婚する人はここで登録します。

「する」的假定形是「すれ」，後接助詞「ば」。

例：中止すれば怒られます。

「する」的命令形有「しろ」和「せよ」兩種詞形。

例：早くしろ。

　　勉強せよ。

表5.4　日語的變格活用動詞變化

變格動詞	基本形	不分詞幹和詞尾	未然形	連用形	終止形	連體形	假定形	命令形
カ行	来る	—	こ	き	くる	くる	くれ	こい
サ行	する	—	しせき	し	する	する	すれ	しろせよ

「する」動詞有三類：

(1) 詞形是「～する」的，可說成「～をする」。

例：信用する→信用をする

　　損する→損をする

　　ひっこしする→ひっこしをする

(2) 詞形是「～する」的，不可說成「～をする」。

例：愛する→愛をする（×）

期する→期をする（×）

這種「～する」動詞有變成五段活用動詞「～す」的傾向。

例：愛する→愛す

愛しない→愛さない

(3)「する」因複合而變成「ずる」。詞形是「～ずる」的，不可說成「～をする」。

例：感ずる→感をする（×）

信ずる→信をする（×）

這種「～ずる」動詞有變成上一段活用動詞「～じる」的傾向。

例：感ずる→感じる

信ずる→信じる

5.4 | 動詞的用法

☐ 5.4.1 未然形

動詞的未然形不能單獨使用，須要後接助動詞「れる/られる」、「せる/させる」、「ない」、「ぬ(ん)」、「う/よう」和「まい」（五段活用動詞除外）。

例：宿題を忘れてしまって先生に叱られました。

あした休ませてください。

旅行に行かない人は手をあげなさい。

8時までに会社に行かねばならぬ。

出かけようするところ、お客さんが来ました。

見まいと思っも、つい見てしまう。

□　5.4.2　連用形

（1）動詞的連用形本身可用於句中停頓，故亦稱中止形，這種用法稱爲中止法，適用於文言風格的書面語。

例：書を読み、字を書く。

　　過まちを認め、それを改めさえすればいい。

（2）動詞的連用形可後接獨立詞而成爲複合詞：

1. 後接動詞：読み進む、食べ終る、貸し出す

2. 後接形容詞：読みやすい、食べにくい

3. 後接名詞：流れ星

（3）動詞的連用形可後接附屬詞：

1. 後接助動詞「た」、「たい」、「ます」和「そうだ」(樣態)。

例：去年日本へ行った。

　　さしみが食べたい。

　　小学校の先生になります。

　　雨が降りそうだ。

2. 後接助詞「て」、「ても」、「たり」和「ながら」。

例：毎日7時に起きて、7時半に朝御飯を食べて、8時にうちを出ます。

　　いくら勉強しても上手になりません。

　　夏休みに海に行ったり山に行ったりしました。

　　音楽を聞きながら勉強をしています。

動詞後接「た」、「て」和「たり」時，五段活用動詞要注意音便。

與敬語有關的幾個動詞的連用形後接「ます」時，詞尾成爲「い」，與一般五段活用動詞連用形的詞形有異。

例：なさる→なさいます

　　おっしゃる→おっしゃいます

いらっしゃる→いらっしゃいます

くださる→くださいます

（4）部分動詞的連用形本身可成爲名詞，亦有成爲複合詞的後半部，成爲名詞的用例。

例：釣り、川の流れ、行き、帰り、話し、値上がり、値下げ

（5）同一動詞的連用形重疊，意與「～ながら」相同，表示該動作與句中後文另一動作同時進行。

例：妹は学校から泣き泣き帰って来た。

　　旅人は山道をあえぎあえぎ登った。

若連用形動詞詞幹爲單音節時，則有長音化現象。

例：テレビをみいみい食事をする。（＝見ながら）

　　いねむりをしいしいノートをとる。（＝しながら）

（6）動詞的連用形後接特定詞語，成爲慣用形式。

1. 後接助詞「に」再接表示來、去等動詞，表示來、去等的目的。

例：コーヒーを飲みに喫茶店へ行きます。

　　きのう友達が遊びに来ました。

2. 後接助詞「は」或「も」，再接「する」和「しない」等，表示強調。

例：書きはする。

　　書きもする。

　　読みはするが書きはしない。

□　5.4.3　終止形

（1）動詞的終止形用於結句。

例：ちょっと郵便局へ行って来る。

　　　学校の図書館に日本語の本がたくさん<u>ある</u>。

（2）動詞的終止形後接附屬詞。

　1. 後接助動詞「らしい」、「そうだ」(傳聞)和「まい」(只限五段活用動詞)。

　　例：あした雨が<u>降る</u>らしい。

　　　　あの人はきょう<u>来る</u>そうだ。

　　　　行こうが<u>行く</u>まいがぼくの自由だ。

　2. 後接助詞「と」、「が」、「から」和「けれども」。

　　例：雨が<u>降る</u>と道が悪くなる。

　　　　漢字は<u>読める</u>が書けない。

　　　　お客さんが<u>来る</u>から部屋を掃除しておく。

　　　　知っている<u>けれども</u>教えない。

　（3）同一動詞的終止形重疊，意與「～ながら」相同，表示該動詞動作與句中後續另一動詞動作同時進行。

　　例：<u>泣く泣く</u>帰る。

　　　　<u>見る見る</u>できた。

□　5.4.4　連體形

（1）動詞的連體形修飾後續體言。

　例：旅行に<u>行く</u>人はあしたまでに申込んでください。

　　　ネクタイを締めて<u>いる</u>人は一人もいません。

動詞後接助動詞亦可成爲連體修飾語。

　例：宿題を<u>出した</u>人は李さんだけです。

　　　お菓子を<u>食べ</u>たい人は食べてもいいです。

（2）動詞的連體形後接附屬詞。

1. 後接助動詞「ようだ」。

例：あしたは晴れるようだ。

　　きょうは疲れているようだ。

2. 後接助詞「の」、「ので」、「のに」、「ばかり」、「ぐらい」、「だけ」和「ほど」等。

例：買うのと借りるのとどちらがいいですか。

　　あした用事があるので休ませていただきます。

　　みんな易しいと言っているのに王さんは難しいと言っています。

動詞的連體形後接「の」，再接格助詞時，「の」在語法上具有名詞的功能。

例：遊ぶのはきょうかぎりだ。

　　ぼくは、遊ぶのが好きだ。

這種用法的動詞主語有時可用「が」或「の」表示。

例：ぼくは先生が公園で絵をかいているのを見た。

　　ぼくたちは頂上で朝日ののぼるのを待った。

(3) 動詞的連體形本身具體言功能。這種用法只適用於一些特殊的慣用場合，並無普遍性。

例：それはするに及ばない。

　　困った困ったと言うにすぎない。

□　5.4.5　假定形

動詞的假定形後接助詞「ば」表示假定。

例：あなたが行けばわたしも行きます。

　　春になれば花が咲きます。

□　5.4.6　命令形

（1）動詞的命令形具命令意思以結句。

例：あっちへ行け!

　　　もう一遍言え!

（2）動詞的命令形表示發言者的期望、期待。

例：あした天気になれ。

　　　お正月よはやくこい。

（3）表示敬體的助動詞「ます」的命令形是「まし」或「ませ」，現只用於一些慣用說法，如「いらっしゃいませ」、「いらっしゃいまし」。在敬體中，一般多用動詞的連用形後接「なさる」的命令形「なさい」表示命令。

例：行きなさい。

　　　食べなさい。

　　　こちらへ来なさい。

　　　早くしなさい。

與敬語有關的幾個動詞的命令形是詞尾「る」轉爲「い」，與一般動詞的命令形的詞形有異。

例：なさる→なさい

　　　いらっしゃる→いらっしゃい

　　　おっしゃる→おっしゃい

此外，「くれる」的命令形是「くれ」，屬於例外。

例：早くやってくれ!

參考一　一些具特殊用法的動詞

　1.「ある」和「ござる」接形容詞、形容動詞（或形容動詞活用型之助動詞）的連用形之後，成爲肯定或否定的敍述形式。

例：お帰りは遅うございます。

　　ここは静かで(は)ありません。

話題爲表示尊敬對象的人物時，可用「でいらっしゃる」代替「です」。

例：お上手でいらっしゃる。

　　この方は田中学長でいらっしゃいます。

2.「ある」、「ござる」和「いらっしゃる」與「で」連用，接體言之後，成爲各種表達形式。「で」爲助動詞「だ」的連用形。

例：わが輩は猫である。

　　これは弟でございます。

　　この方は山田社長でいらっしゃいます。

3.「なさる」、「申す」等，接動詞的連用形(接「ます」時的詞形)，表示尊敬、謙讓和丁寧等。

例：ゆっくりお読みなさい。

　　お答え申します。

參考二　敬語動詞的活用

敬語動詞如「なさる」、「くださる」、「いらっしゃる」和「おっしゃる」，一般作五段活用動詞處理，但其連用形及命令形與其他五段活用動詞有相異之處(參看表5.5)。

未然形有「ら」和「ろ」兩種詞形。

(1) 詞尾「ら」後接助動詞「ない」或「ぬ」。

例：学長はいらっしゃらないようです。

　　そんなことをおっしゃらずにお受け取りください。

(2) 詞尾「ろ」後接助動詞「う」。

例：何をなさろうとそちらのかってです。

表5.5　日語的敬語動詞的活用

基本形	詞幹	詞尾					
		未然形	連用形	終止形	連體形	假定形	命令形
なさる	なさ	ら ろ	り い っ	る	る	れ	い
くださる	くださ						
いらっしゃる	いらっしゃ						
おっしゃる	おっしゃ						

連用形有「り」、「い」和「っ」(促音便)三種詞形。

(1) 詞尾「り」用於後接助動詞「たい」、「そうだ」(樣態)和助詞「ながら」。

例：そのようになさりたいのでしょう。

　　そうおっしゃりながら部屋を出て行かれた。

(2) 詞尾「い」用於後接助動詞「ます」。

例：そうなさいますか。

　　全員いらっしゃいました。

(3) 詞尾「っ」(促音便)用於後接助動詞「た」，助詞「て」、「ても」和「たり」。

例：そうなさったらいいでしょう。

　　これはおじいさんがくださった辞書です。

命令形的詞尾爲「い」。

例：早くいらっしゃい。

　　こちらへおいでください。

參考三　動詞作爲述語時的用法

現在形：

　　1. 表示現在的情狀。

　　例：寺は山の上に<u>ある</u>。

　　　　犬が3匹<u>いる</u>。

　　　　富士山が<u>みえる</u>。

　　　　この薬はあまり<u>きかない</u>。

　　主要用於表示存在、狀態和性質等的動詞。表示動作的動詞用「～ている」的形式表示現在的動作；而所謂現在，包括說話時瞬間之內一段較長的時間，亦可包括過去至未來的狀態。

　　例：あの人はさっきからそこに<u>います</u>。（過去至現在）

　　　　きのう来たサーカスは来週の日曜までこの町に<u>います</u>。

　　　　（過去至未来）

　　2. 表示未來的情狀。

　　例：あした運動会が<u>ある</u>。

　　　　あと1週間で冬休みが<u>始まる</u>。

　　　　きょうは5時に<u>帰ります</u>。

　　3. 既定的事實，或經常重覆的情狀。

　　例：おかあさんは朝6時に<u>起きる</u>。

　　　　春になるとつばめが<u>来る</u>。

　　　　彼は6時にはきまってここに<u>います</u>。

過去形：

　　1. 表示過去的情狀、行爲。

　　例：きのう映画を<u>見た</u>。

　　　　きのうまでそこに<u>ありました</u>。

　　　　食事の前に水を<u>飲んだ</u>。

　　實際上，對同一事實，若重點放在現在，便用現在形，重點放在過去，則可用過去形。

　　例：あの人はさっきからここに $\left\{\begin{array}{l}\text{います。}\\\text{いました。}\end{array}\right.$

2. 表示對現在或未來事例的存在有所發現，或表示突然想起。

例：あ、ここに<u>いた</u>。

　　そうだ机の上に<u>あった</u>。

　　失礼しました。あしたは約束が<u>ありました</u>。

3. 表示輕慢無禮的命令。

例：<u>どいた</u>! <u>どいた</u>!

　　さあ、<u>買った</u>! <u>買った</u>!

這種用法，只限簡體和肯定形，而且時常重覆。

參考四　動詞作爲連體修飾語時的用法

現在形：

1. 表示現在的情狀。

例：そこに<u>いる</u>先生に話してください。

　　ぼくのいとこに<u>あたる</u>山下さんはいま東京にいる。

主要用於表示存在、狀態、性質和關係等動詞。

2. 表示未來的行爲情狀。

例：パリに<u>行く</u>人にあいます。

　　あした東京へ<u>帰る</u>方はここにいませんか。

3. 表示既定事實，或經常重覆的事實。

例：朝6時に<u>おきる</u>おかあさんはいつもそれから約30分わたしを起こしてくれる。

4. 與句中所示的過去事實屬同時或在其後，而句末屬過去形。

　　例：そこにいる<u>先生</u>によびかけた。

　　　　パリに<u>行く</u>人にあいました。

過去形：

　　1. 表示過去的行為情狀。

　　例：きのう<u>見た</u>映画はずいぶんおもしろかった。

　　　　そこに<u>あった</u>みかんはぼくが食べた。

　　2. 表示未來的行為情狀，比句中其他表示未來的行為情狀為前。

　　例：あした早く<u>きた</u>人は先生のしごとを手つだってください。

　　3. 表示狀態。

　　例：<u>とがった</u>鉛筆。

　　　　<u>にごった</u>水。

　　　　<u>曲った</u>道。

　　這種用法與「～ている」相同。

　　例：<u>曲った</u>道＝<u>曲っている</u>道。

　　在文學作品中，有用現在形表示過去的行為或情狀，目的是在於：

　　1. 有將讀者引至現場的效果。

　　2. 能作生動的描寫。

　　3. 防止句末形式過於單調。

□　5.4.7　補助動詞

　　動詞原則上具有實質詞義，但有部分動詞接其他動詞（連用形接助詞「て」）之後，有時會喪失本身詞義，變成各種表達形式。這些動詞稱為補助動詞。

例：書いている、書いてしまう、書いてある

　　書いておく、書いてみる、書いてみせる

　　書いてやる、書いてもらう、書いてくれる

作爲補助動詞時，不用漢字書寫。

例：$\left\{\begin{array}{l}映画を見ます。\\ 食べてみます。\end{array}\right.$

　　以下是一些常用的補助動詞的用例，爲方便檢索，按五十音順序排列。

一　「ある」

「～てある」接他動詞的連用形附助詞「て」的後面，其意義是：

（1）表示某事物受動作主體的動作或作用所影響而產生的結果或狀態。

例：さおが立ててある。

　　ノートに字が書いてあります。

（2）表示某事物受動作主體的動作或作用已經完結。

例：この茶わんはもう洗ってある。

（3）表示某事物受動作主體的動作影響，其結果成爲放任狀態。

例：机の上に本が開きっぱなしにしてある。

（4）某事物受動作主體動作的影響而保持所產生的狀態，或作其他事例的準備。

例：船が流れていかないように岸につないである。

　　今日はお客が来るのでビールが3本買ってある。

（5）表示具意志的動作已完結，或經已實現。

例：そのことはあの人にはもう言ってある。

　　この辺は区画整理がしてある。

(6) 此外，「～てある」也有用於自動詞的用例。

例：徹夜できるように寝て<u>ある</u>。（表示爲某事例作好準備）

(7) 接形容動詞連用形「で」之後成爲「である」，是形容動詞書面語的終止形。「である」和「であります」亦是助動詞「だ」和「です」的書面語和演說體裁。

例：情勢は穏やかで<u>ある</u>。

本日はわが大学の創立紀念日で<u>あります</u>。

二　「いく」

(1) 表示從有至無的消滅過程。

例：火が消え<u>ていく</u>。

船が港を出<u>ていく</u>。

(2) 表示某事例或狀態的變化、**持續**，在時間或空間上是由近而遠。

例：物価は毎月のようにあがっ<u>ていく</u>。

病気がますます重くなっ<u>ていった</u>。

三　「いる」

(1) 表示動作或作用在進行中，適用於具持續性質的動作或作用的動詞。

例：いま彼は2階で本を読ん<u>でいる</u>。

子供たちは絵をかい<u>ている</u>。

(2) 表示由動作或作用的結果而產生的狀態。

例：戸が開い<u>ている</u>。

　　　あの人は結婚して<u>いる</u>。

　　　この虫は死んで<u>いる</u>。

　(3) 表示人或事物的形狀、顏色或形態等。

例：この道は曲がって<u>いる</u>。

　　　この花は黃色い色をして<u>いる</u>。

　　　あの子はりんごのような顔をして<u>いる</u>。

　(4) 表示經驗或紀錄。

例：彼は去年、富士山に登って<u>いる</u>。

　　　ヨーロッパへ３回行って<u>いる</u>。

試比較下列兩句：

例：$\begin{cases} \text{彼は去年、富士山に登った。} \\ \text{彼は去年、富士山に登って\underline{いる}。} \end{cases}$

　　上一句表示登富士山的行爲發生在去年而敍述此事實，下一句則表示去年有此經驗，是比較少用的表達形式。初學者知道有這種用法便可，不宜濫用。

　(5) 表示某動作或行爲、現象等定期或反覆進行和出現。

例：家には毎日大工さんが来て<u>いる</u>。

　　　戦争で毎日多くの人が死んで<u>いる</u>。

　　動詞按其詞義的內涵，又可分爲三種表示動作正在進行中的動詞（參看表5.6）：

　(1) 持續動作的動詞：如「読む」、「書く」、「走る」、「降る」、「吹く」、「燃える」等。

　(2) 瞬間動作的動詞：如「結婚する」「死ぬ」等。此外，表示狀態的動詞，亦屬此類，如「曲がる」、「そびえる」等。

　(3) 兼備持續和瞬間的動詞。如「着る」、「履く」、「掛ける」等。

表5.6　日語的動詞種類

動詞種類	第一種用法 (動作進行中)	動作完成	第二種用法 (動作結果而產生的狀態)
持續動作 例：食べる	→食べている	→食べた	
瞬間動作 例：(戸が)開く		→開いた	→開いている
持續、瞬間兼備 例：(洋服を)着る	→着ている	→着た	→着ている

四　「おく」

（1）使事物狀態維持不變。即不改變某事物當時的狀態，使該狀態持續不變；或使某動作或行爲所產生的結果繼續存在下去，維持不變。

　　例：机の上に本を開きっぱなしにしておく。

　　　　電気はそのまま消さないでつけておいてください。

　　　　うるさいからまだそとで遊ばせておけ。

（2）與規限時間的詞語合用，表示在該規限時間之內，完成有關的動作或行爲。

　　例：会議の前に資料を配っておく。

　　　　お客さんが来るまでに掃除しておく。

（3）爲作準備而做的動作或行爲。即有關的動作或行爲並非目的或結果，而是爲下一步作準備。

　　例：それを書いておけば、将来何かの役に立つ。

　　　　パーティーのために飲み物を用意して<u>おこう</u>。

　　(4) 表示某動作或行為乃屬暫時之行動，大多與「一時」、「ま
ず」等詞一齊使用。

　　例：受け取ったお金を一時懐に入れて<u>おく</u>。

　　　　めんどうくさいから、いいかげんに答えて<u>おいた</u>。

　　(5) 有用於否定形式，成為「～ないでおく」，作否定的陳述。

　　例：夕方ごちそうがでるのでおやつを食べないで<u>おこう</u>。

　　　　あとの人が使うから電源を消さないで<u>おいて</u>ください。

五　「くる」

　　(1) 表示從無至有的出現或產生過程。

　　例：言葉は生活の中から生まれて<u>くる</u>。

　　　　いくら考えてもいいアイデアが出て<u>こない</u>。

　　(2) 表示某事例或狀態的開始、變化或持續，在時間或空間上
是由遠而近。

　　例：日がたつにつれて、白鳥の数が増えて<u>きた</u>。

　　　　そのうちに、雨が降って<u>きた</u>。

　　　　これまでに何回も注意して<u>きた</u>が、……。

六　「しまう」

　　(1) 表示動作或作用的全部完成。

　　例：夕べこの本をおしまいまで読んで<u>しまった</u>。

　　　　全部食べて<u>しまい</u>なさい。

　　(2) 表示動作或行為的終結，而該終結往往是不再(或無法)改
變的結果，或因該終結而引起另一種新局面時使用。

　　例：おじいさんは家のかきの木を切って<u>しまった</u>。

　　兵士は「わが軍は勝ったぞ」と叫ぶと、ばったりと倒れて
　　<u>しまった</u>。
　　あの子はとうとう死んで<u>しまった</u>。
　　彼は遠くへ行って<u>しまった</u>。

　（3）表示無意識或下意識的動作或行為。即不由自主、漫不經
心或非有意而做出的動作或行為。
　　例：初めてだから少し上がって<u>しまった</u>。
　　　　ぼくは、縁側で妹とふざけているうちにバケツを引っくり
　　　　返して<u>しまった</u>。

　（4）表示未能預料、事非己願或事與願違的動作或狀態。用於
遭受損失和蒙受困擾的事例時，往往具有可惜的心情或心有不甘的
含義。
　　例：竹では水に浮いて<u>しまう</u>のでブリきにした。
　　　　読点の打ち所が違うと、同じ文でも、意味が変わって<u>し</u>
　　　　<u>まう</u>ことがある。
　　　　大事なことを忘れて<u>しまいました</u>。
　　　　先生にあてられて<u>しまって</u>困った。

七　「みせる」
　（1）表示為了示範而做的動作。
　　例：先生は生徒の前で教科書を読んで<u>みせた</u>。
　　　　どういうふうにやるかちょっとやって<u>みせて</u>ください。
　（2）表示發言者的堅強意志，有顯示本領、還以顔色的含義。
　　例：かならず成功して<u>みせる</u>。
　　　　今度の試験には100点を取って<u>みせます</u>。

注意：

1. 動詞「て」形後接補助動詞，在實際發音時有約音現象。

例：「～ている」→「～てる」（降ってる）

　　「～ておく」→「～とく」（考えとく）

　　「～てやる」→「～たる」（やったる）

　　「～であける」→「～だげる」（遊んだげる）

　　「～てしまう」→「～ちまう」或「～ちゃう」

　　（なっちまう、なっちゃう）

這種現象亦說明補助動詞已失去其獨立性。

2. 補助動詞接動詞「て」形之後，但動詞「て」形之後的動詞不一定是補助動詞。

例：騒いでしかられる。

　　参考書を持って行かないでください。

□　5.4.8　授受動詞

授受動詞是表示給予和接受的動詞，其用法如下：

（1）表示給予的動詞：

1.「さしあげる」、「あげる」和「やる」：給予的人是句中主語，可以是第一、第二或第三人稱，接受的人是第二或第三人稱。如果接受的人是第一人稱時不能用。

例：のちほどお手紙をさしあげます。

　　おすきでしたらあげてもいいですよ。

　　こどもにお菓子をやらないでください。

2.「くださる」和「くれる」：給予的人是句中主語，可以是第二或第三人稱，但接受的人是第一人稱，或意識上是屬於第一人稱的個人或團體。

例：これは先生がくださった辞書です。

田中君はわたしの誕生日にボールペンをくれた。

(2) 表示接受的動詞：

用「いただく」、「もらう」的形式時，給予的人可以是第一、第二或第三人稱，接受的人是句中主語，亦可以是第一、第二或第三人稱。

例：もう1杯お茶をいただきたいのですが。

きのう林君から招待状をもらいました。

第一人稱指發言者本身或家人，或所屬團體等。第二人稱指受言者本身或其家人或所屬團體等。第三人稱指第一、第二人稱以外，在話題中出現的人物或團體等。

在選擇上述授受動詞時，要注意發言者與話題人物的「尊」、「卑」和「自」、「他」關係。「尊」指尊輩，比發言者年紀長，職級、輩份或社會地位高的人物，都屬尊輩；「卑」指卑輩，比發言者年紀輕，職級、輩份或社會地位低的人物，都屬卑輩；「自」指第一人稱，即發言者本身、家人或所屬團體，在意識上屬「自己人」的人物或團體；「他」指第二或第三人稱，即發言者以外的人物或團體，包括受言者(第二人稱)或話題中出現的人物或團體。即在發言者的意識中屬「外人」、「他人」的人物或團體；「自」、「他」亦即「內」、「外」，即「自己人」與「他人」、「外人」有別。

一般來說，上述「尊」、「卑」、「自」、「他」的關係是相對而非絕對。發言者按受言者和話題人物之不同而作選擇。有時亦按發言時的客觀環境和主觀意圖(如增加親切感，或製造拘謹氣氛等)，而在遣詞時有不同的取捨。若能多留心授受動詞的使用場合及實際用例，當能心領神會(參看圖5.1)。

授受動詞的用法有下列三種：

(1)「さしあげる」、「あげる」和「やる」：主語為給予者，動詞

圖5.1　日語的授受動詞

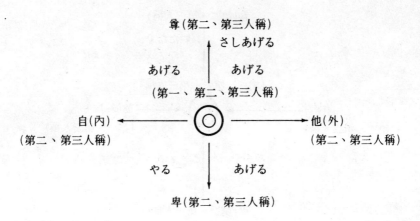

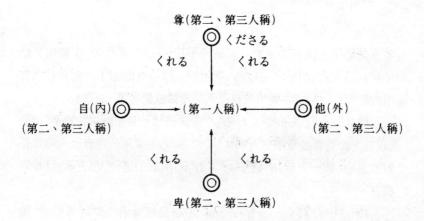

註：◎表主語

　　→表示給予方向

圖5.1　日語的授受動詞(續)

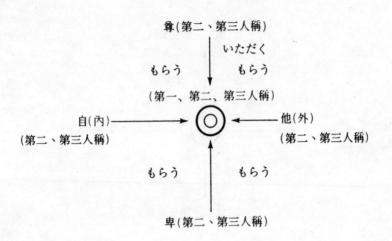

註：◎表示主語
　　→表示給予方向

意思是給予。接受者爲第一人稱時不用。「さしあげる」主要用於給予非自己人的尊長；「あげる」適用於一般場合的給予，也是最爲常用的形式；「やる」主要用於自己人的卑輩或動物等。

　　(2)「くださる」和「くれる」：主語爲給予者，動詞意思是「給予(我)」，接受者必是第一人稱；「くださる」主要用於非自己人的尊長對發言者(第一人稱)的給予；「くれる」用於上述「くださる」以外的場合。

　　(3)「いただく」、「もらう」：主語爲接受者，動詞意思是「接受」、「獲得」，給予者爲第一人稱時不用；「いただく」主要用於接受非自己人的尊長的給予。

　　實物的給予或接受用「名詞を」，再接給予或接受動詞；行爲的授受關係用動詞連用形接「て」，再後接給予或接受的動詞。

例：持っていなければ買って<u>あげます</u>。

　　あの子にも教えて<u>やったら</u>どうですか。

　　先生はわたしに推薦状を書いて<u>ください</u>ました。

　　ちょっと駅まで行く道を教えて<u>いただけない</u>でしょうか。

　　早く医者にみて<u>もらった</u>ほうがいいです。

參考一　授受動詞的其他用法

　1. 自己爲他人做事而談及自己的行爲時，一般不用「さしあげる」或「あげる」，而用謙讓的表達形式，以避免有施惠於人之嫌。

　　例：(替人拿行李時)不說：

　　　　お荷物を持ってさしあげましょうか。(×)

　　　　而說：

　　　　お荷物をお持ちしましょうか。(✓)

　2. 談及他人接受自己的給予時，一般不用「いただく」，用「もらう」較佳。

　　例：これはあの子がわたしに<u>もらった</u>おもちゃではありません。

　3. 發言者與受言者(對方)站同一立場，能產生熟絡或親暱的效果。

　　例：これ、だれが<u>くれた</u>の。

　　　　(對他人的孩子詢問)

　　　　これ、パパに<u>あげ</u>なさい。

　　　　(爺爺對孫子)

　　　　これ、道夫に<u>やり</u>なさい。

　　　　(爺爺對婆婆)

　4. 授受動詞亦有用於自然現象等的非意志動詞。

　　例：ここで一雨降って<u>もらわない</u>と困る。

5. 具積極意義的不做某行爲時，亦有用授受動詞。

(動詞)ないで $\begin{cases} やる \\ あげる \end{cases}$ （爲對方設想而不做某行爲）

(動詞)ないで $\begin{cases} もらう \\ いただく \end{cases}$ （基於接受者的利益，得到別人不做某行爲）

(動詞)ないで $\begin{cases} くれる \\ くださる \end{cases}$ （基於第一身利益，得到別人不做某行爲）

例：かわいそうだから、この話はうちの人に言わないで<u>やろ</u>
<u>う</u>。

恥しいので、この話はうちの人に言わないで<u>もらった</u>。

先生に言わないで<u>くれる</u>よう林君に頼んだ。

6. 授受動詞有時重疊使用。

例：弟に絵をかいて<u>やってください</u>。

（具有使役的含義，使令對方爲某人做某行爲）

弟に絵をかいて<u>もらってやろう</u>。

（具有施恩惠的語氣，順從別人意願，使別人不失望）

7.「くれる」和「くださる」的命令形分別是「くれ」和「ください」；「～てくれ」較「～てください」爲簡慢，用於熟稔和不拘禮節的場合。兩者雖屬命令形，但對別人有所請求時亦可用。

例：ちょっとこれを調べて<u>くれ</u>。

速くやって<u>くれ</u>!

8.「～てやる」在口頭語中，有時用於表示發言者積極地進行某動作行爲，即發言者行爲非爲別人而做，只是達成發言者本身的心願或決心而已；有時甚至用於加害對方。

例：これを学資にして、勉強して<u>やろう</u>。

あまりにくらしいから、すこしからかって<u>やった</u>。

おまえなんか、殺して<u>やる</u>ぞ。

あまりひどいから叱って<u>やろう</u>。

9.「～ていただく」有用於提及對方行動，具尊敬語氣，當作尊敬語使用，與授受無關。

例：右へ曲がって<u>いただく</u>とすぐです。

ソースをかけてめしあがって<u>いただいた</u>方がおいしいと思います。

□　5.4.9　自動詞與他動詞

自動詞是動作或作用的主體本身自行完成該動作或作用；他動詞是動作或作用的主體，以該動作或作用加之於其他人、物和事例，或出產、產生，製造其他事物、事例。他動詞一般用「を」表示該動作或作用所及的人、物和事例。

例：
　　赤ん坊が<u>生まれる</u>。（自動詞）
　　彼女は来月赤ん坊を<u>生む</u>。（他動詞）

　　テープが<u>切れる</u>。（自動詞）
　　会長ガテープを<u>切る</u>。（他動詞）

　　窓ガラスガ<u>われた</u>。（自動詞）
　　こどもが窓ガラスを<u>わった</u>。（他動詞）

自動詞和他動詞有以下的關係：

（1）同形的自動詞和他動詞。

例：
　　風が<u>吹く</u>。（自動詞）
　　笛を<u>吹く</u>。（他動詞）

　　波が<u>寄せる</u>。（自動詞）
　　車を<u>寄せる</u>。（他動詞）

（2）自動詞和他動詞分屬不同的活用種類。

例：
　　船が<u>傾く</u>。（自動詞、五段活用）
　　国を<u>傾ける</u>。（他動詞、一段活用）

> 人が<u>起きる</u>。（自動詞、一段活用）
> 人を<u>起こす</u>。（他動詞、五段活用）

> 枝が<u>折れる</u>。（自動詞、一段活用）
> 枝を<u>折る</u>。（他動詞、五段活用）

> 子が<u>生まれる</u>。（自動詞、一段活用）
> 子を<u>生む</u>。（他動詞、五段活用）

(3) 只有自動詞而沒有與之相對應之他動詞的動詞。

例：行く、来る、<u>立つ</u>、<u>走る</u>等

(4) 只有他動詞而沒有與之相對應之自動詞的動詞。

例：打つ、書く、食べる、借りる等

參考一　自動詞與他動詞的用法

1. 他動詞所及的對象稱爲目的語，用助詞「を」表示。但與「を」連用的動詞不一定是他動詞；表示通過、經過的場所或地點也用「を」，而所用的動詞是自動詞。

例：道を<u>渡る</u>。（自動詞）

　　鳥が空を<u>飛ぶ</u>。（自動詞）

　　階段を<u>登る</u>。（自動詞）

2. 日語和英語的自動詞不同，日語的自動詞也有被動形，大多是用於表示蒙受損失或遭遇困擾。

例：昨日雨に<u>降られた</u>。

　　ゆうべ友達に<u>来られて</u>勉強ができなかった。

　　赤んぼうに<u>泣かれて</u>ねむれなかった。

3.「～ている」可用於自動詞或他動詞，但「～てある」只用於他動詞。

例：みんな<u>来ています</u>。（自動詞）

　　子供たちはりんごを<u>食べています</u>。（他動詞）

　　　掲示板にお知らせが<u>貼ってあります</u>。（他動詞）

4. 試比較下面的句子：

例：$\left\{\begin{array}{l}\text{家が<u>焼けた</u>。（自動詞）}\\\text{変な男の人が家を<u>焼く</u>。（他動詞）}\end{array}\right.$

　　自動詞是說明事物本身的現象或狀態，至於由誰人造成該事實，則不予過問。在不知道由誰人造成該事實，或不擬說出，或非重點不予關心時用自動詞。他動詞說明某動作對某事物所及的影響，故用他動詞時，意識上要求說出由誰人造成該事實。

6

副 詞

6.1 概説

　　副詞為獨立詞，沒有詞形變化（無活用），不能單獨成為述語，
有修飾用言的功能。

　　例：すぐ来てください。

　　　　もっと大きいのがほしいです。

　　　　試しに書いてみました。

　　　　そっとへやから出て行きました。

　　　　木の枝が風にそよそよゆれています。

　　　　いろいろ努力してみたが結局失敗しました。

　　　　あの人はいつもにこにこ笑っています。

6.2 副詞的種類與用法

　按副詞的用法，可分為下列幾種。

（1）表示情態的副詞，主要用於修飾動詞。

　　例：あの人とはしばらく会っていません。

　　　　さっそく読ませていただきたいと思います。

　　　　ゆっくりめしあがってください。

　　　　そういうふうにしてもよろしいでしょうか。

　　　　どうしたらいいかわかりません。

　　　　ご意向をはっきりおっしゃってください。

　　　　じきに戻ると思いますのでしばらくお待ちください。

　　　　すぐ始めてもいいと思います。

　(2) 表示程度的副詞，主要用於修飾形容詞、形容動詞和動詞。

　　例：今日はたいへん暑いです。

　　　　景気はたいそうよくなってきました。

　　　　最も安いのはこれです。

　　　　すこし高くても買います。

　　　　あの人は株でかなりもうけたらしいです。

　　　　あまり忙しいのでつい忘れてしまいました。

　表示程度的副詞也可直接修飾表示位置、方向、數量和時間等體言。

　　例：これはずっと昔の話です。

　　　　その町はもっと南にあります。

　　　　少し前においでください。

　　　　もう一つめしあがってください。

　表示情態的副詞也可以修飾或規限程度。

　　例：もっとはっきりおっしゃってください。

　　　　こうすればずっとすっきりするでしょう。

　此外，表示情態的副詞也可以後接助詞「の」，修飾體言。

　　例：わずかのお金しか出しませんでした。

　　　　よほどの努力がなければ成功しないでしょう。

　　　　あの人はかなりの実力者です。

　(3) 用於敍述或陳述的副詞，可表示禁止和願望等，敍述發言者的意圖和立場。這種副詞往往與後續成分互相呼應。

　1. 用於肯定敍述，下文爲肯定形式。

　　例：あしたはきっと雨になるでしょう。

　　　　だれでももちろん失敗することはあります。

　　　　来週までにはかならずお返しします。

ぜひ一度ヨーロッパへ行ってみたいです。

2. 用於否定紋述，與下文之否定形式互相呼應。

例：あの人は<u>けっして</u>悪い人ではありません。

毎日練習しているが<u>ちっとも</u>上手になりません。

食欲がないと言って<u>すこしも</u>食べませんでした。

3. 用於推測，與下文表示推測之助動詞「だろう」和「でしょう」
等互相呼應。

例：あしたは<u>たぶん</u>いい天気でしょう。

あの話は<u>まさか</u>うそではないでしょうね。

こどもには<u>おそらく</u>できないでしょう。

4. 用於疑問，與下文表示疑問的助詞「か」相呼應。

例：きのうは<u>なぜ</u>来なかったんですか。

<u>どうして</u>成績がこんなに悪いんですか。

<u>なんで</u>あいさつもしないで默って帰ったのですか。

5. 用於表示希望、請求和勸請等，與下文之「ください」、「な
さい」和「たい」等互相呼應。

例：<u>どうか</u>お許しください。

<u>どうぞ</u>めしあがってください。

<u>ぜひ</u>ご一緒させていただきたいと思います。

6. 用於比擬和譬喻等，與下文之「ようだ」和「みたいだ」等互相
呼應。

例：あの子はかわいくて、<u>まるで</u>人形のようです。

桜が散って<u>ちょうど</u>雪のようだ。

今日は暖かく、<u>あたかも</u>春のようだ。

7. 用於表示假定，與下文之「たら」和「ても」等互相呼應。

例：<u>もし</u>雨が降れば中止します。

<u>たとえ</u>雨が降っても決行します。

　　　　まんいち事故でもおこったらどうしますか。

　　8. 用於否定的推測，與下文之「ないでしょう」和「まい」等互相呼應。

　　例：あの人にはとてもできないでしょう。

　　　　まさかうそではあるまい。

　　陳述副詞對掌握冗長句子的文意甚有幫助。日語的述語在句子的最後部分，倘熟悉陳述副詞，可預知該句子句末爲何種陳述形式。若句中出現「たぶん」時，便知句末爲推測；當句中出現「けっして」時，便知句末爲否定陳述等。

參考一　副詞的其他語法機能

　　1. 部分副詞有後接「と」和「に」的用例。

　　例：すぐ(に)できるからちょっと待ってください。

　　　　少し休めばじき(に)なおります。

　　　　ゆっくり(と)歩いています。

　　　　はやばや(と)返事をくださり、ありがとうございます。

　　　　あの人はそろそろ(と)歩いています。

　　2. 源於漢語的副詞，有後接「して」的用例。

　　例：依然と(して)変らぬ。

　　　　突然と(して)倒れてしまいました。

　　3. 部分副詞可後接助動詞「だ」和「です」結句，成爲句子的述語。

　　例：歩きかたがゆっくりだ。

　　　　これでもうたくさんです。

　　　　あの子はおじいさんにそっくりだ。

　　　　わたしの考えはこうです。

4. 部分副詞可後接助詞「は」、「も」和「さえ」等。

例：ゆっくりとは歩かない。

　　ゆっくりさえ読めない。

5. 副詞與所修飾成分之間，通常無其他詞語加插，副詞位於所修飾成分之前。

例：ゆっくり話してください。

　　今日はかなり暑い。

有時副詞與所修飾成分之間分隔，當中插有其他詞語。

例：やはりやめるほうがいい。

　　だらだらと会議が長引く。

這種情況有時副詞所修飾的部分不甚明確，如「すぐ持ってくるように頼んでください」。「すぐ」可視作修飾「持ってくる」，亦可視作修飾「頼んでください」。但若是後者，應說成：「持ってくるようにすぐ頼んでください。」，這樣文意就更清楚。

$\boxed{7}$

連體詞

7.1　概說

　　連體詞爲獨立詞，不能單獨成爲主語或述語，但能單獨構成詞組。

7.2　連體詞的用法

　　連體詞和副詞一樣，都是沒有詞形變化(無活用)，其用法如下：

　　(1) 修飾體言：

　　例：ある日、突然強い地震が起きました。

　　　　いわゆる人道主義はいかなることでしょうか。

　　　　来る10日に辞令が出ます。

　　(2) 連體詞中之「この」、「その」、「あの」和「どの」可後接助動詞「ようだ」，成爲修飾語或述語等。

　　例：どのようにすればいいですか。

　　　　そのようなことは起らないでしょう。

　　　　きのう見たのはこのようです。

參考一　連體詞與形容動詞

　　「こんな」、「そんな」、「あんな」和「どんな」一般不視爲連體詞，而視作形容動詞處理。「同じ」亦爲形容動詞。

參考二　連體詞與連體修飾語

　　連體詞與連體修飾語不同。用言及名詞後附「の」，都可以成爲連體修飾語，修飾體言，但用言有詞形變化，名詞不能單獨修飾體言，必須附有助詞「の」，這些性質與連體詞有異，故不屬連體詞。

參考三　連體詞與副詞

　　雖然表示程度的副詞也有直接修飾體言的用法，但是沒有普遍性，故連體詞與副詞不同。

　　例：もっと右。

　　　　すぐそこの店。

　　此外，副詞可修飾用言，而這用法爲連體詞所無，故亦應以此區別。

參考四　連體詞與其他品詞

　　連體詞全由其他品詞和詞語轉化或複合而成。

　　1. 由動詞的連體形轉化者：如「ある」、「去る」、「来る」和「あくる」等。

　　2. 由動詞和助動詞複合而成者：如「あらゆる」、「いわゆる」和「とんだ」等。

　　3. 由名詞和助詞「の」複合而成者：如「この」、「その」、「あの」和「どの」等。

　　4. 由文言形容動詞的連體形轉化而成者：如「大きな」、「小さな」、「偉大なる」、「大なる」和「堂々たる」等。

　　5. 另外有些其他形式者：如「たいしたもの」、「ほんの志」和「たった一人」等。

$$\boxed{8}$$

接續詞

8.1　概說

　　接續詞爲無詞形變化的獨立詞（無活用），不能成爲主語、述語和修飾語，在句中具有連接單詞、文句和承前啟後的功能。如「しかし」、「および」、「それに」和「かつ」等。

8.2　接續詞的種類

□　8.2.1　接續詞的分類

　　在詞義上，接續詞可分爲：

（1）表示並列：即連接兩個具對等關係的單詞。

例：国語並びに数学は必修科目である。

　　山田及び田中の二氏が幹事になった。

　　結果は電話又はファクスで通知する。

　　ホールは広くかつ明るい。

（2）表示附加：即在某事例之外，加上另一事例。

例：わたしはそれを田中君に知らせ、なお山田君にも話した。

　　一同が5時に起き、それから大急ぎで出かけた。

　　あそこは物価がやすくて、そのうえ天気がいい。

（3）表示選擇：即從兩個或兩個以上的事例中選取其中之一，或表示其中之一爲該當事例。

例：来週は北京もしくは上海に出張するらしい。

　　　ドイツ語あるいはフランス語を学びたい。

　　　手紙を出すかまたは電話をする。

（4）表示條件：又分為以下兩種。

1. 用於順接：表示從上文而引起之下文，屬當然的結果。

例：あの道は危険だそうだ。だからお前たちも気をつけなけ
　　ればならない。

　　その功績は大である。よってこれを賞する。

　　日本には四季すなわち春、夏、秋、冬の変化がある。

2. 用於逆接：表示從上文而引出之下文，屬不相稱的結果。即
下文內容與一般自然發展、期待、估計和意料不同。

例：電車はこんでいたが、わたしはこしかけることができた。

　　物価が上がった。しかし月給は上がらない。

　　よく勉強するけれども成績は悪い。

□　8.2.2　常用的接續詞

　　常用的接續助詞有「ば」、「と」、「ても」（でも）、「けれど
（も）」、「が」、「のに」、「ので」、「たり」、「から」、「し」、「て」和
「ながら」等。

　　（1）用於並列者：「また」、「および」、「それに」、「そのうえ」
和「ならびに」等。

　　（2）用於選擇者：「それとも」、「または」、「もしくは」和「ある
いは」等。

　　（3）用於條件之順接者：「だから」、「それで」、「すると」、「ゆ
えに」、「されば」、「そこで」和「したがって」等。

　　（4）用於條件之逆接者：「だが」、「しかし」、「だけど」、「けれ
ど」、「ただし」、「そうですが」、「が」和「ところが」等。

8.3　接續詞的用法

接續詞有承接上句，引出下句的功能，亦用於連接詞組和單詞。

(1) 接續詞位於句首，在文意上承接上句，引出下句，起承上啟下的作用。

例：雲が低くなった、しかしまだ雨は降らない。

　……。さて、以上述べたことを要約すると、次のようになると思います。

(2) 在一句之內，連接詞句或詞組。

例：絵を描き、また字も書く。

　もう30分も過ぎたが、会は一向始まりそうにもない。

　理屈はその通りだが、実行がむずかしい。

(3) 在一句之內，連接單詞。

例：東京及び大阪に行く。

　英語まにはドイツ語を学ぶ。

　講堂は広くかつ明るい。

接續詞的功能也可說成是修飾後續成分，與副詞用法相同，但接續詞可連接單詞、詞組和句子，而副詞無這種用法。

接續詞與其他詞語有同形者，宜從文意加以區別。

例：　野球もし、またテニスもする。（接續詞）
　　　あしたまたいらっしゃい。（副詞）
　　　やしの実、それから油をとります。（代名詞＋助詞）
　　　山に登り、それから海にも行った。（接續詞）
　　　行こうと思ったが、考え直した。（接續助詞）
　　　行こうと思った。が、考え直した。（接續詞）

{ たいへん努力したけれど、失敗した。(接續助詞)
{ たいへん努力した。けれど、失敗した。(接續詞)

{ そんなことをすると、しかられるよ。(動詞＋助詞)
{ 口笛を吹いた。すると、犬がとんで来た。(接續詞)

8.4 接續詞與其他品詞

接續詞大多是由其他品詞複合而成。

(1) 名詞＋助詞：如「ところが」、「それから」、「そこで」。

(2) 動詞＋助詞：如「したがって」、「よって」、「すると」。

(3) 助動詞＋助詞：如「だが」、「だから」、「ですから」。

(4) 副詞＋動詞＋助詞：如「そうして」、「そうすると」、「そうしたら」。

(5) 副詞＋助詞：如「または」。

(6) 助詞＋助詞：如「では」、「でも」。

參考一 接續詞與活用詞的連用形

接續詞可直接接活用詞的連用形(中止法)之後，即動詞和助動詞是與接「ます」時的詞形相同，形容詞是詞尾「く」，形容動詞是詞尾「で」。

例：日曜日は映画を見に行き、または買い物に行きます。

ロビーは広くかつ明るい。

彼は体が丈夫で、しかも性格もよい。

參考二 接續詞與接續助詞的異同

在日語語法中，起接續作用的品詞有接續詞和接續助詞。所謂「接續」，其實有兩種含意：

1.「接續」產生在上文句子與下文句子之間，起「接續」作用的詞語，位於下文句子的句首，「接續」之後，上文句子與下文句子仍分別爲兩個獨立句子。

$$\left. \begin{array}{l} \underline{A句} \\ \underline{B句} \end{array} \right\} \xrightarrow{\text{「接續」後}} \underline{A句}。（接續詞語）、\underline{B句}。$$

例：この本は印刷がきれいだ。値段が高い。

この本は印刷がきれいだ。しかし、値段が高い。

2.「接續」產生在上文句子與下文句子之間，起「接續」作用的詞語，位於下文句子的句首，「接續」後，上文句子與下文句子合成一句。

$$\left. \begin{array}{l} \underline{A句} \\ \underline{B句} \end{array} \right\} \xrightarrow{\text{「接續」後}} \underline{A句}（接續詞語）\underline{B句}。$$

例：香港は土地は狭い。人口は多い。

→香港は土地は狭いが人口は多い。

3.「接續」產生在一個句子中單詞與單詞、詞組與詞組之間，接續後，該句子仍爲一個句子。

$$\left. \begin{array}{l} \underline{A詞} \\ \underline{B詞} \\ 句子 \end{array} \right\} \xrightarrow{\text{「接續」後}} \underline{A詞}（接續詞語）\underline{B詞}句子。$$

例：ボールペン、鉛筆

→ボールペン又は鉛筆で書いてください。

　　一般語法學說認爲接續詞具有上述三項功能，而接續助詞只具
第二和第三項功能，然則具第二和第三項者究竟應屬接續詞抑或接
續助詞，很難判斷，故亦有以具第一項功能者爲接續詞，而具第二
和第三項功能者爲接續助詞。其理由爲助詞一定要上接其他詞語，
接續助詞亦不例外，不可能位於句首，故不具第一項接續功能。接
續詞既具有位於句首之特色，則不應與第二和第三項接續功能混爲
一談，以便於記憶判斷。例如「が」，可以位於句首，屬接續詞，但
「が」亦具第二和第三項接續功能，故亦爲接續助詞。同一詞形而分
別屬於接續詞與接續助詞的有「が」、「けれど」和「ところが」等。

$\boxed{9}$

感動詞

9.1 概說

9.2 感動詞的詞性

9.3 感動詞的詞義與用法

9.1 概說

感動詞是不具詞形變化(無活用)的獨立詞,它既不能當主語,也不能作修飾語,更沒有接續關係,只表示說話人對事物流露的各種情感,而且本身能作爲獨立句使用。

9.2 感動詞的詞性

(1) 獨立性強,與句中其他成分無特別關係,亦不爲任何修飾詞所修飾。

例:ほう、それはよかったね。

いや、こまったなあ。

(2) 能單獨成爲一個獨立句子。

例: 「君は行きますか。」
「はい。」
おうい!

(3) 一般不接助動詞或助詞,但有下接「や」和「よ」等用例。

例:いざや。

あいよ。

9.3 感動詞的詞義與用法

(1) 用於表達情緒或感情,如「おや」、「まあ」、「やあ」、「よし」和「やれやれ」等。

例：おや、もう12時だ。

　　まあ、きれい。

　　さて、困ったな。

　　どれ、ちょっと見せてごらん。

(2) 對別人使用時有以下兩種用法。

1. 用於呼喚別人。

例：あの、すぐ来てくれるでしょうか。

　　こら、やめなさい。

　　これ、こちらをむきなさい。

　　ねえ、どうしましょうか。

　　さあ、でかけようよ。

2. 用於應對或回應。

例：　オーケー、ひきうけた。

　　うん、わかった。

　　ええ、そのとおりです。

　　いや、困ったなあ。

參考一　感動詞的其他語法機能

　　1. 感動詞有重疊使用的用例，如「これこれ」、「どれどれ」和「おいおい」等。

　　例：これこれ、ちょっと退いてくれないか。

　　　　どれどれ、ちょっと見せてくれ。

　　2. 有從代名詞、副詞和助詞轉化而成的感動詞，如「あれ」、「これ」、「それ」、「どれ」、「さて」、「さても」、「どうも」、「ね」和「ねえ」等。

　　例：あれ、危い!

　　これ、何をするか。

　　それ、行くぞ。

　　どれ、考えてみよう。

　　3. 感動詞與表示感動的終助詞不同，終助詞與上接詞語成為一組，連續一起說出。感動詞通常位於句首，具獨立性格，與句中其他詞語無直接關係。

　　例：ねえ、遊ばないか。（感動詞）

　　　　なあ君、そうだろう。（感動詞）

　　　　花がきれいに咲いたねえ。（終助詞）

　　　　あれもえらくなったもんだなあ。（終助詞）

　　4. 感動詞與接續詞亦不同。感動詞與後續成分隔離，本身可成為獨立句子，或在句中獨立而停頓。接續詞必承上文而接下文。

10

助動詞

10.1　概說

　　助動詞爲附屬詞，不能單獨使用，接於體言、用言及助動詞之後，加添各種意思，或表示判斷。助動詞大部分有與動詞、形容詞等基本相同的詞形變化。

10.2　助動詞的分類

　　助動詞可按其詞義、活用、接續三方面加以分類。

（1）按助動詞本身之詞義和功能分類：

　　　　被動：「れる/られる」

　　　　可能：「れる/られる」

　　　　自發：「れる/られる」

　　　　尊敬：「れる/られる」

　　　　使役：「せる/させる」

　　　　希望：「たい」

　　　　樣態：「ようだ」

　　　　比擬：「ようだ」

　　　　判斷：「だ」

　　　　過去：「た」

　　　　否定：「ない」、「ぬ」

　　　　推測：「らしい」、「べし」

　　　　傳聞：「そうだ」

　　　　意志：「う/よう」、「まい」

　　　　丁寧：「です」、「ます」

　　以上只舉出有關助動詞的主要用法，作為詞義分類之綱目，並不概括該助動詞之所有詞義。各助動詞的詞義及用法，詳見各詞之說明。

　　(2) 按助動詞本身之活用類型分類：

　　　　動詞型：「れる/られる」、「せる/させる」

　　　　形容詞型：「たい」、「ない」、「らしい」

　　　　形容動詞型：「そうだ」、「ようだ」、「だ」

　　　　特殊活用型：「ます」、「です」、「た」、「ぬ」、「べし」

　　　　無活用型：「う/よう」、「まい」

　　(3) 按上接詞語之活用型、品詞而分類：

　　　　接未然形之後：「れる/られる」、「せる/させる」、「ない」、

　　　　　　　　　　　「ぬ」、「う/よう」

　　　　接連用形之後：「た」、「たい」、「ます」、「そうだ」(樣態)

　　　　接連體形之後：「そうだ」(傳聞)、「ようだ」、「らしい」、「まい」

　　　　接終止形之後：「べし」

　　　　接體言之後：「だ」、「です」

　以下將上列助動詞按五十音順排列，以方便檢索。

10.3　助動詞的用法

□　10.3.1　「う/よう」

一　接續

　　助動詞「う」接下列活用詞的未然形之後：五段活用動詞、形容詞、形容動詞，屬上述三者活用型之助動詞、特殊活用型助動詞「だ」、「です」、「ます」。

例：行く→行こう

　　寒い→寒かろう

　　静かだ→静かだろう

　　買いたがる→買いたがろう

　　食べたい→食べたかろう

　　おいしそうだ→おいしそうだろう

　　着いた→着いたろう

　　晴れです→晴れでしょう

　　帰ります→帰りましょう

　　助動詞「よう」接下列活用詞的未然形之後：一段活用動詞、變格活用動詞、一段活用動詞活用型助動詞。

例：見る→見よう

　　来る→来よう

　　する→しよう（接「する」的未然形「し」之後）

　　書かせる→書かせよう

二　活用

　　助動詞「う/よう」只有終止形和連體形，而這兩種活用形之詞形相同。有關「う/よう」的詞形變化，參看表10.1。

表10.1　助動詞「う/よう」的詞形變化

助動詞	活用種類	未然形	連用形	終止形	連體形	假定形	命令形
う	無活用	——	——	う	う	——	——
よう	無活用	——	——	よう	よう	——	——

「う/よう」的連體形只後接形式體言、接續詞和助詞。

例：それでよかろうはずはない。

生きていればじゅうぶん発揮できようものを。

あろうことかあるまいことか。

うっかり見ようものなら、おこられるよ。

もし僕が投手だったら、あんな球投げなかったろうに。

三　用法

助動詞「う/よう」的用法有下述七種：

(1) 表示決意、意志、意向（只用終止形）：用於句末時，是發言者將當時自己的意向直接表達出來。如用於表示對方或第三者的意向，則只用於過去及疑問。又或與表示意志的動詞同用，敘述自己意向。如用於句中停頓時，則用「う（よう）と思う」、「う（よう）と考える」等形式。

例：今日こそ両親に手紙を書こう。（自己的意向）

それはだれにあげようと思って買ったのですか。

（詢問對方意向）

わたしはいくら苦しくても最後までやり抜こうと決心した。（自己的意向，與「決心する」同用）

答えようと思って、立上がった。（自己或他人，用於句中停頓）

(2) 表示提議、勸導、邀約或婉轉的命令（只用終止形）。

例：みんなでよく考えてみよう。

もうやめよう。

今晩いっしょに食事をしましょう。

これだけは自分で持ちましょう。

　　此外，亦有與助詞「か」和「よ」等連用，或用「う(よう)ではない
か」、「う(よう)じゃないか」等形式。

　　例：そろそろでかけましょうか。（具徵詢對方的語氣）

　　　　冷えているうちがおいしいって早く食べようよ。

　　　　（具有催促語氣）

　　　　ぼつぼつ会議を始めようじゃないか。

　　　　（較婉轉的提議、懇求）

　(3) 表示推測，用於文言風格的書面語（只用終止形）。

　　例：さぞや痛かろうと思う。

　　　　このことは次のように考えられよう。

　　　　どうしてそんなひどいことができましょう。

　　表示推測的「よ」和「よう」，通常只用於表示存在的動詞「あ
る」、「いる」，以及表示可能的動詞或表示狀態的詞語，但在現代日
語中，一般用「だろう」和「でしょう」表示推測。

　　例：午後には雨も上がろう/上がるだろう。

　　　　さぞ暑かろう/暑いだろう

　　　　あの小説はおもしろかろう。/おもしろいだろう。

　(4) 表示假想事實（只用連體形）。

　　例：うっかり断わろうものなら、しかえしが恐ろしい。

　　　　笑おうにも笑えない。

　　　　大学生ともあろう者がそんな漢字も書けないのか

　(5) 表示可能性（只用連體形）。

　　例：そんなこと、あろうはずがない。

　　　　人もあろうに、社長に口答えするなんて。

　(6) 表示容許，相當於「～することが許されている」（只用連體
形）。

　　例：なろうことなら、一生おそばに仕えたい気持ちです。

あろうことかあるまいか、親をぶつなんて。

(7) 慣用形式：

1.「～う（よう）とする」：表示某動作或行為正要實現，或在開始前的狀態。

例：バスに乗ろうとして、財布のないのに気が付いた。

歩こうとするが動かない。

用於表示事物之狀態及自然現象時，該現象、狀態在出現或發生前的瞬間。

例：春の日も暮れようとしている。

花もいっせいに開こうとするけはいである。

電車のドアがしまろうとしたとき、男の子がとびのった。

2.「～う（よう）か」：表示疑問或反話（相反的說話）。

例：20メートルもあろうか、とにかく高かった。（疑問）

これははたしてあの人の書いた論文であろうか。（疑問）

あの人は李さんの奥様ではなかろうか。

（反話，「ではなかろうか＝である」）

3.「～う（よう）が～まいが」和「～う（よう）と～まいと」：用於舉出某行為或動作的正和反（肯定和否定），表示後項事例不受該行動之約束，與「～ても～なくても」同義。

例：君が行こうが行くまいがぼくとは関係のないことだ。

行こうと行くまいとお前の勝手だ。

4.「～う（よう）という」和「～う（よう）って」：後接體言，表示未來事例。

例：この会社を背負って立とうという君たちが、このざまはなんだ。

どうみても雨が降ろうって天気には見えないがね。

5.「～う（よう）にも～ない」：用於紋述不可能實現的事例。

　　例：乳飲み児をかかえて働こ<u>う</u>にも働けない。

　　　　体が痛くて行こ<u>う</u>にも行けやしない。

　　6.「～もあろ<u>う</u>に」：在衆多可能的事例中，擧出其中極端的事例，作爲話題的發端或引子時用。

　　例：人もあろ<u>う</u>に、命の恩人をだます奴があるか。

　　　　こともあろ<u>う</u>に、どうしてそんなことをするんだろう。

　　如上例所示，常用的形式是「～人もあろうに」和「～こともあろうに」。

　　7.「～ば～<u>う</u>（よう）に」和「～たら～<u>う</u>（よう）に」：與假定的陳述形式連用，表示與事實相反的假想事例。

　　例：もし体が丈夫だったならば、すぐ行ってやったろ<u>う</u>に。

　　　　天気さえよかったら、楽しかったでしょ<u>う</u>に。

　　　　お父さんさえ生きていらっしゃったら、こんなみじめな

　　　　思いをしなくてもすんだでしょ<u>う</u>に。

參考一　　助動詞「よう」的口頭語

　　在日常會話中，助動詞「う」和「よう」接動詞之後而用於句末時（不再接其他成分），大多用於表示意向或勸請。在口頭語中，表示推測時用「だろう」或「でしょう」。

　　例：今度の日曜日にどこかへ行こう。（勸請）

　　　　あの人は今度の日曜日にどこかへ行くだろう。（推測）

□　10.3.2　「せる/させる」

一　接續

　　助動詞「せる」接五段活用動詞的未然形（詞尾屬「あ段」）及「サ行」變格活用動詞未然形「さ」之後。

　　例：行く→行か<u>せる</u>

　　　　取る→取ら<u>せる</u>

　　　　話す→話さ<u>せる</u>

　　　　する→<u>させる</u>

　　助動詞「させる」接一段活用動詞及「カ行」變格活用動詞的未然
形之後。

　　例：着る→着<u>させる</u>

　　　　食べる→食べ<u>させる</u>

　　　　来る→来<u>させる</u>

二　活用

　　助動詞「せる/させる」的活用與一段活用動詞相同。有關「せる」
和「させる」的詞形變化，參看10.2。

表10.2　助動詞「せる/させる」的詞形變化

助動詞	活用種類	未然形	連用形	終止形	連體形	假定形	命令形
せる	一段活用動詞	せ	せ	せる	せる	せれ	せろ / せよ
させる		させ	させ	させる	させる	させれ	させろ / させよ

三　用法

　　助動詞「せる/させる」的用法有下述七種：

　　(1) 表示使役。即驅使別人做某動作行為。

例：先生は毎日学生を図書館へ行かせています。

　　　わたしは昨日、林君に日本の小説を読ませました。

使役主體爲主語，被使役者用「を」或「に」表示。與使役動詞有關的目的語用「を」表示時，被使役者用「に」表示，否則被使役者用「を」表示。

被使役者的行動與另一人物有關時，要注意文意是否明確。

例：林さんは息子に英語をスミスさんに習わせた。

如改説成下面例句，則文意更加清晰。

例：林さんは息子にスミスさんから英語を習わせた。

(2) 表示雙重使役。即驅使別人叫另一人做某動作或行爲。

例：校長が教師に学生をグランドに行かせる。

直接被使役主體驅使的人物用「に」表示，間接被驅使的人物用「を」表示，句中有其他修飾成分用「を」表示時亦然。

例：弟にたばこを買いに行かせるようにと父が兄に言った。

間接被使役人物的行動與其他人有關時，亦要注意文意是否明確。

例：校長は教師に言って生徒に父兄から署名をもらわせた。

如改説成下句，則文意更加清晰。

例：校長は教師に生徒の父兄から署名をもらわせた。

使用雙重使役時，要留意與使役有關動詞的詞義，有時可能因詞義而使所指內容不同。

例：　　父親は花子に太郎をしからせた。
　　　　父親は花子に太郎をあやまらせた。

上一句是花子罵太郎，驅使花子罵太郎的是父親；下一句是太郎向花子道歉，驅使太郎向花子道歉的是父親。因「～にあやまる」是向人道歉的意思。上、下兩句構造雖然相同，但內容相異。如父親驅使花子叫太郎向次郎道歉時，則可説成：

例：
$$\begin{cases} 父親は花子に言って、太郎が次郎にあやまるようにさ \\ せた。 \\ 父親は太郎が次郎にあやまるように花子に言わせた。 \end{cases}$$

(3) 表示容許。即容忍別人做某行爲或動作。這種用法的句子結構與上文(1)所述的使役用法相同。與「やる」、「あげる」、「もらう」和「いただく」等動詞連用時，容許的意味更爲顯著。

例：先生は生徒を五時まで遊ばせる。

親はこどもを先に食べさせてやる。

社長はあした社員を休ませる。

お先に行かせていただきます。

與「やる」、「あげる」連用和與「もらう」、「いただく」連用的意思不同。與「やる」、「あげる」連用時，主語人物作容許的決定；與「もらう」、「いただく」連用時，主語人物獲得別人的准許。

例：
$$\begin{cases} 先生は学生を休ませてやる。 \\ 学生は先生に休ませてもらう。 \end{cases}$$

兩句所指的事實相同。上一句是主語的「先生」作出准許，而下一句是主語的「学生」得到「先生」的批准。

(4) 表示放任。即任令別人的行爲或動作繼續下去，不加干預。這種用法的放任(使役)主體一般甚少在句中出現。

例：言いたいことを言わせておいた方がいい。

あまり赤ちゃんを泣かせるのはよくない。

こどもを道で遊ばせてはいけない。

あの子を3時まで寝かせよう。

(5) 表示意料之外或不稱意的事例。即事與願違而感到困擾、遭遇麻煩、招致損失等。

例：長女を早く死なせてから臆病になった。

あんまり気をもませるからさ。

　　　　　一時間も待たされて、ほんとにイライラさせられたわ。

　　　　　あの人は戦争で息子を3人も死なせた。

　(6) 使某動作或行爲實現而產生預期的成果。

　　　例：お世辞を言って彼女を喜ばせた。

　　　　　人工的に雨を降らせる。

　這種使役動作主體不直接有所命令。

　(7) 用「～(さ)せてください」、「～(さ)せてもらいます」或「～
(さ)せていただけませんか」等形式時，是要求對方准許或同意自己
希望要做的動作或行爲。

　　　例：その仕事は是非ともわたしにやらせてください。

　　　　　わたしも一緒に行かせていただけませんか。

參考一　含有使役意義的動詞

　有些動詞的詞義含有使役意味。

　　　例：動かす、歩かす、驚かす、乾かす、澄ます、漂わす、
　　　　　散らす、悩ます、響かす、降らす、迷わす、漏らす、
　　　　　寝かす、起こす等。

　大部分含使役意味的動詞，可從有關動詞後接使役助動詞的約
音現象來解釋它的來源。

　　　例：動く→動かせる→動かす(seru→su)

　　　　　澄む→澄ませる→澄ます

　但有些動詞則不能以上述說法來解釋。

　　　例：寝る→寝させる≠寝かす

　　　　　起きる→起きさせる≠起こす

　上列的「動かす」、「歩かす」等，與有關動詞的接使役助動詞「動
かせる」、「歩かせる」等的用法相同。

　　　例：赤ん坊を毎日歩かせて(歩かして)いる。

參考二　助動詞「せる/させる」的口頭語

在口頭語中，常將助動詞「せる」和「させる」唸成「す」與「さす」。

例：読む→読ませる→読ます

受ける→受けさせる→受けさす

參考三　與使役形動詞同形的動詞

有少部分的動詞詞形與動詞後接使役助動詞的詞形相同，但已為一獨立動詞，用法與使役不同。

例：知らせる（＝伝える）

きかせる（＝話す）

合わせる（與自動詞「会う」相對的他動詞）

參考四　使役助動詞的詞感

例：$\begin{cases}$弟が父親に自転車を買わせた。\\弟が父親に自転車を買ってもらった。$\end{cases}$

上一句表示主語是使役動作主體，不意識與後續行為所帶來之利害；下一句含有主語因有關後續行為而受惠的意思。

參考五　使役助動詞與被動助動詞

使役助動詞可後接被動助動詞「られる」。

例：彼に1時間も待たせられた。

皆の前で歌わせられて恥しかった。

這種表達形式的主語動作是出於被動，有非己所願的含意。

五段活用動詞的使役形加被動形「せられる」，往往說成「される」。

例：彼に1時間も待たされた。

參考六　非生物與使役形主體

非生物亦有成爲使役主體的用例。在文學作品中，可視爲擬人法的一種。

例：夏の天候不順が害虫を大量に発生<u>させ</u>た。

夜霧がオレを泣<u>か</u>せる。

參考七　文言的使役助動詞

文言的使役助動詞有用於表示尊敬，語體中亦殘存這種用法。

例：天皇はご健在であら<u>せ</u>られる。

參考八　具自動詞、他動詞對應的動詞與使役助動詞

具自動詞和他動詞對應的動詞，其自動詞後接使役助動詞，詞義與相對應的他動詞，容易產生混淆，宜逐詞確定其含義與用法，不能一概視之。有關自動詞和他動詞對應的動詞，參看表10.3。

表10.3　自動詞和他動詞對應的動詞

自動詞	自動詞 + せる／させる	他動詞	他動詞 + さる／させる
起きる	起きさせる	起こす	起こさせる
立つ	立たせる	立てる	立てさせる
動く	動かせる	動かす	動かさせる

「起きさせる」和「起こす」同義，可以對調使用而意思不變。他動詞後接使役助動詞用於雙重使役。

例：毎朝太郎が次郎を起きさせる/起こす。

　　毎朝母親が太郎に次郎を起こさせる。

但「立たせる」和「立てる」有時不能對調使用。

例：先生が棒を廊下に立てる/立たせる。

　　先生が生徒を廊下に立たせる。（不用「立てる」）

　　先生が生徒に廊下に棒を立てさせる。

　　從上例可知，受命於使役主體而由被使役者執行動作的動詞，大多用自動詞的使役，他動詞往往不能表達。

　　又「動く」接「せる」成爲「動かせる」，具有可能的詞義。

例：あの機械をひとりで動かせる/動かすことができる。

參考九　「サ行」變格活用動詞與使役助動詞

　　助動詞「せる」接「サ行」變格活用動詞未然形「さ」，如「勉強する」是「勉強させる」。在現代日語口語中，已不用「勉強せさせる」。接「信ずる」、「重んずる」和「感ずる」等時，亦不作「信ぜさせる」而作「信じさせる」、「重んじさせる」或「感じさせる」，這與接「れる」和「られる」時的詞形相同。

參考十　自動詞與使役助動詞

　　自動詞後接使役助動詞與他動詞，是同樣表示他動。

例：車を走らせる。

　　車を運転する。

上面兩句的構造和文意相同。

參考十一　自動詞使役對象的助詞

　　自動詞的使役對象亦有用助詞「に」來表示。

例：彼に行かせる。

□　10.3.3　「そうだ」(傳聞)

一　接續

助動詞「そうだ」(傳聞)接用言(動詞、形容詞、形容動詞)及助動詞(「れる」、「られる」、「せる」、「させる」、「たい」、「ない」、「ぬ」、「だ」、「た」和「ようだ」)的終止形之後。

例：あした出発する<u>そうだ</u>。

桜の花は美しい<u>そうだ</u>。

あの町は静かだ<u>そうだ</u>。

あの人は知らない<u>そうだ</u>。

李君は去年日本へ行った<u>そうだ</u>。

二　活用

助動詞「そうだ」(傳聞)的活用與形容動詞相同。敬體是「そうです」。有關「そうだ」(傳聞)的詞形變化，參看表10.4。

表10.4　助動詞「そうだ」(傳聞)的詞形變化

助動詞	活用種類	未然形	連用形	終止形	連體形	假定形	命令形
そうだ	特殊	——	そうで	そうだ	——	——	——
そうです	特殊	——	そうでし	そうです	——	——	——

助動詞「そうだ」和「そうです」(傳聞)只有連用形和終止形。連用形「そうで」除用於句中停頓(中止法)外，可後接「ある」。敬體的連用形「そうでし」可後接助詞「て」。

例：お父様が御病気だそうで、御心配ですね。

　　　よく勉強するそうである。

　　　校長先生が御元気になられたそうでして、この間お知ら

　　　せがございました。

「そうだ」(傳聞)的終止形是用於句末。

例：あの子は毎朝早く起きるそうだ。

　　　今年は修学旅行はやめるそうだ。

　　　会長は辞任するそうです。

在日語方言中，有以「そうな」爲結句，屬較簡慢的說法。

例：もう死んだそうな。

　　　雪になるそうな。

助動詞「そうだ」(傳聞)的詞幹可用於結句，或後接助詞「よ」和
「ね」等，用於句末，女性多用。

例：雨が降るそうよ。

　　　合格したそうね。

三　詞義

助動詞「そうだ」的詞義是表示傳聞或聽說。適用於從消息來源
直接聽到，或從消息來源以外的人物聽到的消息而向第三者轉述，
相當於「～ということだ」、「～という話だ」。第一人稱本身年幼懂
事之前的事例可以使用，但懂事以後的事例不用。

例：あの人も東京へ行くそうだ。

　　　新聞によると今年の梅雨は遅いそうだ。

　　　わたしは赤んぼの時　よく夜泣きをしていたそうだ。

「そうだ」與聽到消息的時間無關，都用現在形「そうだ」。有時
要按客觀情況而更換消息內容的有關詞彙。

例：田中對某人說：

　　　「あさって　(ぼくが)君の家へ行くよ。」

而翌日某人對第三者引述時説：

「あした、田中君がぼくの家へ来るそうだ。」

□　10.3.4　「そうだ」(樣態)

一　接續

　　助動詞「そうだ」(樣態)接形容詞、形容動詞、助動詞「ない」和「たい」的詞幹之後。形容詞「いい(よい)」和「ない」在詞幹與「そうだ」之間加「さ」。

　　例：高い→高そうだ

　　　　元気だ→元気そうだ

　　　　行かない→行かなそうだ

　　　　行きたい→行きたそうだ

　　　　いい→よさそうだ

　　　　ない→なさそうだ

　　「そうだ」(樣態)接動詞、助動詞「れる/られる」、「せる/させる」和「たがる」的連用形之後。

　　例：降る→降りそうだ。

　　　　撃たれる→撃たれそうだ

　　　　見られる→見られそうだ

　　　　使わせる→使わせそうだ

　　　　つづけさせる→つづけさせそうだ

　　　　食べたがる→食べたがりそうだ

二　活用

　　助動詞「そうだ」(樣態)屬形容動詞形活用。敬體是「そうです」。有關「そうだ」(樣態)的詞形變化，參看表10.5。

表10.5　助動詞「そうだ」(樣態)的詞形變化

助動詞	活用種類	未然形	連用形	終止形	連體形	假定形	命令形
そうだ	形容動詞	そうだろ	そうだっ そうで そうに	そうだ	そうな	そうなら	──
そうです	形容動詞	そうでしょ	そうでし そうで そうに	そうです	そうな	そうなら	──

「そうだ」(樣態)的未然形「そうだろ」後接助動詞「う」。

例：あの人も行きたそうだろう。

　　空が曇っていて、雨が降りそうだろう。

「そうだ」(樣態)的連用形「そうだっ」後接助動詞「た」和助詞「たり」。

例：ゆうべ車にひかれそうだった。

　　エンジンの故障で飛行機が山にぶつかりそうだったり、

　　落ちそうだったりして危なかった。

「そうで」(樣態)本身用於句中停頓(中止法)，或後接「ある」。

例：心配事がいろいろありそうで、いかにもさびしそうであっ
　　た。

「そうに」(樣態)後接用言，常後接動詞「なる」、「見える」和「思う」等。

例：あの子はおいしそうにアイスクリームを食べている。

　　あの人は健康そうに見えるが実はよく病気している。

「そうだ」(樣態)的否定形式，可在連用形「そうで」和「そうに」

後接「ない」，但一般用「そうもない」，可視爲「そうでもない」或「そうにもない」的省略形式。

　　例：僕は大学に入れ<u>そうで</u>(に)もない。

　　　　僕は大学に入れ<u>そう</u>もない。

　　「そうだ」(樣態)的終止形「そうだ」除用於句末外，並可後接助詞「から」。

　　例：雨が降り<u>そうだ</u>。

　　　　雨が降り<u>そうだ</u>から、洗濯物をかたづけよう。

　　「そうだ」(樣態)的連體形「そうな」後接體言。

　　例：あの子は泣きだし<u>そうな</u>顔をしている。

　　　　今にもくずれ<u>そうな</u>本の山だ。

　　「そうだ」(樣態)的假定形「そうなら」後不接助詞「ば」，其本身具假定意義。

　　例：値段が高<u>そうなら</u>やめる。

　　在口頭語中，詞幹「そう」常伴以助詞「ね」、「よ」等結句。

　　例：なかなかおもしろ<u>そう</u>ね。

　　　　雨が降り<u>そう</u>よ。

　　　　お元気<u>そう</u>ね。

三　詞義

　　助動詞「そうだ」(樣態)的詞義有下列三項：

　　(1) 表示樣子或樣態：大多接形容詞、形容動詞或表示狀態的動詞之後，用於表示非有十足根據，而是從肉眼所見的性質或狀態。

　　例：何か言い<u>そうな</u>顔をしている。

　　　　あの映画はおもしろ<u>そうだ</u>。

　(2) 預測某狀態會變成另一狀態，或基於現狀而預測某事例實
現的可能性。

　　例：この問題なら僕にもとけそうだ。

　　　　こんどはだいぶ勉強したから合格しそうだ。

　　　　今にも一雨来そうな空模様ですね。

　(3) 根據現場的狀況或過去經驗，作極爲主觀的推測和展望。

　　例：少し熱があるから、おふろには入らないほうがよさそう
　　　　だ。

　　　　あの人なら、やりそうなことですね。

　　　　忙しくて今のところ帰りそうもない。

參考一　助動詞「そうだ」的否定形

　　助動詞「そうだ」的否定形一般用「そうにない」、「そうでない」
和「そうもない」的形式，表示並不預料會如此。

　　例：この仕事は今月いっぱいにはとうていかたづけそうにな
　　　　い。

　　　　かれはこのしごとをてつだってくれそうもない。

　至於否定形式，亦可用「そうだ」上接動詞等的否定形。

　　例：$\begin{cases} すぐには終りそうもない。 \\ すぐには終らなそうだ。 \end{cases}$

　　　　$\begin{cases} 彼は知りそうもない。 \\ 彼は知らなそうだ。 \end{cases}$

　但一般而言，「そうもない」的形式較爲普遍。

參考二　助動詞「そうだ」接「ない」之後的用法

　　形容詞、形容動詞和形容詞活用形助動詞的否定形後接「そう
だ」時是「なさそうだ」；　但動詞、動詞活用型助動詞的否定形後接

「そうだ」時是「なそうだ」。因前者的「ない」是形容詞，後者的「な
い」是助動詞，故有此差異。

例：$\begin{cases}値段は高く<u>なさそうだ</u>。\\ 彼は何も知ら<u>なそうだ</u>。\end{cases}$

$\begin{cases}何もよいことは<u>なさそうだ</u>。\\ あの人は行か<u>なそうだ</u>。\end{cases}$

□ 10.3.5 「た」

一　接續

助動詞「た」接用言（動詞、形容詞、形容動詞）及大部分助動詞
的連用形。接撥音便之後成為「だ」，接「い音便」之後也有時變成
「だ」。

例：降っ<u>た</u>
　　高かっ<u>た</u>
　　元気だっ<u>た</u>
　　読ん<u>だ</u>
　　遊ん<u>だ</u>
　　死ん<u>だ</u>
　　さわい<u>だ</u>

但「た」不接助動詞「ぬ」、「う」、「よう」和「まい」之後。

二　活用

至於助動詞「た」的詞形變化，參看表10.6。

「た」的未然形「たろ」後接助動詞「う」表示推測。

例：あの人は去年東京へ行っ<u>たろ</u>う。
　　ゆうべの食事はおしかっ<u>たろ</u>う。

表10.6　助動詞「た」的詞形變化

助動詞	活用種類	未然形	連用形	終止形	連體形	假定形	命令形
た (だ)	特殊	たろ (だろ)	——	た (だ)	た (だ)	たら (だら)	——

「た」無連用形。

「た」的終止形有用作命令，只用於句末，被視作例外。

例：ちょっと待った。

　　ほれ、退いた、退いた。

　　さあ、買った、買った。

　　如上面例子所示，「た」用於命令時，只適用於緊迫場面及特殊場合，並非常用之表達形式。

「た」的連體形後接體言。

例：切符を2枚もらった人はいませんか。

　　これはあの先生が書いた本だそうだ。

「た」的假定形「たら」本身已具有假定意味，現已不後接「ば」。「たら」亦有用於句末，表示催促、勸誘和建議等。

例：田中君に会ったらよろしく伝えてください。

　　一度やってみたら。

　　もう寝たら。

「た」無命令形。

三　詞義

助動詞「た」的詞義包括下述各項：

（1）表示某動作或行爲發生在過去的時間內。

例：山田さんはきのう香港に着い<u>た</u>。

　　今朝雨が降っ<u>た</u>。

　　あの人はおととし大学を卒業し<u>た</u>。

（2）用於連體修飾或修飾句中，表示某事例已經實現、完成，或預想會實現而其實現時間較句末述語之事例爲早。

例：妹がおととい出し<u>た</u>手紙が今朝ついた。

　　あした早く起き<u>た</u>人がびっくりするだろう。

　　急がないから今度会っ<u>た</u>時に返してくれればいい。

（3）接表示存在、所有或可能等動詞後面，用於指出過往的樣子、狀態、體驗或回憶等。

例：満足な学歴や資格をもっ<u>た</u>教師なんか1人もいない状態だった。

　　18、19のころは2キロは泳げ<u>た</u>。

（4）接表示瞬間動作動詞之後，表示該瞬間動作之完結。

例：彼女は女のふたごを生ん<u>だ</u>。

　　わたしの選ん<u>だ</u>人を見てください。

（5）確認或強調發言時的狀態和眼前的事實。

例：咲い<u>た</u>、咲い<u>た</u>。桜が咲い<u>た</u>。

　　打ちまし<u>た</u>。左中間、完全に破りまし<u>た</u>。

　　見え<u>た</u>、見え<u>た</u>。あのあかりが。

　　将棋をさしていて、「負け<u>た</u>!」と言った。

　　（實際上未負而承認失敗、認輸）

此外，亦有用於確認對方的現狀、習慣。

例：君はたしか奥さんがい<u>た</u>ね。

　　君はたばこは吸っ<u>た</u>ね。

「た」也會與疑問詞連用，表示確認或詢問一些已安排的預定。

例：こんどの会議は何曜日でし<u>た</u>。

上り列車は何時でした。

(6) 在詠歎、驚訝、感到意外、有感而發和有所決定時，用「た」加强語氣或表示決心。

例：こりゃ驚いた。

　　まあ、あきれたわ。

　　よし、おれが引き受けた。

(7) 表示屬性或所有等，只用於連體形「た」後接體言，一般可被「～ている」代替而意思不變，即某事例實現而其狀態得以持續。

例：山田さんはあのめがねをかけた人だ。

　　とがった塔

　　澄んだ目

　　冷えたビール

　　違った色

　　辛くてとても食べられたものじゃない。

　　（這句不能用「～ている」代替）

有些連體修飾的慣用說法亦用「た」。

例：ああしたやり方

　　こうしたいきさつ

　　政治に関した話

　　たいした人気

　　遅刻欠勤といった事例

　　とんだ失敗

　　れっきとした日本人

(8) 用於表示命令或驅使別人時，只用終止形「た」，位於句末，具有驅使對方作某動作、行為的語氣。

例：おい、ちょっと待った。

　　さあ、どいた、どいた。

　　　買った、買った。

（9）用於猛然醒起覺察，只用終止形「た」。

　　例：ああ、そうだ。あしたは休みだった。

　　　　ああ、そうだ。今日は子供の誕生日だった。

（10）表示期待實現。所找尋或期待之事例突然出現和實現時用。只用終止形「た」。

　　例：汽車が来た。

　　　　あった、あった。ここにあった。

　　　　そとにいた。

參考一　助動詞「た」的詞義與用法

　　助動詞「た」的詞義和用法甚多，頗爲複雜，宜按上下文加以判斷。例如按句中的時間名詞不同，「た」分別有不同的詞義。

　　例：昨日この小説を読んでしまった。（表示過去）

　　　　今ちょうど勉強がすんだところです。（表示動作終結）

　　　　あしたは君の誕生日だったね。（表示突然記起）

參考二　以助動詞「た」表示狀態持續的用法

　　助動詞「た」用於表示動作完結或狀態持續時，與上接之動詞詞義有關。

　　「た」接「始まる」、「終わる」、「死ぬ」、「打つ」、「決まる」、「生まれる」、「帰る」和「来る」等表示瞬間動作的動詞時，大多表示動作的完結；接「似る」、「冷える」、「かける」、「困る」和「違う」等表示狀態的動詞時，大多表示狀態的持續。

　　例：会議は5時に終わった。

　　　　去年男の子が生まれた。

壁にかけた<u>あ</u>の絵は誰のものですか。（＝かけてある）

尖った屋根。（＝尖っている）

□ 10.3.6 「だ」

一 接續

助動詞「だ」接種種詞之後，現分述如下：

（1）接體言、一部分副詞及助詞「の」、「から」、「まで」、「だけ」、「ぐらい」和「ばかり」等之後。

例：あの人は李君<u>だ</u>。

もうすぐ<u>だ</u>。

これはわたしの<u>だ</u>。

5時から<u>だ</u>。

7日まで<u>だ</u>。

食べたのは2つだけ<u>だ</u>。

（2）未然形「だろ」和假定形「なら」接動詞、形容詞、助動詞「せる/させる」、「れる/られる」、「たがる」、「たい」、「ない」、「ぬ」和「た」的終止形之後。

例：あした雨が降る<u>だろ</u>う。

高い<u>なら</u>やめる。

生で食べられる<u>だろ</u>う。

食べたい<u>なら</u>食べてもいい。

（3）假定形「なら」亦有接助動詞「ます」之後的用例，屬女性用語。「なら」一般接動詞的終止形之後。

例：あなたがそんなことをなさいます<u>なら</u>、わたしは困っています。（一般為「なさるなら」）

終止形「だ」可後接終助詞「ね」和「な」等。

　　例：きょうはいい天気だなあ。

　　　　これは本当に君のだな。

　　　　あの人は悪い人だね。

　　　　やあ、ずいぶんきれいな部屋だね。

二　活用

　　助動詞「だ」的詞形變化，屬形容動詞形活用，參看表10.7。

表10.7　助動詞「だ」的詞形變化

助動詞	活用種類	未然形	連用形	終止形	連體形	假定形	命令形
だ	形容動詞	だろ	だっ／で	だ	（な）	なら	──

　　助動詞「だ」的未然形「だろ」後接助動詞「う」成「だろう」，用法如下：

　　(1) 表示推測：發言者可按個人想像或根據周遭環境或傳聞而作推測，指出某事例存在、實現的可能性。

　　例：あした雨が降るだろう。

　　　　あの人はきょう来ないだろう。

　　　　学生はみな帰っただろう。

　　「だろう」除用於結句外，尚可後接「と思う」、「と考える」和「と推察する」等，將推測作較婉轉、間接的陳述，或以有關動詞的過去形式，表示較早時間的推測。

　　例：そのことなら、彼に聞けばわかるだろうと思う。

　　　　この問題は彼にはできないだろうと思った。

在轉述對方或第三者所作的推測時，可用「だろうと思うよう
だ」、「だろうと思うらしい」等。

例：彼は一か月もあれば終わる<u>だろ</u>うと思っていたようだ。

(2) 詢問或確認對方的意向時，句末聲調上揚。

例：どうだい、これでいい<u>だろ</u>う。

　　　今度の旅行にはあなたも行く<u>だろ</u>う。

「だろう」與「であろう」(「である」的「ある」未然形「あろ」後接
「う」，成「であろう」)詞義相同，但書面語中大多用「であろう」。

例：これは本物<u>であろ</u>う。

「だろう」和「でしょう」在口頭語中用於句末時，有時唸成「だ
ろ」和「でしょ」，尤其是查詢或確認對方意向時，這種傾向更爲顯
著，句末聲調亦上揚。

例：君は1人で持てない<u>だろ</u>。

　　　あの人、中村さんの奥さん<u>でしょ</u>。

「だろう」和「でしょう」除用於句末外，亦可後接接續助詞「か
ら」、「けれど(も)」、「が」和「し」。

例：暑い<u>でしょ</u>うから窓をあけましょう。

　　　あの人には悪い<u>だろ</u>うが、仕方がない。

「だ」的連用形有「だっ」和「で」兩種詞形；

(1)「だっ」後接助動詞「た」，表示完了，大多用於過去式。

例：雨<u>だっ</u>たら行きません。

　　　きのうは日曜日<u>だっ</u>た。

「だっ」亦可後接助詞「て」成「だって」。「だって」具有終助詞的
語法機能，用於引用別人的談話內容、意見。

例：今日は休み<u>だっ</u>て。

　　　お金がないん<u>だっ</u>て。

上例「だって」與助詞或接續詞的「だって」不同。

例：親にだって言えないこともある。(助詞，等於「でも」)

(2)　連用形另一詞形「で」後接「ある」和「ない」，分別表示肯定和否定的陳述、判斷。

例：鳩は平和の象徴である。

　　教師で(は)ない人は入場できない。

「で」本身亦可用於句中停頓，這種用法亦稱中止法。

例：林さんは広東人で、梁君は上海人です。

　　京都は平安時代の都で、東京は江戸時代の都だ。

「だ」的終止形用於結句。

例：もう春だ。

　　きょうは日曜日だ。

「だ」亦有後接終助詞「こと」、「もの」，用於結句。

例：まあ、きれいな絵だこと。

　　そうじゃないんだもの(もん)。

「だ」亦可後接各種接續助詞，如「と」、「から」、「けれど(も)」和「のに」等。

例：冬だと寒い。

　　日本人だから箸が使えるわけだ。

　　今日は日曜日だけれども、会社へ行かなければならない。

　　もう春だのにまだ寒い。(一般用連體形「な」後接「のに」)

「だ」在口頭語中有唸成「じゃ」和「や」。「ことだ」也有說成「こった」。

例：そうじゃ。(=そうだ)

　　そうや。(=そうだ)

　　やなこった。(=いやなことだ)

「お」接動詞的連用形再接「だ」，表示輕微程度的尊敬。

例：よく聞いておくれだ。

口ではそうお言いだけれど，内心ではどう思っているか。

連體形「な」一般用於後接接續助詞「ので」、「のに」和起名詞作用的助詞「の」。

例：きょうは休みなので遅く起きた。

あの人は広東人なのに広東語ができない。

もう春なのだ。

「な」只後接形式名詞「はず」、「もの」和「わけ」等，不後接一般名詞。

例：あの人は大学の先生ではなく、学生なはずだ。

なるほど、それは君の専門なものだ。

假定形「なら」可後接接續助詞「ば」，亦可獨立使用，都用於假定，表示某一條件。

例：あした天気なら(ば)遠足に行こう。

いい本なら(ば)わたしも買う。

三　詞義

助動詞「だ」的詞義有下述五項：

（1）用於陳述、介紹。即述語是對主語的內容或性質等的介紹、敍述或說明。

例：あのかたは陳先生だ。

今年の中秋節は日曜日だ。

（2）表示判斷。對主語作肯定的判斷；否定形則作否定的判斷。

例：これは李さんの傘だ。

その時計は日本製ではない。

若從外貌、樣子加以判斷時，用法有時與助動詞「ようだ」相同。

　　例：あの人はいつになってもまるでこども<u>だ</u>。

　　　　（＝こどものようだ）

　　（3）指出選擇的結果。在某範圍內，或在衆多的可能性中作出
選擇，而指出其選擇結果，或予以區分。

　　例：陳さんの傘はこれ<u>だ</u>。

　　　　あの映画の主役は彼<u>だ</u>。

　　（4）表示理論、邏輯的合理性。對自然界和科技數理之現象、
因果和事實等作一說明時用。

　　例：2たす2は4<u>だ</u>。

　　　　1日は24時間<u>だ</u>。

　　（5）與助詞「の」連用成爲「のだ」時，用於說明原委、提出根
據、理由、加強判斷語氣和決心等。在口頭語中往往說成「んだ」。

　　例：校内暴力は、教師と生徒との不信から起こるの<u>だ</u>。

　　　　ぼくは絶対やめないん<u>だ</u>。

　　在確認或強調時，亦有用雙重斷定形式。

　　例：学生なの<u>だ</u>。

　　「学生だ」說明客觀事實；「学生なのだ」是主觀地將「学生だ」這
事實作爲其他事例的根據或理由，一般用於說明原委和提示根據。

　　「だろう」、「であろう」與「の」連用時亦然，表示主觀判斷，用
於說明原委、申述理由和根據等。

　　例：するの<u>だろう</u>。

　　　　走るの<u>であろう</u>。

參考一　助動詞「だ」的否定形

　　助動詞「だ」的否定形「ではない」在口頭語中一般是說成「じゃな
い」。敬體的「ではありません」說成「じゃありません」。

　　例：これは天津の甘栗<u>ではない</u>。

やったのは僕<u>じゃない</u>。

あの方は学長<u>ではありません</u>。

きょうはわたしの誕生日<u>じゃありません</u>。

參考二　助動詞「だ」與終助詞

終助詞「か」、「さ」等不接「だ」的終止形之後，而直接接在名詞之後。

例：
- これは李君の傘<u>か</u>。(敬體：李君の傘ですか。)
- なに<u>さ</u>、生意地言って。

終助詞「よ」、「ね」在男性用語中接「だ」之後，在女性用語中，「よ」和「ね」直接接在名詞之後。

例：
- あれは雪だ<u>よ</u>。(男)
- あれは雪<u>よ</u>。(女)
- いい香だ<u>ね</u>。(男)
- いい香<u>ね</u>。(女)

上述用法亦適用於形容動詞詞尾的「だ」。

例：あそこは静か<u>か</u>。

それは無理<u>さ</u>。
- 元気だ<u>よ</u>。(男)
- 元気<u>よ</u>。(女)
- きれいだ<u>ね</u>。(男)
- きれい<u>ね</u>。(女)

參考三　助動詞「だ」的口頭語

助動詞「だ」用於口頭語時，一般是男性對平輩、卑輩和下屬時用。而「〜だと思う」和「〜だと考える」等形式，則大多用於書面語及口頭語，表示自己的看法和想法。

例：あれはもう時代遅れだと思う。

それは当然なことだと考えている。

女性在口頭語用「だ」只限於對熟絡的人，而且多附終助詞。至於句末的「だった」和「ではない」，則女性亦一般廣泛使用，並且多附終助詞。

例：きれいな色だわ。

おもしろい本だ。

みんな高級品だったわ。

これだけじゃないわよ。

在書面語中，不分男性或女性用語，大多改用「である」。

例：吾輩は猫である。

トラはネコ科の哺乳類である。

參考四　助動詞「だ」與疑問詞

助動詞「だ」與疑問詞連用，用於詢問、質問、反問和反話等，表示憤怒，不滿、輕蔑和自嘲等種種感情。

例：これは何だ。

人生とは何だ。

地位が何だ。名誉が何だ。

君は僕に何を言う気だ。

どうだ。これでいいだろう。

這種用法的「だ」有時唸成「だい」。

例：どうだい。これでいいだろう。

これは何だい。

參考五　助動詞「だ」與感動詞

助動詞「だ」接感動詞「そう」之後成「そうだ」，用於問答之答

句句首，表示同意、贊同對方所言。

　　例：そうだ。その通りだ。

　　　　そうだ。僕もそう思う。

　　　　そうだ。きっとあの人が持っていったんだ。

　　但「そうだ」用於自言自語時，表示想到了辦法，想通了道理，
對某事物明瞭、了解和信服之意。

　　例：そうだ、こうすればよかったんだ。

　　　　そうだ。なるほど。

　　「だ」接代名詞「何」之後，成「何だ」，表示對某事例有所了解，
是在意外地覺得如此簡單時用。

　　例：何だ、そんなことか。

　　　　何だ。案外軽いや。

參考六　「である」、「であります」和「でございます」的用法

　　1.「である」具有積極向對方說明事例的感覺，是論說文章的代
表體裁。

　　例：鯨は哺乳類である。

　　2.「であります」是「である」的敬體，是「である」的口頭語，大
多用於演說、授課等，或在會議等場合陳述自己的意見，說明事例
時用。

　　例：きょうの主な議題は予算案作成であります。

　　　　これは創立者の写真でございます。

　　3.「でございます」比「であります」更為鄭重客氣，女性較為
多用，而男性則是在尊卑關係非常明確時對尊輩用，或對顧客時用。

　　「である」、「であります」和「でございます」用於否定及句中停
頓(中止法)時，其詞形如表10.8所示。

表10.8　「である」、「であります」和「でございます」的詞形

	否定	中止法
だ	で(は)ない	で
である		で、であり
です	で(は)ありません	で
であります		で、であり、でありまして
でございます	で(は)ございません	で、でございまして

參考七　助動詞「だ」位於詞組後的意義

　　助動詞「だ」位於詞組之後，用於口頭語時，具有對每節發言加以認確的語氣。

　　　例：そのことはだ、今後の社会にとって大きな問題なのだ。

　　　　　君にだね、是非ともやってもらいたいことがあるんだ。

參考八　助動詞「だ」的終助詞機能

　　助動詞「だ」在某些非標準語用法之中，具有終助詞的機能。

　　　例：食うだ。

　　　　　来るだ。

　　　　　なつかしいだ。

　　　　　行きますだ。

　　　　　見ただ。

參考九　助動詞「だ」與陳述句形式

在「Aが/はBだ」的陳述句形式中，有時A和B的關係並非內容相同，或具相等的關係。兩者的關係，必須從說話進行的場合及上文下理等來作判斷，例如各自說出自己喜歡的寵物時，有人說：

例：わたしは犬<u>だ</u>。

這時，主語「わたし」不等於述語的「犬」。這種情況可用省略來說明。

上例可說是：「わたしは犬がすきだ。」的省略形式，也可以視爲：「わたしのすきなペットは犬だ。」的省略形式。

參考十　「のだ」的用法

用言和助動詞的連體形後接「のだ」，表示對事實的確認，再不是客觀的敍述，而是成爲具判斷語氣的句子。一般用於向對方强調某事例爲事實，支持自己的判斷，具有說明原委，務使對方信服的語氣。「のだ」的敬體是「のです」，在口頭語中往往說成「んだ」、「んです」；在書面語中作「のである」在「のであります」。在特別鄭重、古拙的場合用「のでござる」或「のでございます」。

1. 用於申述作爲前提的論據和事例，以引導結論。

例：この辺は昔海だった<u>のだ</u>。したがって、今でも貝の化石が多く発見されている。

「のだ」亦有用於帶出話題，引出下文事例。

例：今度、隣の部屋に留学生が引っ越して来た<u>ん</u>ですよ。日本語が話せないのかと思ったら、とても上手でした。

2. 以上文某事例爲前提，申述由該事例引導出的必然結論時用。

例：大学在学中に父親が死んだ。そのために彼は大学を中退しなければならなくなった<u>のだ</u>。

　　　　台風が近づいているから、天気がぐずれている<u>のです</u>。

此外，也有上述兩種用法並用的用例：

例：君にも権利がある<u>のだ</u>から、何も遠慮することはない<u>の</u>
　　<u>だ</u>。

　　会社の経営状態が悪くなった<u>のです</u>。それで、人員整理
　　を考えざるをえなくなった<u>のです</u>。

　3.「のだ」也有用於自言自語，表示發言者突然察覺某事例，或
對某事例恍然大悟時用。

　　例：きょうはお休みな<u>のだ</u>。

　4.「のだ」與助詞「か」連用成「のか」或「のですか」，用於詢問事
例，或詢問某事例成爲事實的背後原因和理由。大多與副詞「な
ぜ」、「どうして」呼應使用。

　　例：何を見ている<u>のか</u>。

　　　　どうして食べない<u>のですか</u>。

這種詢問用於發言者對對方行爲抱有特別好奇或關心，或具驚
奇、斥責和責難等感情。

　5.「だろう」與「のだろう」用法亦有異。「のだろう」推測某現實
事例之背後原因和理由。

例：$\begin{cases}雨が降っていたから彼は行かなかった\underline{だろう}。\\ 雨が降っていたから彼は行かなかった\underline{のだろう}。\end{cases}$

　上一句以「雨が降っていた」爲根據，推測「彼は行かなかった」
成爲事實之可能性很大。即不知道事實上他有沒有去，但推測他沒
有去的可能性大，這是對事例本身是否實現而作出的推測。

　下一句「雨が降っていた」和「彼は行かなかった」兩者均爲已知
的既成事實，而發言者推斷兩者的因果關係。

□　10.3.7　「たい」

一　接續

助動詞「たい」接動詞、助動詞「れる / られる」和「せる / させる」的連用形之後。

　　例：行く→行きたい

　　　　見る→見たい

　　　　来る→来たい

　　　　する→したい

　　　　見られる→見られたい

　　　　行かせる→行かせたい

二　活用

助動詞「たい」的詞形變化與形容詞相同。參看表10.9。

表10.9　助動詞「たい」的詞形變化

助動詞	活用種類	未然形	連用形	終止形	連體形	假定形	命令形
たい	形容詞	たかろ	たく たかっ	たい	たい	たけれ	——

「たい」的未然形「たかろ」後接「う」的形式在現代日語中已不大使用，如「行きたかろう」一般用「行きたいだろう」、「行きたいでしょう」。

「たい」的連用形「たく」後接「て」、「たって」時，在口頭語中有附以促音的現象。

　　例：行きたくってね

　　　　……あとはブローカーした<u>く</u>ったって物質がなくなります。

　　「たく」有用於「ウ音便」，請参看上文「3.5　形容詞的音便」中所述的形容詞「ウ音便」。

　　「たい」的連用形「たかっ」用於後接「た」。

　　例：行きた<u>かっ</u>たが雨が降りだして結局行けなかった。

　　「たい」文言的終止形「たし」，在語體亦間中可見，用於句中停頓。

　　例：せっかくのお昼休みだから、外に出た<u>し</u>、皇居前広場ま
　　　　で行くには時間は惜しし、ついこういうことになるらし
　　　　い。

　　詞幹「た」後接接尾語「さ」、「げ」助動詞「そうだ」(樣態)。

　　例：逢いた<u>さ</u>見た<u>さ</u>にこわさを忘れる。

　　　　もの問いた<u>げ</u>な様子だった。

　　　　早く帰りた<u>そう</u>にしていた。

三　用法

　　助動詞「たい」用以表示發言者(第一人稱)本身的希望；以現在形「～たいです」和「～たいと思います。」等結句時，主語必須爲第一人稱。

　　例：日本料理か食べた<u>い</u>です。

　　　　一度きものを着てみた<u>い</u>と思います。

　　用過去形，或在推量、假定、引用、疑問，或作連體修飾等表達形式時，可用於表示發言者(第一人稱)以外人物的希望。

　　例：彼もわたしたちと一緒に行きた<u>い</u>のだろう。

　　　　一部の学生は旅行に参加した<u>く</u>ないようだ。

　　　　読みた<u>けれ</u>ば、その本を貸してあげるよ。

　　　　泣きた<u>い</u>のか。

見<u>たい</u>所があったらいつでもご案内しますよ。

使い<u>たい</u>人はいつでも自由にお使いください。

表示發言者(第一人稱)以外人物的希望，又可用「～<u>たいと言っ</u>ている」或有關動詞的連用形後接助動詞「<u>たがる</u>」。

例：李君も行き<u>たいと言っ</u>ている。

あの子はアイスクリームを食べ<u>たがっ</u>ている。

參考一　助動詞「たい」與命令形

助動詞「たい」亦用於第一人稱希望他人作出行動。此外，用「～てもらいたい」的形式時，成為要求或命令他人作出某行動。

例：この点については愼重に考慮され<u>たい</u>。

全員必ず參加され<u>たい</u>。

ちょっとわたしの部屋まで来<u>てもらいたい</u>。

參考二　助動詞「たい」在文學作品中的常見形式

在文學作品中，有主語為第三人稱而以「たい」結句的用例。

例：彼は口もきき<u>たく</u>なかった。

上述用例，可視作者觀點轉化在作品中人物的一種特殊表達手法，加強讀者之代入感。

此外，也有「たがる」用於表示第一人稱希望的用例。

例：わたしがいくら行き<u>たがっ</u>ても父は許さない。

上述用例表示第一人稱的强烈願望，該願望形之於外而令旁人亦能察覺，又或以客觀的表達手法來敍述時用，也非一般常用的表達形式。

參考三　助動詞「たい」的名詞化

助動詞「たい」詞幹「た」獨立性强，常後接接尾語「さ」，成為名

詞。這現象對「らしい」和「ない」來說，較爲少見。

例：会いた<u>さ</u>、見た<u>さ</u>に、こわ<u>さ</u>を忘れる。

參考四 助動詞「たい」與助詞「が」、「を」

「水が飲みたい」和「水を飲みたい」兩者都有用。在歷史上兩者並存，近代尤其受西歐語文翻譯的影響，「水を飲みたい」較爲流行。

例：水が飲みたい→水が＋（飲み＋たい）

水を飲みたい→（水を飲み）＋たい

有些學者對兩者的解釋爲前者「～が～たい」屬狀態性，「飲みたい」已成爲類似形容詞的詞語；而「～を～たい」屬動作性，重點在「飲み」。

這種現象亦出現於：「ほしい」、「好き（だ）」、「しにくい」、「やりづらい」、「できる」、「食べられる」、「～てある」和「わかる」等，即「が」和「を」兩者都可用。但一般而言，「が」仍爲正統而最被接受，故宜使用「が」。

參考五 以助動詞「たい」表示狀態的用法

助動詞「たい」接「ある」和「～である」之後，表示希望成爲某樣子、狀態，或希望是某樣子、狀態，即「そうあってほしい」、「そうであってほしい」之意。

例：乗客に対する取扱いは、常にこう<u>ありたい</u>ものである。

交通事故のない町で<u>ありたい</u>と願う町民たちの提案を具体化する。

參考六 助動詞「たい」與接尾語「たい」

「煙たい」、「重たい」、「ねむたい」的「たい」是接尾語，接形容詞的詞幹而成爲另一形容詞，與助動詞「たい」無關。

□ 10.3.8 「たがる」

助動詞「たがる」是助動詞「たい」詞幹「た」後附接尾詞「がる」而成。

一 接續

助動詞「たがる」與助動詞「たい」相同，接動詞、助動詞「れる/られる」和「せる/させる」的連用形之後。

> 例：行きたがる
>
> 　　食べたがる
>
> 　　ほめられたがる
>
> 　　笑わせたがる

二 活用

助動詞「たがる」的詞形變化與五段活用動詞活用相同。有關「たがる」的詞形變化，參看表10.10。

表10.10　助動詞「たがる」的詞形變化

助動詞	活用種類	未然形	連用形	終止形	連體形	假定形	命令形
たがる	五段活用動詞	｛たがら ｛たがろ	｛たがり ｛たがっ	たがる	たがる	たがれ	──

「たがる」的未然形後接助動詞「ない」，用於否定；「たがろ」後接助動詞「う」，用於推測。

> 例：あの子は行きたがらない。
>
> 　　彼も食べたがろう。

在現代日語中，「だがろう」較爲少見，大多用「～たがるだろう」或「～たがるでしょう」來表示推測。

例：彼も食べたがるだろう。

「たがる」的連用形「たがり」後接助動詞「ます」成爲敬體；「たがっ」後接助動詞「て」，則用於句中停頓。

例：誰も歌いたがりません。

　　妹はテレビを見たがっている。

「たがる」的假定形「たがれ」後接助詞「ば」，假定某一條件，但「たがれば」實際上較少使用，表示假定時，大多用「たがるなら」。

例：行きたがれば(＝行きたがるなら)一緒に行ってもいい。

　　もらいたがれば(＝もらいたがるなら)あげましょう。

三　詞義

助動詞「たがる」是將希望具意識地在言動中表達出來，令旁人亦能察覺。一般用「たがっている」的形式。

例：あの子はおもちゃを買いたがっている。

　　彼女は大学院に入りたがっている。

「たい」和「たがる」用現在形式結句時，「たい」表示發言者(第一人稱)的希望，「たがる」表示發言者以外人物(第一人稱以外人物)的希望。

例：わたしはカメラが買いたい。

　　あの人はカメラを買いたがっている。

參考一　助動詞「たい」和「たがる」的區別

助動詞「たい」和「たがる」的分別，重點是在於「たがる」將希望積極地用行動表達出來，而令其他人亦可察覺。「たい」則純是表達內心的希望，欠缺上述的積極性。不是用於現在形式的句末時，「た

い」有用於發言者(第一人稱)以外的人物，而「たがる」亦有用於表達發言者的希望。

　　例：もし君が行き<u>たい</u>なら(行きたければ)連れて行ってやろ
　　　　う。

　　　　あの人も食べ<u>たい</u>だろう。

　　　　わたしがいくら行き<u>たがっ</u>ても、父は許さない。

　　　　おれはどうもこういうことをやり<u>たがる</u>癖がある。

　　　　あのころは休みになれば山へ登り<u>たがっ</u>たものだ。

　　　　わたしは こどものころ よく 動物園へ 行き<u>たがっ</u>たよう
　　　　だ。

　「たがる」用於表達發言者的希望時，大多屬發言者將自己本身的希望作客觀的陳述，或用於回想過去，或基於傳聞而推測等場合。

□　10.3.9　「です」

一　接續

助動詞「です」的接續形式有下述三種：

（1）接體言及副詞之後。

　　例：これは桜<u>です</u>。

　　　　もうすぐ<u>です</u>。

（2）動詞、形容詞、形容動詞及部分助動詞（「う／よう」、「まい」、「そうだ」、「ようだ」和「ます」以外之助動詞的連體形後接助詞「の」，可再接「です」。

　　例：彼も行くの<u>です</u>。

　　　　夏は暑いの<u>です</u>。

　　　　日曜日や休みの日はにぎやかなの<u>です</u>。

　　　だれでもほしがるの<u>です</u>。

　（3）「です」的未然形「でしょ」後接助動詞「う」成爲「でしょう」時，可接於動詞、形容詞、部分助動詞（「う／よう」、「まい」、「そうだ」、「ようだ」、「ます」以外之助動詞）的終止形之後。「でしょう」亦可接形容動詞詞幹之後。

　　　例：あの人もたぶん行く<u>でしょう</u>。

　　　　　あしたは寒くない<u>でしょう</u>。

　　　　　去年日本へ行った<u>でしょう</u>。

　　　　　富士山はきれい<u>でしょう</u>。

二　活用

　　有關助動詞「です」的詞形變化，參看表10.11。

表10.11　助動詞「です」的詞形變化

助動詞	活用種類	未然形	連用形	終止形	連體形	假定形	命令形
です	特殊	でしょ	でし	です	(です)	——	——

　　「です」的未然形「でしょ」只用於後接助動詞「う」，表示推測或確認。

　　　例：あしたはたぶん雨<u>でしょう</u>。

　　　　　あなたもあした行く<u>でしょう</u>。

　　至於「です」的連用形「でし」的用法有下述的形式：

　（1）後接助動詞「た」，陳述過去的事例。

　　　例：あの人は2年前に先生<u>でした</u>。

　　　　　きのうは李さんの誕生日<u>でした</u>。

(2) 後接助詞「て」，用於句中停頓。

例：わたしは若い頃からテニスが好きでして、今でもテニス
　　をやっています。

「です」的連用形「でし」本身不能用於句中停頓，要後接「て」。
這種用法只限於演講等較爲莊重嚴肅的場合。一般以助動詞「だ」的
連用形「で」，用於句中停頓。

例：これは檜で、あれは杉です。

「です」的終止形有下述三種形式：

(1) 用於句末，亦有後接「こと」和「もの」等結句（後接「こと」、
「もの」時，亦可視作爲連體形）。

例：あれは李さんの傘です。

　　「来てはいけないと言ったじゃないか。」
　　「でも、会いたかったんですもの。」

(2) 可後接助詞「と」、「から」、「が」和「けれども」等。

例：こどもですと半額になります。

　　今日は日曜日ですから人が多いでしょう。

　　このへんはお昼は静かですが、夜はにぎやかです。

(3) 可後接終助詞「こと」和「もの」，用於句末。

例：まあ、きれいな花ですこと。

　　お会いしたかったんですもの。

「です」的連體形只後接助詞「ので」、「のに」和「の」，一般不後
接體言，用法與「だ」的連體形「な」相同。

例：お休みですので誰もいません。

　　中国人ですのに中国語が話せません。

　　何かあったんですの。

「です」無假定形，用「でしたら」表示假定。即「です」的連用形
後接助動詞「た」的假定形「たら」。

　　例：わたし<u>でしたら</u>お断りします。

　　　　夏休み<u>でしたら</u>暇があります。

　「です」無命令形。

三　詞義

　　助動詞「です」的詞義與「だ」相同。要講求客氣和禮貌的場合用「です」，無需拘謹的熟稔場合用「だ」；表示特別客氣或敬意時，可用「でございます」。

　　例：あれは桜<u>だ</u>。

　　　　あしたはお休み<u>です</u>。

　　　　こちらは紳士用<u>でございます</u>。

參考一　助動詞「です」的否定形

　　助動詞「です」的否定是「ではありません」，否定的過去是「ではありませんでした」。參看表10.12。

表10.12　助動詞「です」的否定形

	現在	過去
肯定	です	でした
否定	ではありません	ではありませんでした

　　「です」的否定其實是「でありません」，「で」和「ありません」之間，可按實際需要加入「は」或「も」。事實上，「です」的否定都說成「ではありません」。按上文之前提等，可作「でもありません」。

　　例：陳さんは一年生ではありません。二年生でもありません。
　　　　三年生です。

參考二　助動詞「です」與「だ」的詞義

　　與助動詞「だ」和「です」詞義類似的有「である」和「ありま
す」。「である」多用於書寫，而「であります」多用於演講。

　　例：明日は祭日である。
　　　　憲法はその国の一番もとになる法律であります。

　　「である」和「であります」可加助詞「は」、「も」等成為「ではあ
る」和「でもあります」。

　　例：あすは創立紀念日ではあるがお休みではありません。
　　　　今日はクリスマスです。冬至の日でもあります。

參考三　助動詞「です」的連用形

　　助動詞「です」和「だ」在句中停頓，或後接「たら」、「ので」和「の
に」等時，用「で」、「だったら」、「なので」和「なのに」便可。如用
「でして」、「でしたら」、「ですので」或「ですのに」，便有過於客氣
的感覺，除上了年紀的婦女及一些特殊的場合外，甚少使用。

　　例：初めてですのでどうしたらいいかわかりません。

　　這例句又可改說成：

　　例：初めてなのでどうしたらいいかわかりません。

　　但後接「が」、「けれど」、「から」和「し」等，上文和下文的文意
較為獨立時，「ですが」、「ですけれど」、「ですから」和「ですし」也
很常見，並無過於客氣的感覺。

　　例：こちらはもっと安いのですが、如何でしょうか。
　　　　きょうはいい天気ですから人が多いです。

參考四　助動詞「です」與「た」、「ます」的連體形

　　助動詞「です」有直接接動詞及助動詞「た」、「ます」的連體形的
用例，如「行くです」、「来るです」、「見たです」和「言いますです」
等，但這不是標準的用法，不宜傚效。

參考五　助動詞「です」與形容詞和形容詞活用形助動詞

　　形容詞和形容詞活用形助動詞（「たい」、「ない」、「らしい」）後
接「です」，成為敬體。這個「です」純是造成敬體的加添成分，與助
動詞的「です」不同，沒有活用；轉為簡體時除去「です」便可。

　　形容詞（形容詞活用形助動詞亦然）的否定有兩種形式：

　(1) 現在：「大きくありません」/「大きくないです」。
　(2) 過去：「大きくありませんでした」/「大きくなかったです」。

　　兩種形式都通用，「大きくありません」、「大きくありませんで
した」一般被視為正統的用法，但「ないです」用於名詞之後，如「学
生じゃないです」，這種說法仍未為一般人所接受。

　　形容詞與造成敬體成分「です」之間，可加助詞「の」，如「美しい
のです」和「白いのです」，用於說明原委。但「です」後接終助詞
「か」、「よ」和「ね」等時，則不加助詞「の」，如「美しいですか」、「白
いですよ」和「色が黒いですね」。

　　形容動詞詞幹之後的「です」，是形容動詞的詞尾。助動詞「だ」
和「です」的活用，與形容動詞詞尾的「だ/です」相同，但有本質和詞
義上的差異。

　　助動詞「そうだ」和「ようだ」的敬體是「そうです」和「ようで
す」，與形容動詞「静かだ」和「静かです」的關係相同，形容動詞的
「だ」和「です」同屬詞尾，與助動詞「だ」和「です」有異。

參考六　助動詞「だ」、「です」的活用形

　　助動詞「だ」和「です」都按其活用形不同，而上接之成分有異。例如未然形「だろ(う)」、「でしょ(う)」可直接接動詞之後。

　　例：行くだろう、行くでしょう。

　　但終止形不直接接動詞之後，不能說「遊ぶだ(×)」、「遊ぶです(×)」。

　　又「だろう」和「でしょう」可直接接形容詞的終止形之後，如「高いだろう」和「高いでしょう」，但「だ」的終止形不接形容詞之後，不能說「高いだ(×)」。形容詞的終止形後接的「です」是造成敬體的附加成分，而這個「です」無活用，與助動詞的「です」不同。

□　**10.3.10　「ない」**

一　**接續**

　　助動詞「ない」的接續形式有下述四種：

　　(1) 接動詞及助動詞「せる／させる」、「れる／られる」和「たがる」未然形之後。

　　例：行く→行か＋ない＝行か<u>ない</u>
　　　　取る→取ら＋ない＝取ら<u>ない</u>
　　　　見る→見＋ない＝見<u>ない</u>
　　　　食べる→食べ＋ない＝食べ<u>ない</u>

注意：

　　變格活用動詞「来る」和「する」後接「ない」時是「こない」和「しない」。

　　(2) 動詞「ある」不接助動詞「ない」，而以形容詞「ない」表示否定。

　　例：あっ、しまった。お金が<u>ない</u>。

（3）形容詞和形容動詞分別是連用形「く」和「で」之後接形容詞「ない」表示否定。助動詞「らしい」、「たい」和「ようだ」等與形容詞和形容動詞相同。

　　例：大きい→大きく＋ない＝大きくない

　　　　静か(だ)→静かで＋ない＝静かで(は)ない

　　　　行きたい→行きたく＋ない＝行きたくない

　　　　ようだ→ようで＋ない＝ようで(は)ない

（4）助動詞「ない」用詞幹後接助動詞「そうだ」(樣態)。

　　例：いない→いなそうだ

　　　　来ない→来なそうだ

但亦有以詞幹伴以「さ」再後接「すぎる」和「そうだ」(樣態)的用例。

　　例：
$\begin{cases} あまり道理が分らな過ぎる。 \\ あまり道理が分らなさ過ぎる。 \end{cases}$

　　　　$\begin{cases} 礼儀を知らな過ぎる。 \\ 礼儀を知らなさ過ぎる。 \end{cases}$

　　　　$\begin{cases} 雨が降らなそうだ。 \\ 雨が降らなさそうだ。 \end{cases}$

二　活用

　　助動詞「ない」的詞形變化與形容詞的活用相同。參看表10.13。

表10.13　助動詞「ない」的詞形變化

助動詞	活用種類	未然形	連用形	終止形	連體形	假定形	命令形
ない	形容詞	なかろ	なく なかっ	ない	ない	なけれ	——

「ない」的未然形「なかろ」後接助動詞「う」，表示推測，但現今一般多改用「ないだろう」代替「なかろう」。

例：
$$\left\{\begin{array}{l}\text{あの人は来なかろう。}\\\text{あの人は来ないだろう。}\end{array}\right.$$

$$\left\{\begin{array}{l}\text{雨が降らなかろう。}\\\text{雨が降らないだろう。}\end{array}\right.$$

「ない」的連用形「なく」後接助動詞「て」時，在口頭語中往往加上促音成「なくって」，「なくて」再後接「は」時，往往唸成「なくっちゃ」或「なくちゃ」。

例：水がなくって困っている。

　　　もう行かなくっちゃ。(＝もう行かなくてはだめだ。)

「ない」的連用形「なく」本身具句中停頓的用法(中止法)，但亦有以「ないで」的形式出現。

例：何も言わないで、部屋を出た。

　　　勉強しないで、遊んでばかり。

「なくて」和「ないで」的區別，請參看下文參考三助動詞「ない」的中止法。

「ない」的連用形「なかっ」後接助動詞「た」，成爲過去形式。

例：2番の質問には答えられなかった。

　　　きのうはどこへも行かなかった。

終止形「ない」除用於普通結句外，尚可用於發問或提議等。這時句末語調要上揚。

例：お母さんはあしたうちにいない。

　　　このへんで一休しない。

　　　一緒に行かない。

「ない」的假定形「なけれ」後接助動詞「ば」，在口頭語中往往唸成「なけりゃ」和「なきゃ」。

　　　例：もう行か<u>なけりゃ</u>だめだ。

　　　　　もっとがんばら<u>なきゃ</u>試験に落ちるよ。

　　　　　やってみ<u>なきゃ</u>わからない。

三　詞義

　　助動詞「ない」的詞義有下述兩點：

　　(1) 表示有關動作、作用、性質和狀態等的不存在。

　　　例：彼は酒も飲ま<u>ない</u>し、たばこも吸わ<u>ない</u>。

　　　　　あまり学校を休むと講義がわから<u>なく</u>なりますよ。

　　　　　もし雨が降ら<u>なかっ</u>たら遊びに行きましょう。

　　(2) 含有請求語氣，用於婉轉的邀約、提點等。這時句末語調
上揚，有時後接終助詞「か」等。

　　　例：よかったら遊びに来<u>ない</u>(か)。

　　　　　あしたゆっくり行か<u>ない</u>(かなあ)。

　　　　　今日は海に行か<u>ない</u>。

　　　　　そろそろ寝<u>ない</u>。

參考一　助動詞「ない」與終助詞「か」

　　助動詞「ない」伴以終助詞「か」，用於徵求對方的同意或確認對
方的意向，或用於邀約和勸請。有時具上揚語調。

　　　例：行った方がいいと思うが、行か<u>ないか</u>。

　　　　　コーヒーでも飲ま<u>ないか</u>。

　　「くれないか」是表示請求。

　　　例：君も手伝って<u>くれないか</u>。

　　　　　結婚して<u>くれないか</u>。

　　「じゃないか」是在與期待相反的結果出現時用，表示不滿或責
問。這時語調要下降，或省略「か」。女性則以「の」代替「か」。

例：天気予報じゃ雨は降らないと言っていたのに降りだした
じゃないか。

無断で持ち出したりしちゃ、だめじゃない(の)。

參考二　助動詞「ない」與否定意味

助動詞「ない」表示否定，與肯定意思相對立，但在一些用例
中，詞義頗爲含混，宜加注意。

例：
$\begin{cases}おじいさんが死んだのはぼくの\underline{生まれない}前だ。 \\ おじいさんが死んだのはぼくの\underline{生まれる}前だ。\end{cases}$

兩句意思相同。上一句有強調未出生之前的語氣。類似的用例
還有：

例：
$\begin{cases}これは\underline{とんだ}ことで、……。 \\ これは\underline{とんでもない}ことで、……。\end{cases}$

$\begin{cases}ほんまに\underline{阿呆らしい}わ。 \\ \underline{阿呆らしくもない}。\end{cases}$

參考三　助動詞「ない」的中止法

助動詞「ない」用於句中停頓(中止法)時，有「なくて」和「ない
で」兩種詞形。有些情況兩者都可以使用。

例：
$\begin{cases}様子がわから\underline{なくて}困った。 \\ 様子がわから\underline{ないで}困った。\end{cases}$

$\begin{cases}心配し\underline{なくても}いいよ。 \\ 心配し\underline{ないでも}いいよ。\end{cases}$

但下列例子只用「ないで」，不用「なくて」。

例：何も知ら\underline{ないで}いる。

気にし\underline{ないで}ください。

　　　　声も立て<u>ないで</u>泣いていた。

　「～なくてはいけない」時用「なくて」；「～ないでください」、
「～ないでほしい」、「～ないでいただく」、「～ないでもらう」、「～
ないでくれる」、「～ないであげる」，以及兩個動詞相連而前一動詞
爲否定陳述時用「ないで」。

　　　例：もう行か<u>なくて</u>はいけない。

　　　　　行か<u>ないで</u>ください。

　　　　　そんなことばは使わ<u>ないで</u>ほしい。

　　　　　ご飯を食べ<u>ないで</u>出かけた。

　　以「ないで」結句時，表示語氣轉爲婉轉溫和的禁止，要求對方
停止或不做某些言行。有時可後接終助詞「よ」和「ね」等。

　　　例：恥しいから見<u>ないで</u>。

　　　　　約束の時間に遅れ<u>ないで</u>(よ)。

　　　　　あまり速く歩か<u>ないで</u>(ね)。

參考四　與助動詞「ない」同義的「ん」、「ぬ」、「ず」的用法

　　與助動詞「ない」同義的「ん」、「ぬ」和「ず」的用法，在方言及書
面語中，有用「ん」和「ぬ」代替「ない」。

　　　例：読ま<u>ない</u>＝読ま<u>ん</u>＝読ま<u>ぬ</u>

　　　　　起き<u>ない</u>＝起き<u>ん</u>＝起き<u>ぬ</u>

　「ないで」亦有用富文言氣息的「ず」或「ずに」代替。

　　　例：泥棒は何も取ら<u>ずに</u>逃げていきました。

　「しない」、「しなければ」、「せぬ」及「せねば」屬標準說法，但
亦有些混爲一體的流行說法。

　　　例：行か<u>なければ</u>ならない→行か<u>なければ</u>ならぬ(書面語)

　　　　　行か<u>ねば</u>ならぬ→行か<u>ねば</u>ならない。(書面語)

參考五　助動詞「ない」與形容詞「ない」的區別

判別助動詞「ない」和形容詞「ない」的方法：

1. 接動詞、助動詞的未然形之後的是助動詞「ない」；接形容詞和形容動詞的連用形之後的是形容詞「ない」。

例：走ら<u>ない</u>、見え<u>ない</u>、来<u>ない</u>、怒られ<u>ない</u>、行かせ<u>ない</u>

　　（以上「ない」爲助動詞）

　　赤く<u>ない</u>、おいしく<u>ない</u>、静かで(は)<u>ない</u>、にぎやかで

　　(は)<u>ない</u>

　　（以上「ない」爲形容詞）

2. 接助詞之後，能單獨成爲述語的是形容詞的「ない」。

例：本が<u>ない</u>。

　　金も時間も<u>ない</u>。

助動詞的「ない」是附屬詞，附於動詞或助動詞之後，不能單獨成爲述語。

例：傘を忘れ<u>ない</u>でよ。

　　冷たい物を飲ませ<u>ない</u>ほうがいい。

3. 在「ない」之前可加助詞「は」或「も」的是形容詞「ない」。

例：おもしろく<u>ない</u>→おもしろくは<u>ない</u>、おもしろくも<u>ない</u>

　　上手で<u>ない</u>→上手では<u>ない</u>、上手でも<u>ない</u>

　　賛成で<u>ない</u>→賛成では<u>ない</u>、賛成でも<u>ない</u>。

以上爲形容詞。

例：起き<u>ない</u>→起きは<u>ない</u>（×）、起きも<u>ない</u>（×）

　　でき<u>ない</u>→できは<u>ない</u>（×）、できも<u>ない</u>（×）

以上爲助動詞。如要加上「は」、「も」時，可以用以下形式。

例：起き<u>ない</u>→起きはし<u>ない</u>、起きもし<u>ない</u>

　　でき<u>ない</u>→できはし<u>ない</u>、できもし<u>ない</u>

能在「ない」前加「は」或「も」而符合語法的，表示該「ない」的獨

立性強，是屬獨立詞的形容詞「ない」；至於必須緊接上一單詞，其間不能加「は」或「も」的，則表示該「ない」的獨立性較弱，是附屬詞的助動詞「ない」。

4. 助動詞「ない」可用另一助動詞「ぬ」代替，而形容詞「ない」則不能。

例：行かない＝行かぬ

　　　持たない＝持たぬ

但沒有以下的說法：

例：美しくない≠美しくぬ（×）

　　　よくない≠よくぬ（×）

5. 形容詞「ない」後接表示樣態的助動詞「そうだ」或接尾詞「すぎる」等時，成為「なさそうだ」、「なさすぎる」等；助動詞「ない」後接表示樣態的助動詞「そうだ」或接尾詞「すぎる」等時，成為「なそうだ」、「なすぎる」等。

例：おもしろくなさそうだ。

　　　おもしろくなさすぎる。

　　　知らなそうだ。

　　　知らなすぎる。

助動詞「ない」後接「すぎる」時，亦有說成「なさすぎる」的用例，故不宜單以此加以區別。

參考六　助動詞「ない」的常見慣用形式

一些與助動詞「ない」有關的常見慣用形式包括：

1.「～てはいけない/ならない」：表示禁止、不許可和不可以。

例：この部屋に入ってはいけない。

　　　先に食べてはならない。

　　　　高くてはならない。

　　　　試験の時に本を見てはいけない。

　　2.「～なければいけない/ならない」和「～なくてはいけない/な
らない」：表示當然或義務。意即那様(做)是當然的。

　　　例：もっと勉強しなけれはいけない。

　　　　　もう行かなければならない。

　　　　　元気でなくてはいけない。

　　　　　安くなくてはならない。

　　3.「～なくてもいい/よい」和「～ないでいい/よい」：表示許
可、容許。

　　　例：薬を飲まなくてもいいですか。

　　　　　傘を持って行かなくてもいい。

　　　　　むりに出席しないでよい。

　　4.「～かもしれない」：表示有此可能。

　　　例：あした雨が降るかもしれない。

　　　　　あの人は昨日1人で行ったかもしれない。

　　　　　そんなに高くないかもしれない。

　　5.「～にすぎない」：表示只限於某事例、場合、數量和程度
等。

　　　例：1か月のおこづかいは100ドルにすぎない。

　　　　　これはわたしの希望にすぎません。

　　　　　英語がわかるといっても、新聞が読めるにすぎない。

　　6.「～にほかならない」：表示除上文事例之外，並無其他。

　　　例：ご両親があなたをしかったのはあなたを愛するからにほ
　　　　　かならない。

　　　　　この新聞記事はきのうの記者会見の内容を簡単にしたに
　　　　　ほかならない。

7.「～ざるをえない」：具有文言風格，表示不得已。

例：あの人はそうせ<u>ざるをえない</u>事情があってそうしたと思
　　う。

　　行か<u>ざるをえない</u>ので行ってしまった。

8.「やむをえない」：表示並無其他辦法。

例：きのうは<u>やむをえない</u>用事で欠席した。

　　<u>やむをえな</u>ければ、わたしが行きます。

□　10.3.11　「ぬ」

一　接續

　　助動詞「ぬ」接動詞及動詞活用形助動詞「れる/られる」、「せる/
させる」和「たがる」的未然形。

例：行か<u>ぬ</u>

　　食べ<u>ぬ</u>

　　見<u>ぬ</u>

變格活用動詞後接「ぬ」時是：

例：くる→こ<u>ぬ</u>

　　する→せ<u>ぬ</u>

「感じぬ」和「信じぬ」等被視爲接上一段活用動詞「感じる」和「信
じる」。

二　活用

　　助動詞「ぬ」的詞形變化屬特殊活用形。參看表10.14。

「ぬ」的連用形「ず(ん)」的用法有下述四種：

（1）用於句中停頓。

例：風も吹か<u>ず</u>、よい天気だ。

表10.14　助動詞「ぬ」的詞形變化

助動詞	活用種類	未然形	連用形	終止形	連體形	假定形	命令形
ぬ	特殊	——	ず (ん)	ぬ (ん)	ぬ (ん)	ね	——

行きもせず、來もせず、全く連絡がなくなった。

(2) 修飾後續用言。

例：かまわず行ってしまえ。

(3) 可後接助詞「に」或「とも」，用法與「ないで」和「ないでも」相同。

例：たまには飲まずに帰ってください。

君がそんなことをせずともよい。

(4) 連用形「ん」只用於後接助詞「で」或「でも」。

例：無理なことを言わんでくれ。

急いで行かんでもいい。

「ぬ」的終止形用於句末，但接助動詞「ます」之後時爲「ん」。

例：もう行かねばならぬ。

何も知らぬ。

行きません。

「ぬ」的假定形「ね」，後接助詞「ば」表示假定條件。

例：話さねばならぬ。

三　詞義

助動詞「ぬ」表示否定，主要用於文言風格的書面語，或用於古拙和鄭重的表達形式。

例：知ら<u>ぬ</u>こととはいえ、失礼しました。

　　そんなことを言わ<u>ず</u>に早く来たまえ。

　　ことわりもせ<u>ず</u>、行ってしまった。

在現代日語中，一般用「<u>ん</u>」、「<u>ず</u>」。

例：ここには何もありませ<u>ん</u>。

　　夜も寝<u>ず</u>に看護する。

在慣用語及成語中頗多用「<u>ず</u>」、「<u>ん</u>」和「<u>ぬ</u>」。

例：あしから<u>ず</u>

　　思わ<u>ず</u>知ら<u>ず</u>

　　やむをえ<u>ず</u>、やむをえ<u>ぬ</u>

　　とりあえ<u>ず</u>

　　のみなら<u>ず</u>

　　～はいざしら<u>ず</u>

　　～にもかかわら<u>ず</u>

　　けしから<u>ん</u>

　　～と言わ<u>ん</u>ばかり

　　ほかなら<u>ぬ</u>

　　～かもしれ<u>ぬ</u>

　　はかり知れ<u>ぬ</u>

　　ただなら<u>ぬ</u>

　　知ら<u>ぬ</u>が仏

　　言わ<u>ぬ</u>が花

　　とら<u>ぬ</u>狸皮算用

以下是一些常用的慣用形式：

(1)「～てはいか<u>ん</u>」和「～てはなら<u>ぬ</u>」：表示不許可和禁止。

例：勝手なことを言ってはなら<u>ぬ</u>。

　　　遅れてはいか<u>ん</u>ぞ。

　　(2)「～ね<u>ば</u>ならぬ」、「～なくてはいか<u>ん</u>」和「～ね<u>ば</u>なるまい」等：表示當然、義務和非……不可。

　　　例：今日中に仕上げてしまわ<u>ね</u>ばなら<u>ぬ</u>。

　　　　　現金でなくてはいか<u>ん</u>。

　　　　　わたしも行か<u>ね</u>ばなるまい。

　　(3)「～ぬともよい」和「～んでもいい」等：表示容許、許可。

　　　例：無理に言いわけをせ<u>ぬ</u>ともよい。

　　　　　忙しければ行か<u>ん</u>でもいい。

　　(4)「～ぬか」和「～んか」等，是在以輕鬆溫和語氣徵求對方意見、提出查詢和邀請時用。

　　　例：もう一度会社に帰る気になら<u>ぬ</u>か。

　　　　　この辺で一服せ<u>ん</u>か。

□　10.3.12　「べし」

　　助動詞「べし」本屬文言的助動詞，其用法亦殘存於現代日語中。

一　接續

　　助動詞「べし」接動詞及助動詞「れる/られる」、「せる/させる」的終止形之後。

　　　例：言う<u>べき</u>ことははっきり言わなければならない。

　　　　　彼も行かせる<u>べし</u>。

　　「する」後接「べし」一般是「すべし」，亦有成爲「するべし」的用例。

　　　例：日本の文学を勉強す<u>べく</u>日本へ留学した。

二　活用

　　助動詞「べし」的敬體爲「べきです」，其詞形變化請參看表
10.15。

表10.15　助動詞「べし」的詞形變化

助動詞	活用種類	未然形	連用形	終止形	連體形	假定形	命令形
べし	特殊	べから	べく	べし	べき	──	──

　　「べし」的未然形「べから」後接助動詞「ず」。

　　例：池の魚はとるべからず。

　　連用形「べく」只用於句中停頓(中止法)及後接用言。

　　例：今年中に完成すべく、最善を尽す。

　　　　現在の生産量を維持すべく努力する。

　　終止形「べし」用於句末，表示理應如此之外，亦有表示命令。

　　例：今夜半より海上は風雨強がるべし。

　　　　今月末までに提出すべし。

　　　　ただちに練習を始めるべし。

　　連體形「べき」除修飾後續體言之外，有以「べきだ」或「べきである」爲結句，表示義務，其否定形式是「べきではない」。

　　例：注意すべき点を挙げておく。

　　　　やるべきことをやりたまえ。

　　　　君が責任をとるべきだ。

　　　　無責任な批判はなすべきではない。

三　詞義

助動詞「べし」表示從道理、常規等判斷某事例是適當和理所當然。通常不理會實際上是否能實現，純然在道理規條上來判斷。

例：学生はまず第1に勉強す<u>べき</u>だ。

　　車に注意す<u>べし</u>。

參考一　助動詞「べし」與「なければ」、「いけない」

在詞義上，「なければならない/いけない」是對行爲的規範，與「べし」、「べきだ」表示義務等不同。

參考二　助動詞「べし」的連體形

助動詞「べし」的連體形「べき」修飾後續體言，除表示當然如此做之外，有時表示可以如此做和值得如此做等意。

例：試合をする前に注意す<u>べき</u>点を2、3挙げておく。

　　文句があるならやる<u>べき</u>ことをやってから言いたまえ。

　　この博物館にはさほど見る<u>べき</u>ものはない。

參考三　「べからず」與「べからざる」的區別

「べからず」表示禁止，「べからざる」表示不能、不可之意。

例：無断で持ち出す<u>べからず</u>。

　　みだりに運転者に話しかける<u>べからず</u>。

　　関係者以外立入る<u>べからず</u>。

　　当たる<u>べからざる</u>勢いだ。

　　人権はおかす<u>べからざる</u>ものだ。

　　想像する<u>べからざる</u>惨状だ。

参考四　助動詞「べし」的終止形與連用形

助動詞「べし」的終止形「べし」和連用形「べく」只用於書面語。

例：本日午後3時までに出頭すべし。

　　美術を学ぶべくフランスに留学する。

在口頭語中，用「べきだ」作爲句末形式。

例：言わなければならないことははっきり言うべきだ。

□　10.3.13　「まい」

一　接續

助動詞「まい」接五段活用動詞及助動詞「ます」和「たがる」的終止形之後。

例：行くまい

　　食べますまい

　　飲むまい

　　買いたがるまい

「まい」接一段活用動詞及助動詞「せる/させる」和「れる/られる」的未然形之後。

例：見まい

　　ほめられまい

　　行かせまい

一段活用動詞亦有接終止形的用例，如「見るまい」等。

變格活用動詞「来る」和「する」後接「まい」，頗爲混亂。

例：こまい、きまい、くまい、くるまい

　　せまい、しまい、すまい、するまい

但一般有接終止形的傾向。

例：来るまい

　　するまい

二　活用

助動詞「まい」無詞形變化，參看表10.16。

表10.16　助動詞「まい」的詞形變化

助動詞	活用種類	未然形	連用形	終止形	連體形	假定形	命令形
まい	無活用	——	——	まい	（まい）	——	——

「まい」的終止形可後接助詞「けれども」和「ので」等，但用例不多，一般只用於句末。

例：午後雨が降るまいから、出かけよう。

まだ蚊は出まいから、かやは出さなくてもいい。

珍しくもあるまいが、一つめしあがってください。

「まい」的連體形只用於若干慣用形式。

例：忘れまいためメモをしておく。

落すまいものでもない。

あろうことかあるまいことか、わたしにこんなことを言いました。

三　詞義

助動詞「まい」的詞義有下述六種：

（1）表示否定的推測，但現在大多用「ないだろう」或「ないでしょう」。

例：この雨はまだやむまい。（やまないだろう）

あの人は大学院に入るまい。（入らないだろう）

（2）表示否定的意向，但現在大多用「ないようにしよう」、「な

いつもりだ」、「するのはよそう」和「するのはやめよう」等表達形
式。

　　例：もう彼とは絶対に口をきくまいと思った。

　　　　これ以上失敗を重ねまいと心に誓った。

(3)「まい」常見於一些慣用形式。

1.「まい」後接「し」，具「でないから」和「でないのに」之意。

　　例：こどもじゃあるまいし、自分でできるよ。

　　　　女じゃあるまいし、そんな着物で歩けるものか。

2.「まい」與疑問詞或助詞「か」連用，表示懷疑、詢問或反駁。

　　例：きょう中には現地につけまいか。

　　　　学生の間に多少の不満は残るのではあるまいか。

　　　　希望者が誰かいまいか。

3.「まい」接助詞「か」，表示請求和邀約。

　　例：なんと許してはもらえまいか。

　　　　最初だけ、いっしょに来てくれまいか。

　　　　1万円ほど出してやれまいか。

(4)「う/ようと～まいと」舉出動作或作用加以對比。

　　例：行こうと行くまいとお前の勝手だ。

　　　　今晩の会に出ようと出まいと君の自由だ。

(5)「あろうことかあるまいことか」和「なろうことかなるまい
ことか」是表示不能容許的事例。

　　例：あろうことかあるまいことか、こどもをおいて家を出て
　　　　しまった。

　　　　そんな自分勝手なことがなろうことかなるまいことか考
　　　　えてみろ。

(6)「まいに」表示與事實相反的假想。

　　例：はじめにそう言ってくれれば誰も心配しまいに。

參考一 動詞與「まい」、「ない」

「読むまい」和「書くまい」表示推測或意向的否定，與「読まない」和「書かない」不同。

例：読もう↔読むまい；読む↔読まない

書こう↔書くまい；書く↔書かない

□ 10.3.14 「ます」

一 接續

助動詞「ます」接動詞、動詞活用形助動詞（「せる/させる」、「れる/られる」、「たがる」）的連用形之後。

例：行きます。

遊ばせます。

叱られました。

食べたがりますので食べさせました。

但「おっしゃる」、「いらっしゃる」、「くださる」和「なさる」的連用形中以詞形「い」後接「ます」。此外，亦間有以詞形「れ」後接「ます」，只適用於非常拘謹鄭重的場合。

例：くださいます。

なさいます。

いらっしゃいます。

くだされませ。

二 活用

助動詞「ます」的詞形變化屬特殊活用。參看10.17。

「ます」的未然形「ませ」後接助動詞「ぬ」的終止形「ん」，用於否定形式。「ませ」不後接助動詞「ない」。

表10.17　助動詞「ます」的詞形變化

助動詞	活用種類	未然形	連用形	終止形	連體形	假定形	命令形
ます	特殊	⎰ませ ⎱ましょ	まし	ます	ます	ますれ	⎰ませ ⎱まし

例：わたしは参りません。

　　　最近あまり肉を食べません。

「ます」的未然形「ましょ」後接助動詞「う」，用於下述兩種情況：

(1) 表示意向或邀約。

例：今晩は中華料理にしましょう。（意向）

　　　一緒に行きましょう。（邀約）

(2) 表示推測，只限於文言風格的書面語，或電台的天氣報告等。一般用「でしょう」表示推測。

例：明日は晴れましょう。

　　　あした雨が降りましょう。

「ます」的連用形「まし」後接助詞「て」，用於句中停頓（中止法），連用形「まし」本身不能用於句中停頓，亦無修飾用言的用法。

例：あけましておめでとうございます。

　　　りっぱなものをいただきまして本当にありがとうございます。

連用形「まし」亦可後接助動詞「た」。

例：きのう映画を見ました。

終止形「ます」用於結句。

例：駅は町の西にあります。

　　　山本君はここにいます。

終止形「ます」只後接助詞「が」、「から」、「けれど（も）」和「し」

等。後接其他助詞時，會被視爲過於鄭重客氣，故不大使用。

　　例: 雨が降り<u>ます</u>から旅行するのをやめましょう。

　　　　わたしはこう考え<u>ます</u>が、みな様のご意見もうかがいた
　　　　いと思います。

連體形「ます」一般只用於後接助詞「の」、「ので」和「のに」。

　　例：大雨が降っていま<u>すのに</u>駅まで迎えに来てくださいまし
　　　　た。

　　　　あそこに見え<u>ます</u>のが図書館です。

「ます」的假定形「ますれ」具文言風格，只用於非常鄭重拘謹的
場合，除演説和議會答辯等之外，不大使用，一般用「ましたら」表
示條件。

　　例：新幹線に乗り<u>ますれ</u>ば(乗りましたら)3時間後に着きま
　　　　しょう。

「ます」的命令形有「まし」和「ませ」兩種詞形。「ませ」具莊重感
覺，客氣程度較大，屬標準說法；「まし」莊重程度較少，具庶民和
通俗的感覺。

　　例: いらっしゃい<u>ませ</u>。

　　　　お忘れ物のないようになさい<u>ませ</u>。

　　　　どうぞお休みください<u>ませ</u>。

　　　　ご遠慮なさらないでおっしゃい<u>まし</u>。

在現代標準日語中，「ませ」只用於「おっしゃる」、「いらっしゃ
る」、「くださる」、「なさる」、「あそばす」、「めす」和「めしあがる」
等幾個常用之敬語動詞，沒有接其他一般動詞的用例。接其他動詞
的用例，只見於方言中。

　　例：お読み<u>ませ</u>。(四国方言)

三　詞義

助動詞「ます」是發言者對受言者表示有禮和鄭重時用，是用於客氣的場合。「ます」和另一助動詞「です」一起構成敬體，與「だ」和「である」等的簡體相對應。

例：
 | あしたわたしも行きます。（敬體）
 | あしたわたしも行く。（簡體）

 | これはわたしのです。（敬體）
 | これはわたしのだ。（簡體）
 | これはわたしのである。（簡體）

參考一　「ござる」的用法

「ございます」是「ござる」的連用形後接「ます」。「ございます」接體言之後時是「でございます」，亦表示鄭重和客氣，其程度較「ます」和「です」爲大，一般日常對話用「です」、「ます」已經足够。若過猶不及，過於鄭重客氣便有格格不入、彼此距離無法拉近的感覺。

例：電話はむこうにございます。（＝あります）

　　　こちらは宴会ホールでございます。（＝です）

□　10.3.15　「みたいだ」

一　接續

助動詞「みたいだ」接體言、形容動詞詞幹、動詞、形容詞和助動詞的終止形之後。

例：あの人は外国人みたいだ。

　　　学長は怒っているみたいだ。

　　　玄関で音がするから、誰か来たみたいだよ。

二　活用

助動詞「みたいだ」的詞形變化，與形容動詞相同。參看表 10.18。

表10.18　助動詞「みたいだ」的詞形變化

助動詞	活用種類	未然形	連用形	終止形	連體形	假定形	命令形
みたいだ	形容動詞	──	みたいだっ みたいで みたいに	みたいだ	みたいな	（みたいなら）	──

「みたいだ」無未然形。

連用形「みたいだっ」後接助動詞「た」或助詞「たり」。

例：その時、誰かきたみたいだったよ。

　　映画を見に行ったら、泣きに行ったみたいだった。

連用形「みたいで」用於句中停頓（中止法），或後接「ある」。

例：肺炎にかかったみたいで、すぐ病院へ連れて行きました。

　　湿気がひどくて、ちょうど蒸し風呂に入っているみたいであった。

連用形「みたいに」用於修飾後續用言。

例：こどもみたいに遊んでいる。

　　あの人は豚みたいに何でもよく食べる。

三　詞義

助動詞「みたいだ」的詞義有下述四種：

（1）表示樣態，與「ようだ」相同，但語氣不及「ようだ」溫和婉

轉，用於表示不能確定的判斷，或作婉轉迂迴的斷定。

　　例：また雨が降り出したみたいです。

　　　　ちょっと疲れたみたいだ。

　　(2) 表示某事物的性質、狀態和形狀等，與其他事例相似，以比喩形式表達。

　　例：彼の絵はこどもがかいたみたいだ。

　　　　一面に霜が下りて、まるで雪が降ったみたいだ。

　　　　機械みたいに正確に動いている。

　　(3) 擧出某事例，作爲標準或準則等，成爲所指的條件。

　　例：何か針みたいな先のとがったものはないでしょうか。

　　　　たとえば神戸、横濱みたいな町が好きだ。

　　(4) 表示一個概括大約的範疇或事例，或在提出一些籠統含糊的內容時用，也有用於婉轉說出的事例。

　　例：この秋、結婚するみたいなことを言っていた。

　　　　果物とか缶詰めみたいな物はどこで売っていますか。

參考一　助動詞「みたいだ」的慣用形式

　　助動詞「みたいだ」一般用於口頭語，在書面語中，基本上只用於作比喩。

　　例：彼のおとなしさといったら、借りて来た猫みたいです。

參考二　助動詞「みたいだ」與體言和用言

　　一些語法學者認爲助動詞「みたいだ」只接體言之後，才算是正統的用法。其實，「みたいだ」接用言之後的用法已十分普遍，應視作標準說法。

　　例：まるでわたしがやられているみたいだ。

參考三　助動詞「みたいだ」與「みたい」

　　女性用助動詞「みたいだ」於句末時，「みたいだ」的「だ」一般予以省略。

　　例：嬉しいわ。まるで夢みたい。

□　10.3.16　「ようだ」

一　接續

　　助動詞「ようだ」接用言和助動詞的連體形之後，或接體言附以助詞「の」之後，亦接「この」、「どの」、「こんな」和「どんな」等連體詞之後。

　　例：こどもにもできるようだ。

　　　　3日かかったようだ。

　　　　粉薬のようなものだ。

　　　　このようでは困る。

　　　　どのような形をしていますか。

二　活用

　　助動詞「ようだ」的詞形變化屬形容動詞活用。參看表10.19。

表10.19　助動詞「ようだ」的詞形變化

助動詞	活用種類	未然形	連用形	終止形	連體形	假定形	命令形
ようだ	形容動詞	ようだろ	ようだっ ようで ように	ようだ	ような	ようなら	──

「ようだ」的未然形「ようだろ」後接助動詞「う」，但實際上甚少用。

「ようだ」的連用形「ようだっ」後接助動詞「た」助詞「たら」之後。

　　例：寒くて冬のようだった。

　　　　忙しいようだったら止めましょう。

「ようで」可用於句中停頓，亦可後接「ある」，多見於書面語。

　　例：外側は本物のようで、中味はにせものだ。

　　　　ちょっと見ては本物のようであるが、よく見るとあやし

　　　　いところがある。

「ように」除後接用言外，亦有用於句末，表示期待和懇求等。

　　例：車が飛ぶように走った。

　　　　神のおめぐみがありますように。

　　　　3人でよく相談しておくように。

終止形「ようだ」可分割爲詞幹「よう」及詞尾「だ」，詞尾「だ」的活用與助動詞「だ」相同；敬體爲「ようです」。

　　例：あの人はまるで老人のようだ（ようです）。

詞幹「よう」可後接用言，也可以接助詞「よ」和「ね」，成爲「ようよ」和「ようね」，用於句末。

　　例：お元気になられますようお祈り申し上げます。

　　　　お導き下さいますようお願い申し上げます。

　　　　まるで外国に来たようね。

　　　　なんだか、縁起が悪いようね。

　　　　ひどくお疲れのようよ。

「ようだ」的假定形「ようなら」實際上甚少使用。「ようなら」後不接助詞「ば」。

例：でかける<u>ようなら</u>知らせてください。

　　形が犬の<u>ようなら</u>、それはおおかみだろう。

三　詞義

助動詞「ようだ」的詞義有下述八種：

（1）表示某事物的性質和狀態與其他事例相似，大多用於比喻或舉例，意思是：看起來像……的樣子。

例：あの子はフランス人形の<u>ように</u>かわいい。

　　4月なのに、夏の<u>ような</u>暑さだ。

這種用法大多以名詞後接助詞「の」，再接「ようだ」的形式使用。「ようだ」又常與副詞「まるで」、「いかにも」和「ちょうど」等互相呼應使用。

例：まるで夏の<u>ようだ</u>。

　　堅くていかにも石の<u>ようだ</u>。

（2）指上文、下文或特定之內容。即表示上文或下文等所指的內容，其內涵是相同，或指其程度相等。

例：この原理は次の<u>ようである</u>。

　　この点については第1表に示した<u>ような</u>結果が得られた。

　　以上の<u>ような</u>理由で推薦を辞退します。

　　この実験でわかる<u>ように</u>目に害がある。

　　字も読めない<u>ような</u>やつだ。

（3）表示行爲的目的。大多用「（動詞）ように（動詞）」、「（動詞）よう（動詞）」的形式。表示爲達到某目的而如何如何做，意即「（動詞）ために」。

例：合格する<u>ように</u>がんばる。

　　本棚を上手に使う<u>よう</u>、区分して入れさせます。

　(4) 舉出符合條件的事例時用。通常舉出具代表性或顯淺易懂的事例以輔說明。

　　例：ハトロン紙のような少し厚めの紙がいい。

　　　　サッカーやラクビーのような激しい運動が好きだ。

　　　　あなたのような意地悪い人は大嫌いです。

　「～ような(名詞)はしない」屬慣用說法，舉出某事例作强烈的否定。

　　例：簡単にばれるようなへまはしない。

　(5) 用於句末，作婉轉、間接和不大確實的判斷。所作的推斷，可基於主觀或客觀的根據，或無確實根據亦可。

　　例：どこかで君に会ったようだね。

　　　　おれには君の気持ちがよくわかるような気がする。

　　　　東北地方はもう雪が降ったようだ。

　　　　電車が遅れているところをみると何か事故があったようだ。

　　　　あそこに誰かいるようだ。

　而用於假定條件的修飾句子中，可用於表示他人的推斷。

　　例：彼の家が留守のようだったら、隣の家にことづてを頼んで来なさい。

　　　　今日中に間に合わないようなら、明日でもかまわない。

　(6) 表示意願、希望和願望。大多以「(動詞)ように」和「動詞よう」作爲結句，或下接表示意願、祈求等意思的動詞。

　　例：丈夫に育ちますように。

　　　　一日も早く全快なさいますよう、お祈りいたします。

　(7) 表示提點、勸告和不大强烈的命令，或提示某行爲的規範等，可用「ように」結句。

　　例：少しずつ飲ませるようにします。

　　　　絶対に避ける<u>ように</u>してください。

　　　　早く帰る<u>ように</u>。

　　　　そんなことはしない<u>ように</u>。

　　(8) 間接引用他人發言、文章、詞句和諺語等。

　　例：午後から天気がくずれる<u>ような</u>ことを言っている。

　　　　「時は金なり」と言う<u>ように</u>、時間を大切にしなければな

　　　　りません。

參考一　　助動詞「ようだ」的詞義

　　助動詞「ようだ」的詞義甚多，有時頗難規範，宜從上文下理判

斷。

　　例：ウルトラマンの<u>ように</u>強い。（比喩）

　　　　ウルトラマンの<u>ような</u>おもちゃがほしい。（例示）

參考二　　助動詞「ようだ」與「みたいだ」的區別

　　助動詞「みたいだ」與「ようだ」的詞義大致相同，均屬形容動詞

活用形。「みたいだ」不接助詞「の」之後而直接接體言之後，通常以

連用形、終止形或連體形出現。

　　例：{ あの雲はちょうどヒツジ<u>みたい</u>です。

　　　　{ あの雲はちょうどヒツジの<u>よう</u>です。

　　「ようだ」與表示樣態的助動詞「そうだ」和「らしい」有相同的用

法。

　　　　　{ 雨が降り<u>そうだ</u>。

　　例：{ 雨が降る<u>らしい</u>。

　　　　　{ 雨が降る<u>ようだ</u>。

　　「そうだ」是基於肉眼可見的環境而作出推斷，而「らしい」是基

於某些客觀根據而作推斷；「ようだ」是較客觀、婉轉的判斷。

□ 10.3.17 「らしい」

一 接續

助動詞「らしい」接下述品詞之後，包括體言、副詞（表示狀態或程度之副詞）、格助詞和部分副助詞、動詞、形容詞和部分助動詞的終止形（具活用的助動詞，但「そうだ」除外，不接「だ」、「です」而接「である」，也不接「ようだ」）、形容動詞詞幹。

> 例：学生らしい人がたずねてきた。
>
> 待ったのはちょっとらしい。
>
> 試験は 15 日から らしい。
>
> これは山口君のらしい。
>
> 今日も雨が降るらしい。
>
> 中村さんにも行かせるらしい。
>
> 明日は天気がよいらしい。
>
> 夜になるとにぎやからしい。

二 活用

有關助動詞「らしい」的詞形變化，參看表10.20。

表10.20 助動詞「らしい」的詞形變化

助動詞	活用種類	未然形	連用形	終止形	連體形	假定形	命令形
らしい	形容詞	——	らしく らしかっ	らしい	らしい	——	——

「らしい」無未然形。

「らしい」的連用形「らしかっ」後接助動詞「た」和助詞「たり」。

例：においでわかったが瓶の中身はガソリンらしかった。

「らしく」用於後接用言和助詞「て」。接「て」時有讀成「らしくって」。「らしく」後接「ございます」時成爲「らしゅうございます」。

例：でかけるらしく思れわる。

　　　学生らしくない行動をやめなさい。

　　　天気予報によりますと、あしたは雨が降るらしゅうございます。

「らしい」的假定形「らしけれ」現已不用，表示假定時用「らしいなら」和「らしかったら」等形式。

例：あす、雨が降るらしいなら（らしかったら）止めにしよう。

三　詞義

助動詞「らしい」是根據某些客觀事實、頗具信心地推論時用。與助動詞「ようだ」詞義相近，通常可對調使用。「らしい」的確實程度較「ようだ」爲大，可靠性更高，含有對客觀事例予以承認或認同的語氣。

例：雨が降っているらしい。

　　　外は雨らしい。

上述兩例是聽到雨聲，或看見街上的人撑着雨傘而作出頗爲確實的推論。「らしい」的用法。可細分如下：

（1）基於客觀根據，對某事例作出頗爲確實的判斷，雖未能斷言如此，但從種種客觀資料顯示而作出足以信賴的推論和判斷。

例：天気予報によると午後から雨になるらしい。

　　　台風が近づいて海が荒れているらしい。

（2）避免作確實判斷而作較婉轉的表達方式時用，往往有逃避責任的用意。

例：どうも君の考えはまちがっていたらしいよ。

あのめがねの人はどうも日本人らしい。

（3）表示與某事例之性質相仿，或具有非常相似的形態，或表示恰如其分的意義等。

例：20代の若い人らしい活溌さがない。

ようやく外国に来たらしい気分になった。

參考一 助動詞「らしい」與形容動詞詞幹

助動詞「らしい」可直接接形容動詞詞幹外，也可接形容動詞「である」詞形之後而意思不變。

例：
{ あの教室は今は静からしい。
{ あの教室は今は静であるらしい。

參考二 助動詞「らしい」的慣用形式

例：
{ 雨が降らないらしい。
{ 雨が降るらしくない。

一般用上例「～ないらしい」的形式，而下例「～らしくない」屬不自然的表達方式。

例：
{ あの人は学生ではないらしい。
{ あの人は学生らしくない。

上一句和下一句意思完全不同。上一句推測那人不是學生，而下一句則指那人言行不像學生，「学生らしくない」的「らしくない」屬接尾語「らしい」的否定形式。詳見下文參考三 助動詞「らしい」與接尾語「らしい」。

例：
{ 陳さんは何も知らないらしい。
{ 陳さんは何も知らなかったらしい。

「らしい」用於表示發言者的推斷，推斷內容可以是否定，如上一句；同時也可是否定的過去，如下一句。

例：$\left\{\begin{array}{l}\text{陳さんは何も知らない}\underline{\text{らしかった}}。\\\text{陳さんは何も知らなかった}\underline{\text{らしかった}}。\end{array}\right.$

如果是過去的推斷，則用「らしかった」，如上一句。若是過去的推斷而推斷內容出現於推斷之前，則推斷內容的部分也用過去式，如下一句。爲使文意更加清楚，下一句一般會說成：

例：陳さんは何も知らなかったようだった。

參考三　助動詞「らしい」與接尾語「らしい」

助動詞「らしい」主要用於表示推測，接尾語「らしい」是將客觀事實、條件加以概念化而表達出來時使用。

例：$\left\{\begin{array}{l}\text{そとにいるのはどうも女}\underline{\text{らしい}}。（助動詞）\\\text{李さんの娘はしとやかで、とても女}\underline{\text{らしい}}。（接尾語）\end{array}\right.$

上一句是從客觀條件，如服飾、髮型和姿態等加以推斷，而下一句是將女性的品格、外表和態度等加以概念化。

其他用例如下：

例：$\left\{\begin{array}{l}\text{電車の中で山田さん}\underline{\text{らしい}}\text{人を見かけた。（助動詞）}\\\text{これはいかにも山田さん}\underline{\text{らしい}}\text{やり方だ。（接尾語）}\end{array}\right.$

接尾語「らしい」的活用與形容詞相同，接名詞之後，整體往往被視作形容詞。

例：あいつは人間らしくない。

　　彼の態度はもう少し男らしかったらひどい目に会わなくてすむだろう。

接尾語「らしい」和助動詞「らしい」的區別如下：

1. 如在「らしい」之前加插「である」而文意通順不變的，則該「らしい」是助動詞。

例：$\left\{\begin{array}{l}\text{あの人は男}\underline{\text{らしい}}。\\\text{あの人は男である}\underline{\text{らしい}}。\end{array}\right.$

$$\left\{\begin{array}{l}さすが男らしい強さだ。\\さすが男であるらしい強さだ。（×）\end{array}\right.$$

首兩句文意不變，「らしい」是助動詞，最後一組加「である」之後文意不通，「らしい」是接尾語。然而文意是否通順不變，對初學者來說，是很難判斷。不過，這也不失爲判別接尾語「らしい」和助動詞「らしい」的其中一個標準。

2. 助動詞「らしい」可用「～のようだ」代替而文意不變，接尾語「らしい」用「～のようだ」代替時文意不同。

例：
$$\left\{\begin{array}{l}橋の上にいるのは男らしい。（助動詞）\\橋の上にいるのは男のようだ。（文意與上句相同）\end{array}\right.$$

$$\left\{\begin{array}{l}彼はなかなか男らしい。（接尾語）\\彼はなかなか男のようだ。（×）\end{array}\right.$$

3. 助動詞「らしい」有「らしくない」的用法，但接尾語「らしい」無此種用法。

例：学生らしくない男の人が学生寮に入った。（助動詞）

4. 加於兩者的連用修飾語不同。

例：
$$\left\{\begin{array}{l}あそこにいるのはたしかに男らしい。（助動詞）\\あそこにいるのはたいへん男らしい。（接尾語）\end{array}\right.$$

助動詞「らしい」只能接受表示判斷信心強弱的連用修飾語，如「きっと」和「たしかに」等。接尾語的「らしい」只能接受與性質狀態有關、表示程度大小和強弱的連用修飾語，如「たいへん」和「ちっとも」等。

5. 助動詞「らしい」之前的體言，可接受連體修飾語；接尾語「らしい」之前的體言，不能接受連體修飾語。

例：あそこにいるのは隣の娘らしい。（助動詞）

6. 如文意確切時，助動詞「らしい」可用「だ」和「である」代替，接尾語「らしい」則無此種用法。

例：$\left\{\begin{array}{l}あそこに立っている人は女\underline{らしい}。（助動詞）\\ あそこに立っている人は女\underline{だ}。（文意確切）\end{array}\right.$

□ 10.3.18 「れる／られる」

一 接續

助動詞「れる」接五段活用動詞未然形，而助動詞「られる」則接一段活用動詞及助動詞「せる／させる」的未然形。

下列接續方法，適用於下文所述的用法(1)被動、(3)自發、(4)尊敬；而用法(2)可能的接續方法，請參看用法(2)。

「する」的被動形是「される」；「来る」的被動形是「来られる」。

(1) 接五段活用動詞：

例：書く→書か\underline{れる}

　　読む→読ま\underline{れる}

　　運ぶ→運ば\underline{れる}

(2) 接一段活用動詞：

例：見る→見\underline{られる}

　　食べる→食べ\underline{られる}

(3) 接變格活用動詞「する」、「来る」：

例：批判する→批判\underline{される}

　　評価する→評価\underline{される}

　　来る→来\underline{られる}

二 活用

有關助動詞「れる／られる」的詞形變化，參看表10.21。

「れる／られる」可用於被動、可能、自發和尊敬，其活用按用法不同而有異；而其假定形僅用於被動和可能，實際上甚少使用。

當「れる／られる」用於可能和自發時，沒有命令形，被動及尊敬亦甚少使用命令形。

例：御安心召\underline{され}よ。

表10.21　助動詞「れる/られる」的詞形變化

助動詞	活用種類	未然形	連用形	終止形	連體形	假定形	命令形
れる	下一段	れ	れ	れる	れる	れれ	れろ れよ
られる	下一段	られ	られ	られる	られる	られれ	られろ られよ

三　用法

助動詞「れる/られる」的用法有下述四種：

(1) 被動：表示蒙受非主體自己進行之動作或行為，或此等動作或行為所引起的作用和影響等。

1. 他動詞：有關動作或行為之動詞是他動詞的，可分為直接被動和間接被動。

(a)直接被動：他動詞的目的語在被動句中成為主語，而構成該被動動作、行為的主體，在被動句中用「に」表示。

例：
$\begin{cases} （先生は学生をほめました。） \\ 学生は先生に\underline{ほめられ}ました。 \end{cases}$

$\begin{cases} （彼はわたしの手紙を読みました。） \\ わたしの手紙は彼に\underline{読まれ}ました。 \end{cases}$

直接被動中可分為具情意者為主語的直接被動和以非情意者為主語的直接被動。上述首例屬前者，次例屬後者。具情意者指具感情者，主要指人物；非情意者指無感覺意志者，主要指事物。

以非情意者為主語的直接被動，非日語固有之表達形式，但近年受西方語文翻譯的影響，在演說或書面語中，成為常見的表達形

式，特別是無需說明動作主體的被動形式及敍述客觀事實時常用。
以下是一些用例。

例：政府の対策が望まれる。

オリンピックは四年ごとに行われる。

(b)間接被動：他動詞目的語在被動句中仍是目的語，該動作
行為的蒙受主體在被動句中成為主語，而構成該被動動
作、行為的主體，在被動句中用「に」表示。

例：
{（スミスさんは弟に英語を教えます。）
弟はスミスさんに英語を教えられます。

{（強盗は張さんの腕を刺しました。）
張さんは強盗に腕を刺されました。

在內容上，具備動作的蒙受者和目的語的句子，都可以有直接
和間接被動的兩種被動形式。

例：
{（あの人はわたしの傘を持って行きました。）
わたしの傘はあの人に持って行かれました。（直接被動）
わたしはあの人に傘を持って行かれました。（間接被動）

2. 自動詞：自動詞的被動形亦稱損益的被動形。通常主語是受
害者，遭受某些不便、困擾，或受損和受窘，但亦有少數用例的主
語是得益者，故稱為損益的被動形。事態之發生並非主語所願，更
非主語能力可及而可以改變者。

例：きのう雨に降られました。

赤ん坊に泣かれて寝られなかった。

あの子は父に死なれて、学校へも行けなかった。

(2) 可能：

1. 接續：「れる」用於表示可能時，接五段活用動詞未然形之
後，有約音現象。

例：書く→書か＋れる→書かれる→書ける

買う→買わ＋れる→買われる→買える

立つ→立た＋れる→立たれる→立てる

話す→話さ＋れる→話される→話せる

爲方便記憶，可將五段活用動詞「う段」的詞尾轉爲「え段」，再接「る」。

例：書く→書け＋る→書ける

買う→買え＋る→買える

立つ→立て＋る→立てる

話す→話せ＋る→話せる

「られる」接一段活用動詞的未然形之後，在口頭語中，「られる」往往說成「れる」的現象，十分常見。

例：見る→見＋られる→見られる→見れる

食べる→食べ＋られる→食べられる→食べれる

「カ行」變格活用動詞「来る」的可能形式是「来られる」，省略說成「来れる」的現象也很普遍。

「サ行」變格活用動詞「する」的可能形式是「できる」，而「せられる」和「される」只殘存於文言風格的書面語中，現在一般只用「できる」。

2. 活用：表示可能的「れる」和「られる」沒有命令形。要表達命令時可用「書けるようになれ」和「歩けるようになれ」等形式。

3. 用法：

(a) 表示有關動作或行爲主體本身的能力，即具有使該動作、行爲實現的能力。

例：高橋さんは中国語で手紙が書ける。

あの子はスポーツが上手にできる。

女の足でも20分で来られる。

　　　　　100人の客を乗せられる。

（b）指客觀環境、場合使有關動作或行為獲得許可，不受阻礙
　　　地進行、實現。

　　　例：食堂が休みで何も食べられない。

　　　　　忙しくて12時前には寝られない。

　　　　　昼休みなら、30分ぐらい話しに出られる。

（c）具有「值得」這樣做的意思。即做某動作或行為是有價值、
　　　具意義，或考慮所獲評價，值得如此做。

　　　例：見られたものではない。

　　　　　食べられるようなものはなにもない。

　　　　　娘に口に入れられるような料理が作れるかどうか。

（d）因動作或作用所及對象的狀態、性質、性格等而使該動
　　　作、作用得實現，與該動作或作用之主體能力無關。

　　　例：あの人だけは信じられる。

　　　　　背泳ぎには優勝の期待がかけられる。

（3）自發：

　　與思想、感情和心理狀態等有關的動詞後接「れる/られる」時，
表示在某環境下不由自主和自然而然地變成某種精神或心理狀態
的，稱為自發。用於自發形式的五段話用動詞後接「れる/られる」時
與可能形式相同，有約音現象。

　　「する」的自發形式是「される」。

　　例：あの映画をみるたびに泣けてきて、しかたがない。

　　　　あの歌を聞くと故郷のことを思えてくる。

　　以上用例不能以「～（する）ことができる」等可能形式代替。

　　有些用例本身較難判斷是自發還是可能，要從上文下理去判
斷。

例：彼の言ったことはみな事実だと信じられる。

若要文意明確，用可能形式「～(する)ことができる」等，則清楚知道是可能。

例：彼の言ったことはみな事実だと信じることができる。

(4)　尊敬：

動詞後接「れる/られる」也可用於尊敬語，是對該動詞動作主體表示敬意的一種表達形式。「れる/られる」是表示尊敬的同類敬語中敬意程度較小的一種；用於書面語時，予人有鄭重和拘謹的感覺。動詞後接表示敬意的「れる/られる」時沒有約音現象。

例：あしたの会に参加されるでしょうか。

　　田中先生は来月中国へ行かれるそうです。

在口頭語中，表示尊敬的「れる/られる」與被動、可能和自發等用法容易產生混淆，故「れる/られる」只宜用於表示輕微敬意，在鄭重場合，為避免誤解，宜用其他敬語形式表達。

參考一　「する」的被動形與「せられる」

「する」的被動形是「される」，但在文章中亦見有用文言形式的「せられる」。

例：監督をせられる。

　　除外せられる。

參考二　被動句的主語與「に」、「から」、「によって」

被動句中的動作構成主體，一般用「に」或「から」表示，也可用「によって」表示。用「によって」時，宜注意：

1. 大多用於書面語。

2. 動作構成主體只限有情意者。

例：選手代表によって宣誓が行われる。

參考三　表示存在的動詞與表示狀態的動詞的被動形

表示存在的動詞「ある」、「いる」和表示狀態的動詞，如「見える」、「聞える」、「要る」、「適く」和「似合う」等，均無被動形。

參考四　以非情意事物為主語的被動形

明治以後，因受外文翻譯的影響，以非情意之事物為主語的被動形，在大眾傳媒中甚為普遍。

　　例：臨時国会が開かれた。

　　　　きれいに花が植えられている。

　　　　規則は完全に守られた。

　　　　国際間における日本の地位は、今や十分に認められた。

參考五　一些與他動詞的被動形同義的自動詞

一些動詞的自動詞和他動詞的被動形式是同義的，但自動詞的敍述形式屬客觀現象的敍述，而他動詞的被動形式常含有人為的結果、非主動、受害和不悅等意味。

例：
- 壁に絵がかかっている。（自動詞）
- 壁に絵がかけられている。（他動詞、被動形）
- 泥棒が警察につかまった。（自動詞）
- 泥棒が警察につかまえられた。（他動詞、被動形）
- 台風で公園の木が倒れた。（自動詞）
- 台風で公園の木が倒された。（他動詞、被動形）

參考六　他動詞的被動形與「〜てある」

他動詞的被動形式與他動詞「〜てある」形式的意義和用法相同，但動作主體是事物，而敍述肉眼可見的狀態，或用於傳達和記錄有關事例時，則宜用「〜てある」形式。

例：$\begin{cases} 机の上に本がたくさん\underline{置かれている}。\\ 机の上に本がたくさん\underline{置いてある}。\end{cases}$

$\begin{cases} あの件はもう三島さんに\underline{連絡されている}。\\ あの件はもう三島さんに\underline{連絡してある}。\end{cases}$

$\begin{cases} 壁に絵が\underline{かけられている}。\\ 壁に絵が\underline{かけてある}。\end{cases}$

$\begin{cases} ホテルはもう\underline{予約されている}。\\ ホテルはもう\underline{予約してある}。\end{cases}$

　　如上文所述，用被動的表達形式時，大多含有受害、不悅和非主動等意味，如無此含意時，則一般避免使用這形式。

參考七　一些特殊動詞的被動形

　　有些動詞如「うまれる」和「めぐまれる」等不宜當作「うむ」、「めぐむ」的被動形處理，應當作一個獨立的自動詞看待。

　　有些動詞只具有被動形式的用法。

　　例：悪夢に\underline{うなされる}。

　　　　仕事に\underline{忙殺される}。

　　還有一些動詞的被動形具有特殊的詞義。

　　例：敵に\underline{やられる}。（被敵人打敗、被殺之意）

參考八　動詞「～ている」的被動形式

　　一般來說，動詞「～ている」的「いる」不用被動形式，而是位於「いる」前面「て」形動詞成爲被動形式。

例：$\begin{cases} わたしは大男に前に\underline{立たれていた}。（\checkmark）\\ わたしは大男に前に\underline{立っていられた}。（×）\end{cases}$

$\begin{cases} あの子はいい子だと皆に\underline{言われている}。（\checkmark）\\ あの子はいい子だと皆に\underline{言っていられる}。（×）\end{cases}$

　　動詞「～てくる」和「～ていく」等形式，若屬直接被動，也是
「て」形動詞成爲被動形式。

例：
$$\begin{cases}（あの人はわたしをきらってきた。）\\ わたしはあの人に\underline{きらわれてきた}。（✓）\\ わたしはあの人にきらって来られた。（✕）\end{cases}$$

$$\begin{cases}（〔人々は〕古い建物をだんだんこわしていく。）\\ 古い建物はだんだん\underline{こわされていく}。（✓）\\ 古い建物はだんだんこわしていかれる。（✕）\end{cases}$$

$$\begin{cases}（〔人々は〕自然をこれから大切にしていく。）\\ 自然がこれから\underline{大切にされていく}。（✓）\\ 自然がこれから大切にしていかれる。（✕）\end{cases}$$

　　若是間接被動時，是補助動詞「くる」、「いく」成爲被動形式。

例：
$$\begin{cases}（ウェートレスがわたしに違った伝票を持ってきた。）\\ わたしはウェートレスに違った伝票を\underline{持ってこられた}。\\ （間接被動）\end{cases}$$

　　　違った伝票はウェートレスにわたしに\underline{持たれてきた}。
（直接被動）

$$\begin{cases}（兄はわたしの自転車を乗って行った。）\\ わたしは兄に自転車を\underline{乗って行かれた}。（間接被動）\\ わたしの自転車は兄に\underline{乗られて行った}。（直接被動）\end{cases}$$

$$\begin{cases}（高橋さんは間違えて李さんの傘を持って行った。）\\ 李さんは高橋さんに間違えて傘を\underline{持って行かれた}。\\ （間接被動）\end{cases}$$

　　　李さんの傘は高橋さんに間違えて\underline{持たれて行った}。
（直接被動）

參考九　可能動詞的目的語與「を」和「が」

　　他動詞的目的語成爲可能形式動詞所及的有關對象時，可用「を」或「が」表示。

例：$\left\{\begin{array}{l}（あの人は日本語で手紙を書く。）\\ あの人は日本語で手紙を書ける。\\ あの人は日本語で手紙が書ける。\end{array}\right.$

可能形式所及的對象用「を」表示時，有強調該對象的含義。

例：$\left\{\begin{array}{l}わたしはあの人を助けられる。\\ わたしはあの人が助けられる。\end{array}\right.$

參考十　可能動作的主體的表達形式

　　可能動作的主體，除用助詞「は」和「が」等表示外，也可用「に」、「には」和「にも」等形式。

例：$\left\{\begin{array}{l}わたしはできない。\\ わたしにはできない。\end{array}\right.$

　　　　これはわたしにできると思いますが。

　　　　彼の気持ちはわたしにも推察できる。

　　　　この質問は子供には答えられないでしょう。

參考十一　「いく」與「いける」

　　「いく」的可能形式「いける」也可以表示能夠做到、具相當價值、熟練精巧、好用、味道好和酒量好等一些慣用說法。

例：この映画は存外いけるぜ。

　　　　あの絵はちょっといけるじゃないか。

　　　　この酒はいけるね。

　　　　あいつはいける口さ。

「いける」的否定形式「いけない」表示禁止。

例：あっ、いけないことをしてしまった。

　　これはいけないなあ。

參考十二　「見られる」、「見える」與「聞ける」、「聞える」的區別

　　動詞「見る」和「聞く」的可能形式「見られる」和「聞ける」，是表示有看和聽的意圖而在某環境或狀態之下能夠看到和聽到。「見える」和「聞える」表示在某環境狀態之下，自自然然入目或入耳，與是否有看和聽的意願無關。

例：
{ あの山に登れば太平洋が見られる。
{ あの山に登れば太平洋が見える。

　　上一句的重點在如何做才能看到太平洋，而下一句的重點則在說出可以看見甚麼。

例：
{ 音楽室でいろいろなレコードが聞ける。
{ 音楽室の前を通ると歌声が聞える。
{ 図書館へ行けばいろいろな珍しい拓本が見られる。
{ 後の席では、黒板の字が見えない。
{ あしたはあの先生の講演が聞ける。
{ 隣の部屋では先生の声が聞えない。

參考十三　被動、可能、自發、尊敬的判斷

　　「れる／られる」有被動、可能、自發和尊敬四種用法，有時不容易判別。

　　例：AはBに英語を教えられる。

　　若「教える」動作主體和「られる」的承受主體兩者均為A時，「られる」可以是可能、尊敬。

　　若「教える」動作主體是B而「られる」的承受主體爲A時，「られる」是被動。

　　以下一些難於判別的用例。

　　例：この点において両者は区別されよう。(被動、可能)

　　　　桜にひかれる日本人の心。(被動、自發)

　　　　先生は10時に行かれるはずです。(可能、尊敬)

　　在書面語中，要從上文下理判斷，在口頭語中，要從發言環境、發言者與受言者的關係等因素來判斷。

助　詞

11.1　概說

　　助詞為附屬詞，無活用。接體言、用言、助詞及助動詞之後，表示單詞與單詞之間的關係，或對單詞加添一定詞義。

11.2　助詞的分類

　　助詞可按其用法，分類如下：

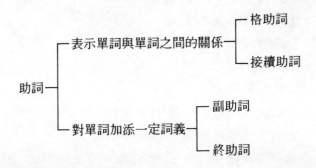

今對上列四種助詞分述如後。

一　格助詞

　　(1) 接續：主要接體言或具體言資格單詞之後，如助詞「の」和用言的連體形等，亦可接副詞和助詞等之後。

　　　　例：これは兄の時計だ。

　　　　　　我慢するのがつらい。

　　　負けるが勝ちだ。

　　　これは田中君からの手紙だ。

(2) 用法：

1. 表示主格(主語資格)。

例：雨が降る。

　　　天気のよい時がよい。

　　　高いのが多い。

2. 表示修飾格。

例：僕の家の隣りは本屋です。

　　　学校からのお知らせが来た。

　　　専らのうわさだ。

以上表示連體修飾格。

例：学校に行く途中、橋を渡る。

　　　低気圧が東へ進んだ。

　　　子供たちを騒がせないようにしなさい。

以上表示連用修飾格。

3. 表示同格(對等資格)。

例：りんごとかきとどちらが好きですか。

　　　奈良と京都は日本の古い都である。

屬格助詞的助詞有「が」、「から」、「って」、「で」、「でもって」、「と」、「に」、「の」、「へ」、「より」和「を」等。

二　接續助詞

(1) 接續：接用言和助動詞之後。

例：どんなに努力してもうまくできない。

　　　仕事はずいぶん苦しいけれども、終わりまで続ける。

　　　あしたは休みだといいなあ。

（2）用法：連接前後單詞或句子，表示各種關係。

1. 用於順接，即上文和下文是理所當然的因果關係，或用於上文爲假定事例、條件和前提等。

例：雨が降った<u>ので</u>道が悪い。

　　　暑い<u>から</u>クーラーを付けましょう。

　　　敵が逃げ<u>れば</u>誰でも強くなる。

　　　行ってみる<u>と</u>人がおおぜい集まっていた。

2. 用於逆接，即上文和下文並非是理所當然的因果關係，或用於下文不受上文束縛、或非相應之事例等。

例：春になった<u>が</u>まだ寒い。

　　　行けと言う<u>のに</u>なぜ行かない。

　　　5時になって<u>も</u>まだ帰らない。

3. 用於表示順序、對等和並存等事例。

例：昨日は5時に起き<u>て</u>、6時に出かけた。

　　　秋は夜が長く<u>て</u>日が短い。

　　　食事をし<u>ながら</u>話す。

屬接續助詞的助詞有「が」、「から」、「けれども」、「し」、「たって」、「たら」、「たり」、「つつ」、「て」、「ては」、「ても」、「と」、「とか」、「ところが」、「とも」、「ども」、「ながら」、「に」、「ので」、「のに」、「ば」和「や」等。

三　副助詞

（1）接續：接體言、用言及各種詞語之後。

例：わたし<u>は</u>帰りますがあなた<u>は</u>残りますか。

　　　京都へ<u>も</u>行った。

　　　わたしは嬉しくてたまらない<u>ぐらい</u>です。

（2）用法：副助詞與副詞一般，具修飾作用，成爲連用修飾語。副助詞有代替部分格助詞的功能。

例：子供<u>でも</u>知っている。

　　雨<u>こそ</u>降らないが、いやな日だ。

　　新聞<u>さえ</u>読む暇がない。

屬副助詞的助詞有「か」、「きり」、「くらい」、「こそ」、「さえ」、「しか」、「ぞ」、「だけ」、「だって」、「たら」、「でも」、「など」、「なり」、「は」、「ばかり」、「ほど」、「まで」、「も」和「やら」等。

四　終助詞

（1）接續：接體言、用言及各種詞語之後。

例：それは君の本<u>か</u>。

　　あの様子は少し変だ<u>ぞ</u>。

　　そんなに早く起きられる<u>ものか</u>。

（2）用法：用於句末，或句中停頓之處，表示疑問、禁止、感歎和加强語氣等意義，因主要用於句末，故稱終助詞。用於句中時，有代替部分格助詞的功能。

例：大きなことを言う<u>な</u>。

　　あの人、だれ<u>かしら</u>。

　　ここにもない<u>や</u>。

屬終助詞的助詞有「い」、「か」、「が」、「かしら」、「こと」、「さ」、「ぜ」、「ぞ」、「たら」、「って」、「て」、「とも」、「な」、「に」、「ね」、「の」、「のに」、「もの」、「ものか」、「や」和「よ」等。

以下按五十音順序，將上述四種助詞排列，以方便檢閱。

11.3 助詞的用法

□ 11.3.1 「い」(終助詞)

一 接續和用法

終助詞「い」的接續及其用法，主要有下述兩種：

(1) 接助動詞「た」、「だ」終助詞「か」、「な(禁止)」和動詞的命令形等之後，用法如下：

1. 用於詢問、確認的句子，使語氣變得輕快和溫和，或使具輕微提點作用。

例：どうだ行くかい。

　　ぼくに用かい。

　　何だい、それは。

2. 使句子具熟絡可親或簡慢不拘的語氣。用於漫不經心或親暱不遜的場合，或眼前事物不及所期待之重要時使用。

例：なんだ。お前かい。

　　なんだい。そんなことか。

3. 表示不經意的反駁，具重新收拾心情的語氣。

例：負けるもんかい。

　　こう見えたって江戸ッ子だい。

4. 用「だあい」和「たあい」的形式，加強所感。

例：わあ、できたあい。

　　やだあい、やだあい。

　　大変だあい。

　　行っちゃったあい。

5. 用「わい」的形式，表示詠歎，大多爲年紀較大的男性在不拘禮的氣氛中，對平輩或卑輩使用。

例：困ったことだ<u>わい</u>。

（2）接動詞的命令形之後，如「受けろ<u>い</u>」、「見ろ<u>い</u>」、「しろ<u>い</u>」、「立て<u>い</u>」和「書け<u>い</u>」等；或助動詞「ます」的命令形之後，如「申しませ<u>い</u>」等；或接表示禁止的句子之後，增強使受言者聽從的效果。

例：しっかりしろ<u>い</u>。

　　気をつけろ<u>い</u>。

　　ぐずぐずするな<u>い</u>。

□　11.3.2　「か」（副助詞）

一　接續

位於句中，在體言和詞組之末，亦可位於詞組之中。

例：田中さん<u>か</u>中村さんにきいてください。

　　する<u>か</u>しない<u>か</u>決めてください。

　　誰<u>か</u>が言いました。

二　用法

副助詞「か」的用法有下述四種：

（1）在所列舉的事例範圍中，選取其一，或表示其中之一爲該當事例；可用「～か～」或「～か～か」兩種形式。

例：土曜<u>か</u>日曜に来てくださいね。

　　行くの<u>か</u>やめるの<u>か</u>決めてくれ。

　　ある<u>か</u>ない<u>か</u>きいてみよう。

此外，亦有用「～かどうか」和「～かいなか」等形式。

例：行ける<u>か</u>どう<u>か</u>まだわかりません。

　　承諾してくれる<u>か</u>否<u>か</u>返事を待っている。

「～かどうか」有時省略成只說「か」。

例：ほんとうにできる<u>か</u>、大いに疑問です。

（2）與疑問詞合用，表示不確實的語氣。

例：いつ<u>か</u>銀座でお会いしましたね。

　　　だれ<u>か</u>に聞こう。

　　　本が何冊<u>か</u>ある。

此外，亦可接助詞「と」之後，表示不確實。

例：見たことないと<u>か</u>言っていた。

　　　スミスと<u>か</u>いう外人がそとで待っている。

（3）大多用於前項爲表示理由、原因、發端或說明原委等句子中，將某事例以不確切的語氣表達。

例：春を過ぎたら、気のせい<u>か</u>暖かく感じられる。

　　　年のせい<u>か</u>疲れてしかたがない。

　　　心労から<u>か</u>いつものはつらつさが見られない。

　　　夜のため<u>か</u>よく見えない。

　　　病気のせい<u>か</u>、元気がなかった。

（4）一些常見的慣用形式：

1. 用「～かもしれない」的形式表示發言者具懷疑語氣的判斷。

例：こんなに暖かいんじゃ、あしたは雨<u>か</u>もしれないね。

　　　忙しいのであした来られない<u>か</u>もしれません。

2. 接疑問詞之後，成爲「～か何か」或「～かどうか」等形式，將有關內容範圍加以擴大，表達含糊不確切的內容時用。

例：それはデパート<u>か</u>どこかで見たわよ。

　　　ナイフ<u>か</u>何かで刺されたらしい。

　　　うまくできる<u>か</u>どうかわかりません。

3. 以同一動詞之「～か～ないかに」形式表示立即或立刻（「～す

るとすぐ」)之意。即在前項進行的同時(或幾乎同時)，後項之另一動作亦進行。

　　例：朝明るくなる<u>か</u>なら<u>ないか</u>に、飛び出していきました。

　　　　家に着く<u>か</u>着か<u>ないか</u>に雨が激しく降り出した。

　　4. 用「～とかいう」的形式，對某事例不作判斷的敍述而以曖昧其辭的手法說出。

　　例：山田<u>とかいう</u>人が訪ねて来たよ。

　　　　税務所の役人<u>とかいう</u>人が来て、調べ回っているよ。

參考一　副助詞「か」與格助詞

　　副助詞「か」與格助詞(如「へ」、「と」等)重疊時，兩者的次序先後均可，但一般以「か」先行爲較普遍的用法。

　　例：$\begin{cases} どこ\underline{か}へ行ってしまった。(較爲普遍) \\ どこへ\underline{か}行ってしまった。 \end{cases}$

□　11.3.3　「か」(終助詞)

一　接續

　　終助詞「か」位於句末，接下列單詞之後：

　　(1) 具活用單詞(形容動詞除外)的終止形。

　　例：読める<u>か</u>。

　　　　安い<u>か</u>。

　　(2) 形容詞及助動詞「ない」的連用形。

　　例：もっと早く<u>か</u>。

　　　　動かなく<u>か</u>。

　　(3) 形容動詞詞幹。

　　例：立派<u>か</u>。

（4）體言。

例：あれは赤城山か。

（5）副詞。

例：たくさんか。

（6）部分接續詞。

例：だからか。

（7）各種助詞。

例：そうなのか。

（8）助動詞「だ」。

例：さあ、どうだか。

二　用法

終助詞「か」的用法有下列七種：

（1）表示疑問，可用於一般的詢問、置疑及自問。

例：これは誰の傘ですか。

　　　どう説明したものか。

　　　どう解決したらよいか。

　　　本当かなあ。

（2）表示感歎，以詠歎語氣結句，亦用於婉約的暗示和表示驚奇的語氣。

例：どんなにうれしいことか。

　　　お間違いではないでしょうか。

　　　いいじゃないか。

　　　今日も負けたか。

　　　おや、こんな所にあったのか。

　　　とうとう行ってしまったか。

（3）表示反語，即是說反話以加強效果。

例：負けてたまる<u>か</u>。

このいい天気に寝ているやつがある<u>か</u>。

そんなことあるもん<u>か</u>。

わたしが知っているものです<u>か</u>。

(4) 表示吆喝、反駁、催促，或用於盤問。

例：逃げる<u>か</u>。

返事ができない<u>か</u>。

お前なんかと一緒に仕事ができる<u>か</u>。

彼なんかに協力してやる<u>か</u>。

早くしない<u>か</u>。

こんなに遅くまでどこにいたの<u>か</u>。

(5) 用於自言自語，表示自己的意向或希望。

例：じゃあ、山へ行く<u>か</u>な。

さあて、行く<u>か</u>。

そろそろ勉強する<u>か</u>。

(6) 向對方表示自己的意向和建議，或用於徵求對方同意、婉轉的命令等。

例：こづかいをやろう<u>か</u>な。

どれ、行く<u>か</u>。

一休みしよう<u>か</u>。

映画に行かない<u>か</u>。

この店に入ってみよう<u>か</u>。

早く来ない<u>か</u>。

静かにしない<u>か</u>。

こら、やめない<u>か</u>。

(7) 慣用形式。

1.「～くれないか」和「～もらえないか」等，表示請求。

例：考えてみて<u>くれないか</u>。

　　ちょっと待って<u>もらえないか</u>。

2.「～ないかなあ」等形式表示願望。

例：お天気にならない<u>かなあ</u>。

　　早く終わってくれない<u>かなあ</u>。

3.「～ではないか」在強烈要求對方認同時用，也可表示籠統概括的可能性。

例：さっきそう言った<u>じゃないか</u>。

　　その話は夢<u>ではないか</u>と思いました。

4.「～う/ようではないか」和「～まいではないか」等用於徵求對方同意。

例：その話はあとまわしにし<u>ようじゃないか</u>。

　　もう二度と会うのをやめ<u>ようじゃないか</u>。

5.「～かもしれない」表示有此可能。

例：あした雨が降る<u>かもしれません</u>。

　　林さんはきょう来ない<u>かもしれない</u>。

6.「～が早いか」表示立即。兩個動作或狀態之連續出現，間不容髮。

例：籠の前にこごむ<u>が早いか</u>、人さし指をつっこんで……。

參考一　終助詞「か」不接命令形之後

　終助詞「か」不接命令形之後。終助詞「か」之後可接其他終助詞「よ」、「い」、「ね/ねえ」和「な/なあ」等。

例：ほう、そんなに面白い<u>かねえ</u>。

　　僕も行こう<u>かなあ</u>。

　　そんなばかなことがある<u>かい</u>。

參考二　用於句子之中的終助詞「か」

用於引用句子的終助詞「か」是放在句中。

例：どうしたらいい<u>か</u>と困っています。

彼がどこへ行った<u>か</u>わかりません。

參考三　終助詞「か」的體言機能

在語法上，終助詞「か」可以起體言作用，成爲準體言。

例：困ったのは君のほうをどうする<u>か</u>だ。

それがどんなに難しいものである<u>か</u>は、想像しがたいで
あろう。

參考四　終助詞「か」爲句中之提示語、插入語、並列語

終助詞「か」接其他詞句，可在句中成爲提示語、插入語或並列
語等。

例：どうした<u>か</u>言ってみな。

いつのころだった<u>か</u>覚えていませんが、……。

あの老人はどこへ行った<u>か</u>、影も形も見あたりません。

みかん<u>か</u>梨<u>か</u>を買ってください。

のんきってえの<u>か</u>、因果ってえの<u>か</u>、……。

良心的といおう<u>か</u>、狂信的といおう<u>か</u>、……。

引き受ける<u>か</u>引き受けない<u>か</u>早く決めてほしい。

百円<u>か</u>二百円で買える。

私<u>か</u>妹<u>か</u>が行きます。

參考五　終助詞「か」可作爲並列助詞、副助詞

用於並列的「か」，可另立爲並列助詞，或作副助詞處理。

例：賛成か反対かはっきりしない。

右か左かどっちへ行けばいいか教えてください。

□　11.3.4　「が」(格助詞)

一　接續

格助詞「が」接體言、具體言功能的助詞(如「の」等)、格助詞「から」及副助詞之後。

例：彼だけが来た。

大きいのがほしい。

これからが大事だ。

二　用法

格助詞「が」的用法有下述五種：

(1) 表示句中主語。即動作、過程、性質、狀態和存在等的有關主體。

例：バスが来ましたよ。

道が悪い。

犬がいる。

以體言後接助動詞「だ」或「です」結句，或形容詞作述語結句，而用於表示狀態、性質和認知的句子，通常有關主體用「は」表示。

例：これは最新型のパソコンだ。

あそこは寒いですよ。

(2) 表示知覺、認識、可能、希望、需求、好惡和巧拙等有關的對象。

例：住所がわからないので手紙が出せない。

コーヒーが飲みたい。

カラオケが好きだ。

(3) 表示與主體屬性有關的補充成分，使文意完整明確。

例：彼は色が黒い。

　　林さんは目が大きい。

(4) 具修飾體言功能，用於慣用詞語，具古舊感覺，是文言連體格助詞的殘餘用法。

例：わが母校、君がため、わが国、それがため

(5) 省略述語時，位於句末，大多用於咒罵。

例：この馬鹿めが。

　　なんだ。このきちがいが。

參考一　格助詞「が」與慣用的用言

格助詞「が」也有接部分慣用的用言之後。

例：言わぬが花。

參考二　格助詞「が」與助詞「は」、「の」

格助詞「が」不後接助詞「は」和「の」

例：彼がは来た。（×）

　　彼がの研究。（×）

參考三　格助詞「が」與格助詞「を」

表示希望的對象用「が」，但實際上大多用「を」，尤其是有關對象的事物不直接接在後接「たい」的動詞時，大多用「を」。

例：先生にこの作文をなおしていただきいですが。

此外，「ほしい」、「すき（だ）」和「きらい（だ）」的有關對象亦漸漸多用「を」，尤其主體已用「が」時為然，以資識別。

例：誰が山田さんをすきなの。

參考四　表示主語時「は」與「が」的用法

表示主語時「は」與「が」的用法如下：

1. 名詞及形容詞作述語的句子，主語大多以「は」表示。

例：息子は中学生です。

　　海は広いです。

2. 以動詞作述語的句子，以首次出現（在上文未出現過）的事例為主語時，一般以「が」表示。

例：昔々おじいさんとおばあさんがおりました。ある日おじ

　　いさんは……。

3. 句中主語與述語之間如插有修飾或從屬等句子時，則句子主語一般用「は」表示，修飾或從屬等句子的主語用「が」或「の」表示。

例：お前が行くから、おれは行かない。

　　李さんが乗った汽車は駅を出た。

　　ぼくは先生が公園で絵をかいているのをみつけた。

　　弟のかいた絵はこれだ。

4. 以形容詞作述語的句子，如果是作整體（包括主語在內）現象的敍述時，普通以「が」表示主語。

例：西の空がまっかです。

　　波があらい。

5. 問句中的疑問部分是主語，或答句中答案部分是主語時，主語用「が」表示。

例：｛どなたが責任者ですか。
　　｛わたしが責任者です。

6. 問句中的疑問部分不是主語，或答句中答案部分不是主語，該主語用「は」表示。

例：｛林君はどうしましたか。
　　｛林君は帰りました。

□ 11.3.5 「が」(接續助詞)

一 接續

接續助詞「が」接活用詞的終止形之後。

例：朝晩は涼しくなったが昼間はまだ暑い。

1人で散歩に出かけようと思ったが雨が降り出したのでやめた。

値段は安いが品質は悪い。

昼間はにぎやかだが夜は静かだ。

二 用法

接續助詞「が」的用法有下述五種：

(1) 連接同時存在或具時間上先後關係的兩個事項。

例：行ってみたが誰もいなかった。

さきここにいたがいまいなくなった。

(2) 表示後項事例的發展或出現，與前項之內容不相稱，與一般常理、共識、期待和推測等相反。即前項和後項事例具對比、對立、矛盾和不相稱等關係。

例：風は冷たいが天気はいい。

来いと言ったが来ていない。

学長は男性ですが、副学長は女性です。

(3) 標示題目、話題、場合和消息來源等，引起下文。即句中的後項是該題目、話題和場面等的說明，而前項是開場白。

例：わたしがここの責任者ですが、何か御用ですか。

山田ですが、次郎君おられますか。

話に聞きましたが、大変だったそうですね。

(4) 加添補充說明，或將事實並列敍述。

例：テニスもうまいがピンポンもうまい。

　　これもほしい<u>が</u>それもほしい。

　　(5) 無論前項事例是否發生或出現，與後項無關。即後項不受前項所約束，對前項事例以放任或不予理會的態度視之。接表示意志、推量的助動詞「う/よう」及「まい」之後，成爲「～う/よう～まいが～」的形式。

　　例：雨が降ろう<u>が</u>風が吹こう<u>が</u>必ず出かけるつもりだ。

　　　　見よう<u>が</u>見まい<u>が</u>かまわない。

□　11.3.6　「が」(終助詞)

一　接續

　　終助詞「が」接活用詞的終止形之後。

　　例：大学に入ればいい<u>が</u>。

　　　　これでいいと思います<u>が</u>。

　　　　そんなつもりではなかったのです<u>が</u>。

二　用法

　　終助詞「が」用於句末，亦可後接其他終助詞「な/なあ」、「ね/ねえ」等。

　　(1)「～いい (のだ) が。」的形式，對難以實現的事例，表示希望其實現的心情。

　　例：早く終わればいい<u>が</u>。

　　　　何とかなればいいんだ<u>が</u>。

　　　　本当は僕もほしかったんだ<u>が</u>な。

　　(2) 以句中停頓形式，表示客氣、保留或點到即止，以待對方回應，屬含蓄客氣的表達手法，留有餘韻，欲言又止。

　　例：実はお願いがあるのです<u>が</u>。

　　　　課長はただ今、席をはずしております<u>が</u>。

　　　　ちゃんと連絡しておいたはずですが<u>が</u>ねえ。

　　　　一度お話ししたいことがあるんです<u>が</u>。

　　　　さっきそこで見たんだ<u>が</u>なあ。

　　　　もっと高価なものもあります<u>が</u>。

□　11.3.7　「かしら」（終助詞）

一　接續

　　終助詞「かしら」接活用詞的終止形後，亦可接體言和形容動詞詞幹之後，但不接助動詞「だ」、「です」及形容動詞詞尾「だ／です」之後。

　　　　例：彼は本当に来る<u>かしら</u>。

　　　　　　あの人は田中さん<u>かしら</u>。

　　　　　　立派<u>かしら</u>。

二　用法

　　終助詞「かしら」的用法有下述三種：

　　(1) 表示疑問，語氣較「か」溫和。具有懷疑和猶疑的念頭，也用於自言自語。女性常用。

　　　　例：こんなことってある<u>かしら</u>。

　　　　　　これでいい<u>かしら</u>。

　　　　　　あら、雨<u>かしら</u>。

　　(2) 用於搭訕或查詢，或向對方作婉轉的打聽。

　　　　例：これどう。わたしに似合う<u>かしら</u>。

　　　　　　あなたの言ったのは本当<u>かしら</u>。

　　(3) 接否定語之後成「～ない<u>かしら</u>」形式，向對方表示自己的願望時用，也用於自言自語，說出自己的心願。

　　　　例：早く終わってくれない<u>かしら</u>。

雨早くやまない<u>かしら</u>。

「かしら」只用於敍述、推測、意志或依賴的句子，而不用於邀約和命令句子。

「かしら」有時唸成「かしらん」。

□　11.3.8　「から」（格助詞）

一　接續

格助詞「から」接體言之後，亦可接動詞的連用形後附格助詞「て」之後。

例：駅<u>から</u>うちまで歩きます。

夏休みは6月<u>から</u>8月までです。

食事をし<u>てから</u>出かけます。

二　用法

格助詞「から」的用法有下述六種：

(1) 表示根由、源自（某些事物）。

例：ちょっとした不注意<u>から</u>たいへんなことになります。

たばこの火の不始末<u>から</u>火事を起こします。

(2) 表示通過、經由或來自（某些場所）。

例：山の頂上<u>から</u>海が見えます。

窓のすきま<u>から</u>冷たい風が吹きこんできます。

右<u>から</u>行こうか、左<u>から</u>行こうか。

(3) 接時間、空間、人物等名詞之後，表示起點或來源等。

例：ロンドン<u>から</u>出発しました。

9時<u>から</u>始まる。

わたし<u>から</u>申し上げます。

聴衆<u>から</u>も多く賛辞が寄せられた。

3日から休む。

入学してから遊び回っている。

（4）表示某範圍、順序的開始或發端。

例：さて、誰から始めましょうか。

わたしから自己紹介します。

接數量、順序詞語之後時，表示從該數量、順序開始或起首。

例：10番からの人はこちらへ来てください。

定食は七百円からいろいろあります。

（5）表示所用的原料或材料。

例：米から酒を作る。

パンは小麦粉からできている。

（6）接地點、場所名詞之後，以該地點、場所作爲比較遠近的
標準。

例：大阪は神戸から近い。

駅から遠くて不便な所です。

參考一　格助詞「から」的體言機能

格助詞「から」除起連用修飾功能外，有時具體言機能，成爲句
中主語、述語，或連體修飾語。

例：そうなったからには仕方がない。（連用修飾）

これからがたいへんだ。（主語）

出かけてからが心配だ。（主語）

学校は10日からだ。（述語）

これから後は自分でやりなさい。（直接作連體修飾）

百円からの品物もある。（後接「の」成連體修飾」）

參考二　可構成主語詞組的「から」

格助詞「から」可構成主語詞組，代替表示主語的格助詞。

例：$\left\{\begin{array}{l}\text{報告は田中さんから始めてください。}\\\text{(報告は田中さんが始めてください。)}\end{array}\right.$

$\left\{\begin{array}{l}\text{クラスの代表から旅行の件を連絡します。}\\\text{(クラスの代表が旅行の件を連絡します。)}\end{array}\right.$

這種用法與表示動作的起點不同。

例：$\left\{\begin{array}{l}\text{猿も木から落ちる。}(\checkmark)\\\text{猿も木が落ちる。}(\times)\end{array}\right.$

□　11.3.9　「から」(接續助詞)

一　接續

接續助詞「から」接活用詞的終止形之後。

例：早く起きたから間に合った。

暑いからクーラーをつけましょう。

あの人は親切だからみんなに好かれる。

二　用法

接續助詞「から」的用法有下述五種：

(1) 表示原因、理由。發言者以前項事例爲後項之理由，具主觀認定前項爲理由的語氣。

例：空気がきれいだから、健康的だ。

電車の事故がありましたから遅刻しました。

(2) 表示前後項事例屬順理成章之關係，詞義與「ので」相近，但後項爲推測、意志、命令、禁止等屬主觀意念的陳述時用「から」，不用「ので」。

例：夕焼けだから、あすはいいお天気になるだろう。

危ないからやめなさい。

すぐ来るだろうから、待った方がいい。

(3) 紋述結果、歸結而以「からだ」、「からです」的形式結句，用以補充說明理由、原因。

例：その時刻には 参れません。 あいにく 用事 があります
　　から……。
　　落第したのは勉強しないからです。

(4) 只紋述理由而暗示結果，後項省略，具終助詞用法。向對方表示不大堅強的意向時用。

例：じゃあ、ぼくはこれで帰るから。
　　そのくらい、わたしだってできるんだから。

(5) 幾種特別的形式：

1. 以「からは」、「からには」、「からって」等形式，對理由、原因作特別的提示。「からは」、「からには」用於承認前項事例而作出後項的決定、意向、判斷等。

例：おれがついているからは、安心していていいよ。
　　先生との約束を破ったからはこのままにはしておけない。
　　日本人であるからには、柔道ができるに違いない。
　　男がいったん承知したからにはいまさらそんな事実が言えるものじゃない。
　　人数が足りないからって、中止するわけにはいきません。

2. 以「〜でさえ〜だから」的形式，指出理應難以成立的前項事例之存在，表示後項事例亦理應成立。

例：子供でさえできるのだから、大人にできないことはない。

3.「〜からといって」、「〜からとて」的形式，後接否定紋述，表示前項事例與後項的肯定內涵不相容，故後項以否定形式出現，以作告誡。

例：金持ちだからといって、いばってはいけない。
　　簡単だからとて、あなどれない。

參考一　接續助詞「から」與接續助詞「ので」的區別

一　接續

接續助詞「から」接活用詞的終止形後；「ので」接活用詞連體形後。

例：$\begin{cases} \text{あの人は親切だ}\underline{から}\text{みんなに好かれる。} \\ \text{あの人は親切な}\underline{ので}\text{みんなに好かれる。} \end{cases}$

二　用法

接續助詞「から」是主觀地說明因果關係。即後項是主題，前項是作為解釋的原因、理由。前項和後項本為兩個獨立的事例，以「から」連結，發言者主觀地將兩個事例連結成因果關係，亦即意味其解釋責任在發言者。「ので」是客觀地將因果加以敍述，不涉及發言者的主觀判斷，後項亦不會是發言者主觀的意向陳述，而其因果關係之解釋責任不在發言者，常用於客氣場合，以避免將主觀判斷強加於對方之嫌。兩者的具體用法不同之處，可整理如下：

（1）後項為意向、推測、命令、禁止、邀約、請求等句子時，只用「から」，不用「ので」。

例：可哀想だ<u>から</u>慰めてやろう。

うるさい<u>から</u>黙れ。

あいつの事だ<u>から</u>、きっと来るだろう。

也就是說，句末的形式是「～う/よう」、「～ましょう」、「～だろう」、「～でしょう」、「～てください」、「～なさい」、「～てはいけない」、「～てはならない」等，只宜用「から」；但有時為了對顧客、客人表示客氣有禮，「～てください」的句子亦有用「ので」的用例，只宜作慣用形式處理。

例：寒くなるかもしれない<u>ので</u>オーバーも持って行ってください。

(2) 對客觀事例的陳述，宜用「ので」。

例：山に近い<u>ので</u>昼間はむし暑い。

　　もう十月な<u>ので</u>朝晩は涼しい。

(3)「から」可以用「から」、「からだ」、「からです」等形式用於句末，「ので」無此用法。

例：$\left\{\begin{array}{l}\text{成績が悪いですね。}\\ \text{よく欠席した<u>から</u>です。}\end{array}\right.$

　　　気をつけなさい。危い<u>から</u>。

(4)「から」可前接「う/よう」、「まい」等推量形式，「ので」一般不用。

例：すぐ帰るでしょう<u>から</u>。

　　そんなことはあるまい<u>から</u>。

　　もうすぐ来るだろう<u>から</u>準備しておいてくれ。

　　珍しい物もあるまい<u>から</u>、見に行くのはやめた。

(5)「から」、「ので」在同一句中表示雙重的因果關係時，「から」可包涵「ので」在其所述的範圍之內。相反，「ので」則不能。

例：熱がある<u>ので</u>学校を休む<u>から</u>伝えておいてください。

□　11.3.10　「きり」（副助詞）

一　接續

　　副助詞「きり」接體言、活用詞的連體形、具名詞功能的「の」及部分格助詞之後。

例：持っているのはこれ<u>きり</u>です。

　　　笑っている<u>きり</u>で、答えません。

　　　朝早く出かけた<u>きり</u>で、まだ帰って来ません。

大阪へきり行ったことがない。

これはこの店できり買えない。

二　用法

副助詞「きり」的用法有下述兩種：

(1) 舉出某事例，作爲範圍、限度，或表示某事例已達極限，不能超越。

例：今回きりでこの会は終わります。

　　3人きり来なかった。

部分用例與「だけ」、「しか」相通。

例：今年もあと3日きりになってしまった。（＝だけ）

　　宿直が1人いるきりで、あとはみんな帰ってしまった。
　　（＝だけ）

　　彼にはまだ一度きり会ったことがない。（＝しか）

　　きょうはお金がこれっきりありません。（＝しか）

此外，亦有用「～きりしか」的形式。

例：夏休みはあまり勉強ができなくて、この本きりしか読ま
　　なかった。

　　彼きりしか知らない。

(2) 後接否定意味的陳述（不一定爲否定形）。

1. 某重覆出現或一直存在的事例只限於此，將告中斷，不再重覆或繼續存在。後接「きり」的事例，即爲有關之限度、範圍。

例：きょうは千円きり持っていません。

　　今日きりたばこをやめる。

　　家庭の事情で小学校きりいかない。

2. 某動作、作用結束之後，即維持該狀態，而預期會發生、出現的另一動作、作用並無發生或出現。

例：朝出かけたきりまだ帰って来ない。

この本は図書館から借りたきりでまだ読んでいません。

「きり」不用於鄭重場合的會話或文章之中；在較隨便、毋需拘謹的場合，往往以「〜っきり」的形式出現。

參考一　副助詞「きり」的一般慣用法

一般慣用的說法，如「きりがない」、「ピンからきりまで」、「見きり品」、「まるっきり」的「きり」，亦以某事例爲最後界限之意。

參考二　副助詞「きり」與「だけ」

「二人きりで話す」文意與「二人だけで話す」相同，但「別れたっきり会わない」則不能說成「別れたっだけ会わない」，因爲「きり」表示最後限界，「だけ」沒有此意。

□　11.3.11　「くらい/ぐらい」（副助詞）

一　接續

副助詞「くらい/ぐらい」接體言、助詞「の」、連體詞「この」、「その」、「あの」、「どの」及活用詞的連體形後。

例：それはりんごぐらいの大きさです。

駅から会社までどのくらいかかりますか。

新聞に出ているくらいの漢字なら知っています。

二　用法

副助詞「くらい/ぐらい」的用法有下述四種：

（1）以某事物爲例，說明話題主體的動作、狀態的程度，或有關的標準、準則。

　　例：2時間くらいかかる。

　　　　わたしでもわかるぐらいのやさしい英語だ。

　　　　あれくらい練習すれば強くなる。

　　　　それくらいのことはわたしにもできる。

　(2)　在同類事物中舉出極端的事例時使用；一般舉出重要性最低或程度之最小者為例示。

　　例：これくらいは僕にもできる。

　　　　わたしでも絵ぐらいは書ける。

　　　　手伝いぐらいしたらどうだ。

　　　　いくら金がないと言ってもここまで来る電車賃ぐらいはあるだろう。

　(3)　用法與上文第(1)項相同，但後接否定形，以「～くらい～はない」形式，強調有關事例為同類中之最，文意是肯定的。

　　例：ことしぐらい寒い年はない。

　　　　あいつぐらいばかな男はいない。

　(4)　接表示數量、次序詞語之後，或接「これ/それ/あれ/どれ」、「この/その/あの/どの」之後，表示大約數量、次序、程度等。

　　例：きょうは何人ぐらい集まるだろう。

　　　　あの庭の広さはこれくらいだ。

參考一　「くらい」與「ぐらい」的用法

　　「くらい」和「ぐらい」兩者都通用，在現代日語中接「この/その/あの/どの」及活用詞之後時，大多作「くらい」。

　　例：どのくらいかかりますか。

　　　　パンを買うくらいのお金は持っているだろう。

參考二　副助詞「くらい」與副助詞「ほど」

「ほど」表示相應的程度，如「～ば～ほど」等，而「くらい」則沒有這種用法。

例：$\begin{cases} 北へ行けば行く\underline{ほど}寒くなる。(\checkmark) \\ 北へ行けば行く\underline{くらい}寒くなる。(×) \end{cases}$

□　11.3.12　「けれども」(接續助詞)

一　接續

接續助詞「けれども」接活用詞的終止形之後，亦接動詞後付助動詞「た」及體言後附助動詞「だ」之後，但不接助動詞「う/よう」、「まい」之後。「けれども」亦可作「けれど」、「けども」、「けど」。

例：これは大きい<u>けれども</u>それは小さい。

これは外国製<u>だけれども</u>安いです。

「けれども」可後接「な/なあ」、「ね/ねえ」等。

例：一度日本へ行けるといい<u>けど</u>ねえ。

二　用法

接續助詞「けれども」按用法不同，在口頭語中可說成「けれど」、「けど」、「けども」。

(1) 連接具對比、因果關係的前後項。後項事例與根據前項事例所作的預期不相符時用。

例：雨が降った<u>けれども</u>出発した。

寒かった<u>けれど</u>たくさん集まった。

会長は男性<u>だけれど</u>、副会長は女性だ。

(2) 不管前後項是否有對比、因果關係，重點在後項，前項是引出後項的主題、場面、題目等，具補足說明的性質，例如自我介紹、開場白、前言、引子等，以帶出下文。

例：モシモシ猛だ<u>けど</u>、姉さんいる。

　　わたしもでかけました<u>けれど</u>大変な人出でした。

　　わたしは中村です<u>けれど</u>、あなたはどなたですか。

　(3) 以中途停頓形式，不直接明確地使句子完結，屬含蓄保留，具餘韻的表達形式。暗示尚有下文，不言而喻，或欲言又止，留有餘地。有時亦用於收歛，避免作確切直接的表態，亦有用於暗示不滿。

例：彼には一度会っているはずだ<u>けれども</u>。

　　もっと高い品物もあります<u>けれど</u>。

　　あなたのことはお話に聞いています<u>けど</u>。

　　天気さえよかったら、申し分のない旅行だった<u>けれど</u>。

　(4) 慣用形式：

　1. 表示前項和後項事例同時共存；大多用「～も～けれども～も～」的形式。

例：運動もする<u>けれど</u>、勉強もする。

　　あの生地は柄もいい<u>けど</u>値段もいいわね。

　2. 用同一詞語重覆的表達形式，承認某事例之存在，但更具重要性的事例另外存在。

例：えらいことはえらい<u>けれども</u>、……。

　　それはそうだ<u>けど</u>、……。

　3. 以「いい(のだ)けど」形式表示願望。

例：寒いなあ、早く春になるといいんだ<u>けど</u>。

　　彼が来るといいんだ<u>けど</u>なあ。

參考一　接續助詞「けれども」與接續詞「けれども」

　接續助詞「けれども」與接續詞「けれども」的用法不同。

例：$\left\{\begin{array}{l}\text{叱ったけれど(も)、やめない。(接續助詞)}\\\text{たびたび叱った。けれども、やめない。(接續詞)}\end{array}\right.$

接續助詞「けれども」接其他詞之後，接續詞「けれども」用於句首。

例：それはそうだけれども、やはり油断できない。(接續助詞)

　　これは非常に使いやすいものです。けれども、少し値段

　　が高いです。(接續詞)

參考二　接續助詞「けれども」與接續詞「のに」

接續助詞「けれども」和另一接續助詞「のに」，兩者都是連接具對比、對照關係的前項和後項，但「のに」指出所期侍的因果關係不成立，或前、後兩項互有矛盾；「けれども」不大有此含義，只連接不大相稱的兩個事例。

例：$\left\{\begin{array}{l}\text{11月になったのに少しも涼しくならない。}\\\text{11月になったけれどもまだ暑い。}\end{array}\right.$

□　11.3.13　「こそ」(副助詞)

一　接續

副助詞「こそ」接下列詞之後：

(1) 體言(包括名詞接「する」成爲動詞的名詞部分)。

例：感謝こそすれ、不満など持つはずはありません。

(2) 助詞(格助詞、接續助詞)。

例：みんなの協力があったからこそ、この仕事もうまくいったのです。

(3) 活用詞(用言、具活用的助動詞)的連用形。

例：捨てこそはしなかったけれども、捨てたものと同じだよ。

（4）承接上文指示詞（「それ」等）的接續詞、接續助詞。

例：これは単に個人の問題ではないと考える。それゆえにこ
　　そ、愼重に対処せねばならぬであろう。

　　そんなことはわかっていますよ。だからこそこうして相
　　談しているんじゃありませんか。

二　用法

副助詞「こそ」的用法有下述兩種：

（1）強調上接之詞語，語氣非常堅強。上接之詞語可以是主
題、具副詞用法的體言或詞組。

例：選挙こそ議会制民主政治の根本をなすものである。

　　毎日の努力こそ成功の原因です。

（2）慣用形式：

1.「動詞假定形＋ば＋こそ」：表示既定條件。強烈提出前項，
作爲後項之理由時用。

例：あなたのことを思えばこそ、注意しているのです。

　　ふだんから心がけていればこそ、きょうのような場合に
　　も役に立てることができたのです。

2.「こそ＋動詞假定形」：積極提出某事例，使之與內容相反的
後項事例互相對照，以強調後項的內容；大多以「こそすれ」、「こそ
なれ」、「こそあれ」等形式，見於書面語。

例：ぼくは人に貸しこそすれ、借りた覚えなどはない。

　　彼は文句こそ言え、すなおに人の言うことを聞くことの
　　できない男だ。

3.「動詞未然形＋ば＋こそ」：下文予以省略，具終助詞用法，
作全面的強烈否定。

例：押しても引いても動かばこそ、それはすこぶる頑丈にで
　　きていた。

4.「それこそ」的形式，具副詞用法，強調與「それ」有關的事例。

例：そんなことをしようものなら、それこそ大変だ。

5.「ようこそ」、「われこそ」、「こちらこそ」等固定形式的寒暄語和應酬語。

例：ようこそいらっしゃいました。

　　学生たちはわれこそとばかり、名のり出た。

　　　「どうもありがとうございました。」
　　　「いいえ、どういたしまして、こちらこそ。」

參考一　「こそ」與其他助詞重疊

1. 副助詞「こそ」與「が」重疊時成為「こそ」或「こそが」。

例：{ 君こそ行くべきだ。
　　{ 君こそが行くべきだ。

2. 副助詞「こそ」與「を」重疊時成為「こそ」、「をこそ」、「こそを」。

例：{ 困っている人間こそ助けるべきだ。
　　{ 困っている人間をこそ助けるべきだ。
　　{ 困っている人間こそを助けるべきだ。

□　11.3.14　「こと」（終助詞）

一　接續

終助詞「こと」接活用詞的連體形後及接助動詞「だ」、「です」終止形及形容動詞詞尾「だ/です」之後。

例：まあ、きれいな花ですこと。

きょうはあたたかだ<u>こと</u>。

このナイフはほんとうによく切れる<u>こと</u>。

二 用法

終助詞「こと」的用法有下述四種：

(1) 表示感動、詠歎，為女性用語。

例：立派なお屋敷です<u>こと</u>。

　　静かです<u>こと</u>。

(2) 以溫和語調提出自己主張，大多用於書面語，在口頭語中則多用「ことよ」的形式。

例：人の失敗を笑うなんていけない<u>こと</u>よ。

　　正直に言う<u>こと</u>よ。それが最善よ。

(3)「ないこと」、「んこと」的形式，女性輕鬆地邀約對方，或徵求對方同意時用。句末聲調要上揚。

例：あちらのほうへ行ってみない<u>こと</u>。

　　あの喫茶店でお茶でも飲みません<u>こと</u>。

(4) 用於表示命令。

例：前夜はよく眠っておく<u>こと</u>。

　　さくの中に入らない<u>こと</u>。

□ 11.3.15 「さ」(終助詞)

一 接續

終助詞「さ」接下列詞之後：

(1) 接句末動詞等的終止形，但不接命令、依賴、勸請等句子之後。

例：僕にだってできる<u>さ</u>。

（2）接體言、形容動詞詞幹、助詞「の」之後。

例：それは君の間違いさ。

　　どうしていけないのさ。

（3）接助動詞「だろう/でしょう」之後，但不接助動詞「だ」、
「ようだ」、「そうだ」、「らしい」之後。

例：あの子にもできるだろうさ。

二　用法

終助詞「さ」的用法有下述三種：

（1）以輕鬆而不拘謹的態度，毫無保留、全無忌諱地吐露心聲
時用。自己所說乃至明之理，但不強迫對方接受，只是輕快地說出
心中之言，或提點對方。

例：もちろん、僕が勝つのさ。

　　昼でも夜でも同じことさ。

　　誰でもいいさ。行きさえすれば。

　　それくらい知っているさ。

　　手紙より、彼に直接会って頼むのさ。

　　それだけのことさ。

　　今度の優勝はもちろん彼さ。

有時具無可奈何，或從局外人（旁觀者、第三者）的立場發
言，又或具自嘲的心情。

例：そりゃあ、だれだっていやさ。

　　若いんだもの、くよくよすることはないさ。

（2）接「と」、「って」之後，成為「とさ」、「ってさ」，用於轉述
他人說話，具無可奈何的語氣，也可表示毫不關心的樣子，略具輕
蔑的語氣。

例：もうおしまいですと<u>さ</u>。

　　彼も行ったんだって<u>さ</u>。

　　あの顔で美人コンクールに出たんだって<u>さ</u>。

(3) 與表示疑問語氣的詞語連用，表示質詢、反問、反駁、責備等。

例：どれ<u>さ</u>。

　　どうして<u>さ</u>。

　　これ以上何をするの<u>さ</u>。

　　今までどこへ行っていたの<u>さ</u>。

　　書類のどこが不備なの<u>さ</u>。

　　なに<u>さ</u>、君にとやかくいわれる筋合いじゃないよ。

參考一　終助詞「さ」用於句中詞組之間

　終助詞「さ」亦用於句中詞組之間，具輕微提點、引起對方注意、調整語氣等作用。

例：それが<u>さ</u>、うまくいかないんで<u>さ</u>、困ったんだって<u>さ</u>。

　　だから<u>さ</u>、言ったじゃないの。

　　だけど<u>さ</u>、走っても間に合わなかったんじゃないかな。

　　これが<u>さ</u>、本人ならまだわかるよ。

參考二　終助詞「さ」與書面語、鄭重語

　終助詞「さ」在書面語及鄭重場合的會話中不用。「さ」主要爲男性所用。

例：
$\begin{cases}学校を休んだのは頭が痛かったから<u>さ</u>。（男性簡慢口語）\\学校を休んだのは頭が痛かったから<u>だ</u>。（一般場合）\end{cases}$

□ 11.3.16 「さえ」(副助詞)

一 接續

副助詞「さえ」接下列詞語之後：

（1）接體言、助詞「の」之後。接體言之後，有作「でさえ」的形式。

例：專門家の彼(で)さえ知らなかった。

あいさつする暇さえなかった。

少しうるさいのさえがまんすれば便利な所だ。

（2）接格助詞、接續助詞之後。

例：親にさえ言えないことなのか。

（3）接活用詞連用形之後。

例：行きさえすればわかる。

二 用法

副助詞「さえ」的用法有下述三種：

（1）在同類事例中舉出其中一極端事例，予以強調，暗示其他同類事例亦當然如此。

例：病気で水さえのどを通らない。

散歩する暇さえない。

自動車に乗ってさえ小1時間はかかる。

（2）某事例之外再加添另一事例，具「不但如此，還有……」之意。

例：寒いだけでなく、雪さえ降ってきた。

子供たちを御馳走してくれたうえに車で送り届けてさえ
くれた。

上述第(1)及第(2)項的用法可用「さえも」形式表示，以加強語氣。

(3) 與表示條件的「ば」連用，表示若具備該條件，則後項事例便成立。

例：金さえあれば、何でもできると思っている。

暇さえあれば、本を読んでいる。

彼が来さえすれば、すべてわかる。

參考一 副助詞「さえ」與格助詞「が」、「を」

副助詞「さえ」與格助詞「が」、「を」重疊時，成爲「でさえ」。

例：水でさえのどを通らない。

悪人でさえ許す広い心の持ち主です。

□ 11.3.17 「し」(接續助詞)

一 接續

接續助詞「し」接活用詞的終止形後(助動詞「う/よう」除外)。

例：この花は色もきれいだし、においもいい。

金も時間もないし、旅行はやめました。

二 用法

接續助詞「し」的用法有下述四種：

(1) 將兩個或兩個以上的事例以累加形式列舉。所列舉事例並不互相矛盾而共存；有時純粹列舉事例，有時發言者以某種意義(價值觀)統合所列事例，或具感情、判斷等語氣，以强調發言者的感受。

例：色もよいし、形もよい。

本も読むし、運動もする。

旅行もしたいし、ステレオも買いたい。

(2) 列舉兩個或以上詞組，而「し」接於有關詞組之後，最後一個「し」具有「ので」、「から」之意，作為根據、理由，而引導後項的判斷、結論。

　　例：去年、病気はする<u>し</u>、盗難にあう<u>し</u>、わたしには厄年でした。

　　　　地下鉄で行くほうが、運賃は安い<u>し</u>、時間も速い<u>し</u>、ずっと得ですよ。

　　　　日は暮れる<u>し</u>、雨は降る<u>し</u>、どうにもならなかった。

　　　　あそこは静かだ<u>し</u>、食物はうまい<u>し</u>、原稿書きにはおあつらえの場所だ。

(3) 只舉一事例而暗示其餘事例，作婉轉含蓄的表達形式。

　　例：近くに喫茶店の一軒もない<u>し</u>、とにかく不便な所だよ。

　　　　天気もぱっとしないようだ<u>し</u>、しばらく旅行は見合わせましょう。

(4) 用於句末，暗示後續的判斷、結論為自明之理，不用說出而對方亦能從上文領會其結果內容。

　　例：ほんとうに楽しかった。あの人には会える<u>し</u>。

　　　　うらやましいよ。うちはある<u>し</u>。

參考一　接續助詞「し」與「ではあるまい」、「ではなかろう」

　　接續助詞「し」接「ではあるまい」、「ではなかろう」之後時，不用於列舉，只具「でないのに」、「でないから」之意。

　　例：子供ではあるまい<u>し</u>、それができないか。

　　　　(＝子供でもないのにそれができないか。)

　　　　子供でもなかろう<u>し</u>、これくらいのことはわかりそうなものだ。

　　　　　（＝子供ではないから、これくらいのことはわかりそうな
　　　　　ものだ。）

参考二　接續助詞「し」與否定形式的句子

　　接續助詞「し」不用於句末爲否定形式的句子。

　　例：読みもするし、書きもしない。（×）

参考三　接續助詞「し」用於強調前項事例

　　接續助詞「し」有用於強調前項事例的用法。

　　例：気候はいいし、食べ物もうまい。

　　　　あれはまだ子供だし、連れて行かないほうがよかろう。

□　11.3.18　「しか」（副助詞）

一　接續

　　副助詞「しか」接下列詞語之後：

　　（1）體言。

　　例：仮名しか読めません。

　　（2）動詞、形容詞的終止形、連體形。

　　例：いやなら、やめるしかないでしょう。

　　　　彼女は色が白いしかとりえがない。

　　（3）形容詞、形容動詞的連用形。

　　例：土が固くて、浅くしか掘れなかった。

　　　　時間がないので、大ざっぱにしか説明できない。

　　（4）格助詞、副助詞。

　　例：これはこの店でしか売っていない。

日本語は日本でだけ<u>しか</u>使わないことばではなくなりました。

(5) 助動詞「だ」及形容動詞的連用形。

例：あの人も単なる行きずりの人で<u>しか</u>なかった。

　　彼の態度はまさに冷淡で<u>しか</u>なかった。

(6) 副詞。

例：ぼんやり<u>しか</u>見えない。

　　ゆっくり<u>しか</u>話せない。

二　用法

副助詞「しか」與否定形式的陳述連用，表示限定，將所提示事例以外之事例，全部予以排除。

例：会場には本人<u>しか</u>入れない。

　　だれもやらないからわたしがやる<u>しか</u>ない。

此外，亦有接其他表示限定意味的助詞之後，成爲「だけしか」、「ほかしか」、「きりしか」、「よりしか」等，用於強調，語氣較「しか」單獨使用時爲強。

至於副助詞「しか」接數詞之後，則是表示發言者對該數量，作爲小數量的評價。

例：5,000人<u>しか</u>来なかった。

參考一　副助詞「しか」加強語氣的形式

表示強烈語氣時，可用「だけしか」，較簡慢時可說成「きりしか」。

例：僕の気持ちを知ってくれる人は君だけ<u>しか</u>ない。

　　試験開始まで約30分だけ<u>しか</u>ない。

　　これは君きりに<u>しか</u>話せないことだ。

參考二　副助詞「しか」與副助詞「も」

例：$\left\{\begin{array}{l}\text{「たくさんあるか。」}\\ \text{「いや二つ\underline{しか}ない。」／「ええ二十\underline{も}ある。」}\end{array}\right.$

如上例所示，「も」可以說是與「しか」相對應的說法。

參考三　副助詞「しか」與其他助詞重疊

副助詞「しか」與其他助詞重疊時的慣用形式：

が＋しか→しか

を＋しか→しか、をしか

に＋しか→しか、にしか

其他格助詞＋しか→其他格助詞＋しか。

例：ワイン<u>しか</u>ありません。

　　1ドルの切手<u>しか</u>持っていません。

　　カンガルーはオーストラリア<u>に</u><u>しか</u>いません。

　　あの店は午後4時半まで<u>しか</u>あいていません。

參考四　副助詞「しか」與副助詞「だけ」、「ほか」

例：$\left\{\begin{array}{l}\text{二つ\underline{しか}ない。}\\ \text{二つ\underline{だけ}ある。}\end{array}\right.$

與「だけ」相比，「しか」具有否定的感情。

「ほか」後接否定形式的陳述時，意義與「しか」相同；而這種用法多具名詞性質。

例：わたしの<u>ほか</u>はだれも知らない。

　　こうする<u>ほか</u>なかったのさ。

　　だめなら引き下がる<u>ほか</u>しかたないね。

□ 11.3.19 「ぜ」（終助詞）

一 接續

終助詞「ぜ」接各種活用詞的終止形之後。

例：頼むぜ。

きょうは銀行は休みだぜ。

「ぜ」不後接任何詞語。

二 用法

終助詞「ぜ」的用法有下述兩種：

（1）以熟稔親熱語氣輕鬆地說出自己的主張，冀能引起對方共鳴，或輕鬆不拘地提點對方。

例：正月はみんなで大いに飲もうぜ。

じゃ、頼んだぜ。

さあ、でかけようぜ。

（2）充滿自信而稍具威嚇的語氣，說出自己的主張或以不再關心、不理會對方的態度提點對方，務使對方聽從時使用。這種用法的「ぜ」，可接助動詞「ます」、「です」之後成為「ますぜ」、「ですぜ」。

例：こんなに言ってもだめなら、おれはもう知らないぜ。

それは断わる理由にも言いわけにもなりませんぜ。

わざわざおいでいただかなくても、電話でけっこうですぜ。

參考一　終助詞「ぜ」與書面語

終助詞「ぜ」雖具熟絡親近的感覺，但同時亦帶簡慢語氣，故女性一般不用，而男性則用於無拘無束的會話中；對尊輩或在嚴肅的場合及書面語等不用，同時亦不與敬語同時使用。向對方說服的語

氣，「ぜ」不及「ぞ」強，與「よ」比較，不及「よ」之溫和而比「よ」更具粗獷感覺。

　　例：君が思っているほど簡単じゃないぜ。

　　　　遅いから帰ろうぜ。

參考二　終助詞「ぜ」的其他用法

　　除敍述句子外，終助詞「ぜ」亦用於推測、邀約的句子，但不用於請求、命令句子；「ぜ」後面不再接其他終助詞，也不用於自言自語。

　　例：そんなことをしたらあとが困るぜ。

　　　　しっかりやろうぜ。

□　11.3.20　「ぞ」（副助詞）

一　接續

　　副助詞「ぞ」接下列詞語之後。

　　(1)「どこ」、「何」、「どれ」等疑問詞，不定稱等詞。

　　例：すぐやめるとはなにごとぞ。

　　　　先頭を行く者は誰ぞ。

　　(2)「どう」、「なにと」、「つい」、「よく」、「これ」等代名詞、副詞。

　　例：どうぞしなければならない。

　　　　だれぞ来てもらいたい。

　　(3)「ぞ」位句中主語之後，可代替格助詞，成連用修飾語。

　　例：何ぞあるか。

　　(4)「ぞ」位格助詞之前，作連體修飾語。

　　例：何ぞの種になろう。

「ぞ」可後接格助詞「へ」、「に」等。

例：だれ<u>ぞ</u>にやろう。

二　用法

副助詞「ぞ」的用法有下述兩種：

(1) 接疑問、不定稱等詞之後時，加強不能確定的語氣，常與
推測、意志、希望、命令、假定等陳述成分連用，屬古舊的說法。

例：なん<u>ぞ</u>ないか。

どこ<u>ぞ</u>行ったらしい。

だれ<u>ぞ</u>いい人はいないか。

(2) 接疑問、不定稱以外的詞語時，加強該詞語的語氣。

例：よく<u>ぞ</u>話してくれた。

これ<u>ぞ</u>真の原因である。

□　11.3.21　「ぞ」(終助詞)

一　接續

終助詞「ぞ」接活用詞的終止形之後。

例：おかしい<u>ぞ</u>。

いいか、投げる<u>ぞ</u>。

二　用法

終助詞「ぞ」有長音化成為「ぞう」的用例。而「ぞ」的用法則有下
述四種：

(1) 自言自語時用，說出自己的判斷、感受。即使有其他人在
場，亦具自言自語的語氣。

例：早い<u>ぞ</u>、早い<u>ぞ</u>。

これはよくない、困った<u>ぞ</u>。

こわいぞう。

はて、おかしいぞ。

おや、またなにか投げたぞ。

（2）不理會對方心情感受，强而有力地說出自己的主張，有時含有威嚇、警告的語氣。

例：隠すと知らないぞ。

いいぞ、いいぞ。その調子。

もうおそいぞ。早く起きろ。

忘れてはいけないぞ。

今日は寒いぞ。

雨が降るぞ。傘を持って行け。

おい、大変だぞ。

これはあらしになりますぞ。

（3）以「のだぞ」、「んだぞ」的形式，用於命令；以「まいぞ」的形式，用於禁止。

例：しっかりやるんだぞ。

行くまいぞ。

（4）用於反話；即說相反的話，屬較陳舊的說法，一般甚少使用。

例：たとえ成功しなかったとしても、だれが非難・攻撃できようぞ。

今日、あらゆる統制を撤廃しても社会の混乱を招くことないと、何人が確信できようぞ。

參考一　終助詞「ぞ」與助動詞「らしい」

終助詞「ぞ」只用於敍述句子，不用於推測、請求、邀約、命令句，但可接在助動詞「らしい」之後。

例：どうやら道を間違えたらしいぞ。

□　11.3.22　「だけ」(副助詞)

一　接續

副助詞「だけ」接下列詞之後:

(1) 體言。

例:必要なものだけ持って行けばいい。

(2) 活用詞的連體形。

例:どうぞ好きなだけめしあがってください。

あるだけ使ってください。

(3) 形容詞及形容動詞的連用形之後(只限後接動詞「なる」)。

例:駅に近くだけはなった。

立派にだけはなったが、中身は前と変らない。

(4) 格助詞(「が」、「を」、「の」除外)及具名詞功能之助詞「の」。

例:彼らにだけ連絡した。

二　用法

副助詞「だけ」的用法有下述四種:

(1) 表示程度、界限、範圍等,以某事例爲界限,不超出其範圍、數量、程度等,同時亦可引申表示該限度爲最高或最低之範圍、限度。

例:できるだけのことはした。

これだけ言ってもわからないと情けない。

欲しいだけ持って帰りなさい。

千円だけある。

せめて中学校だけは出たい。

これだけ知っていればいい。

（2）將其他事例全部否定或不予理會，表示該當事例是後接「だけ」的事例。

例：頼れるのはあなただけです。

わたしだけ笑っている。

自分を大事にするだけだ。

これだけあればたくさんだ。

（3）表示某事例會引起與預期相反或不愜意的結果，或暗示該結果多數會出現。

例：物腰が柔かいだけかえって無気味だ。

いつもは体が丈夫なだけ、一度病気になると危険だ。

（4）一些慣用說法：

1.「～ば～だけ」、「～たら～ただけ」的形式：表示某一方面程度、狀態改變時，另一方面亦作相應的改變、變化。

例：練習すればするだけ進歩も速い。

やればやるだけ上手になる。

かせいだらかせいだだけ収入が増える。

高ければ高いだけ価値がある。

2.「～だけのことが（は）ある」：表示具一定程度的價值，相當於「それだけの価値がある」之意。

例：あいつだけのことはある。

時間をかけて調べただけのことはあって、いろいろなことがわかった。

事前によく準備をしただけのことがあって、予定通りに式を終えることができた。

3.「～だけあって」、「～だけに」的形式：表示因前項事例而相應地、相若地、恰如其分地有後項事例的出現。

例：若いときに苦労しただけあって、人間ができている。

　　　　あの人はスポーツの選手だけあって、体格がいい。

　　4.「～だけに」的形式：具「因此更……」的意思，出現與預期結
果相反時使用。

　　　　例：予期していなかっただけに優勝の報に接したときの喜び
　　　　　　はたとえようもなかった。

　　　　　　年をとっているだけに、父の病気は治りにくい。

參考一　副助詞「だけ」的清音化

　　「なるたけ」、「ありったけ」的「たけ」，即「だけ」沒有濁音化的
詞形，大多見於慣用句。

　　　　例：なるたけやってみましょう。

　　　　　　ありったけの力を出す。

□　11.3.23　「たって」(接續助詞)

一　接續

　　接續助詞「たって」接下列詞語之後。

　　(1) 活用詞的連用形：「たって」的撥音便成為「だって」，接形
容詞、助動詞「ない」時有作「ったって」。

　　　　例：笑われたっていいよ。

　　　　　　車の中で本を読んだって、目が疲れるだけですよ。

　　　　　　高いったって、1万円ぐらいならしかたがないさ。

　　(2) 體言：與體言相當之詞語、活用詞的終止形。一般作「った
って」。

　　　　例：旅行ったって、ちょっと伊豆の温泉へ行ってくるだけだ。

　　(3) 接形容動詞、形容詞活用形助動詞的詞幹時，「たって」成
為「だって」。

例：彼女がどんなにきれい<u>だって</u>、僕は彼女と結婚する気なんかない。

見かけだけは立派<u>だって</u>、中身が粗末じゃ話にならない。

二　用法

接續助詞「たって」的用法有下述兩種：

（1）接活用詞的連用形之後，表示後項事例的成立，完全不受前項的拘束和影響。

例：いまさら言っ<u>たって</u>もう遅い。

あの子はまだこども<u>だったって</u>ばかにしてはいけない。

如以既成事實作爲前項，「たって」用法與「ても」相同，句子重點在後項。

例：この子はいくら注意し<u>たって</u>悪い癖が治らない。

だれもいなく<u>たって</u>、少しも寂しくなんかなかった。

（2）接體言、活用詞的終止形之後時，表示姑且承認前項事例，但後項對前項之成立加以質疑、限制、妨礙等，對前項予以否定的評價，具「雖然如此說，但……。」之意。

例：今からじゃ、帰る<u>ったって</u>電車がないでしょう。

いくら字がへた<u>だったって</u>、もう少し読めるように書けないものだろうか。

成績がよくない<u>ったって</u>、落第するほどひどいわけではない。

□　11.3.24　「だって」（副助詞）

一　接續

副助詞「だって」接下列詞之後：

(1) 體言。

例：わたしだってできる。

(2) 助詞。

例：どこへだって行ける。

(3) 副詞。

例：今すぐだっていいよ。

二　用法

副助詞「だって」的用法有下述四種：

(1) 在同類事例中舉出一個被認爲較難成立、或較特別的事例，表示該事例與其他事例一樣得以成立。通常用於舉出一些層次較低(能力、價値、評價、重要性等最低或較低)的事例，以類推其餘。用法與「でも」相近。

例：こんなわたしにだって好きな人はいますよ。

　　一度だって来ない。

(2) 在同類事例中舉出數個作爲例示，暗示尙有其他同類事例。

例：これだけものが高くなれば、本代だって、食費だってばかにはならない。

　　日本へだって、アメリカへだって、ヨーロッパへだって行ける機会があったのに、どうして行かなかったのですか。

(3) 接疑問詞或不定稱詞語之後，與後續陳述互相呼應，表示包括所有同類事物，作全面肯定或否定。

例：だれだって彼が好きになるよ。

　　見たければいくらだって見せてあげますよ。

(4) 接疑問詞或表示最少數量的數詞之後，再後接否定陳述，表示所提出的事例全部都不成立。

例：だれにだって未来のことはわからない。

　　一日だって休んだことがない。

　　あんなやつには1ドルだってやらない。

　　一度だっておごってくれたことがない。

參考一　副助詞「でも」與副助詞「だって」的異同

1.「だって」與「でも」都可用於暗示其他事例的成立，可互相交替使用，意思不變。

例：{ そんなことはこどもだってできる。
　　{ そんなことはこどもでもできる。

2.「だって」大多用於平輩或卑輩，「でも」亦然。

例：{ 僕にだってチャンスはある。
　　{ 僕にでもチャンスはある。

3.「でも」具有舉出事物作爲例示的用法，「だって」則沒有這種用法。

例：この部屋はカーテンでもかけて、花でも飾ったら、もっと明るい部屋になります。（✓）

　　この部屋はカーテンだってかけて、花だって飾ったら、もっと明るい部屋になります。（✕）

4.「でも」可以表示約略的範圍，「だって」無此用法。

例：{ コーヒーでも飲もうか。（✓）
　　{ コーヒーだって飲もうか。（✕）

□　11.3.25　「たら」(副助詞)

一　接續

副助詞「たら」接下列詞之後：

（1）體言。

例：この時計っ<u>たら</u>もうこわれちゃった。

（2）動詞、形容詞、助動詞「れる／られる」、「せる／させる」、「ない」的終止形。

例：おもしろいっ<u>たら</u>ないんだ。

（3）形容動詞、助動詞「そうだ」之詞幹。

例：きれいっ<u>たら</u>。

二　用法

副助詞「たら」大多以「ったら」形式出現，其用法有下述兩種：

（1）提出某事例作爲話題，具責難、詰問等語氣。

例：この鉛筆っ<u>たら</u>すぐ折れちゃうんです。

　　お父さんっ<u>たら</u>まだ帰っていらっしゃらないの。

（2）表示某事例具與衆不同的性質、狀態，而特別強調該性狀，並帶有驚訝的語氣。

例：この店のそばはおいしいっ<u>たら</u>天下一品だ。

此外，亦有用「ったらない」的形式。

例：彼の驚きようっ<u>たら</u>なかった。

　　そりゃあ、うるさいっ<u>たら</u>ないね。

☐　11.3.26　「たら」（接續助詞）

一　接續

接續助詞「たら」接活用詞的連用形之後，但不接過去、推測、意志之助動詞之後。

例：都合がよかっ<u>たら</u>やりましょう。

　　やってみ<u>たら</u>すぐできた。

二　用法

接續助詞「たら」的用法有下述三種：

(1) 假設未成立的事例已成立，因而順理成章地引出後項事例的成立。

例：君がそんなことを言ったら彼女は泣くだろう。

　　天気がよかったら行きます。

(2) 屬於已成立或未成立的前項事例，成爲後項事例成立的發端或理由。

例：よく見たらかなりの年だ。

　　一雨来たら、涼しくなるだろう。

(3) 前項的動作、狀態與後項之動作、動態同時或相繼成立；後項多爲意料之外的事例。

例：トンネルを抜けたら、日が暮れていた。

　　太郎が来たら、次郎が帰った。

□　11.3.27　「たら」(終助詞)

一　接續

終助詞「たら」接下列詞之後：

(1) 體言。

例：田中さんたら親切なんですね。

(2) 動詞的連用形、終止形、命令形。

例：くずくずしないで、さっさとやったら。

(3) 形容詞、形容動詞、助動詞的終止形。

例：きたないったら話にならない。

(4) 表示請求的終助詞「て」。

例：早くしてったら。

（5）用於命令、要求的形容詞及形容動詞的連用形。

例：早くったら。

　　もっと静かにったら。

二　用法

終助詞「たら」大多以「ったら」形式出現，對尊長不用，其用法有下述三種：

（1）在對方不能立即了解自己的想法、意願時，向對方提出自己的想法、意願，略具不耐煩、反駁、催促等語氣。

例：行くったらそんなに急がすなよ。

　　いいかげんにねなさいったら。もう1時すぎていますよ。

（2）接命令、呼喚句子之後；因對方未有立即作出反應而感到不耐煩、焦急不安，帶有催促語氣，或表示厭煩。

例：来いったら。

　　もう花子ったら。

　　ねえ、一緒に行こうったら。

　　早くしろったら。

（3）提示忠告、意見，用於提議、邀約、婉轉的命令等，女性大多用此終助詞，句末的語調上揚。

例：走ってみたら。

　　あなたも一緒にいらっしゃったら

□　11.3.28　「たり」（接續助詞）

一　接續

接續助詞「たり」接活用詞的連用形後，但不接助動詞「う/よう」、「そうだ(傳聞)」之後。

例：暑かっ<u>たり</u>涼しかっ<u>たり</u>している。

行っ<u>たり</u>来<u>たり</u>する。

二　用法

接續助詞「たり」的用法有下述兩種：

(1) 列舉兩個或以上的動作、狀態，大多用「～たり～たりする」形式。全體有如「サ行」變格活用動詞，作述語或修飾語，亦有用「～たり～たりなどする」的形式。

例：よく人が出<u>たり</u>入っ<u>たり</u>する。

飲ん<u>だり</u>、食べ<u>たり</u>、歌っ<u>たり</u>などした。

(2) 以「～たり(など)する」形式，舉出一個動作、作用而暗示尚有其他。常用於表示概括範圍、類似事例。

例：しゃべっ<u>たり</u>してはいけません。

暇だから、テレビを見<u>たり</u>などしている。

失礼な。わたしが人を騙し<u>たり</u>などする人間だと思いますか。

そこに立っ<u>たり</u>(など)してはいけない。

人に見られ<u>たり</u>(など)すると恥しい。

參考一　接續助詞「たり」的慣用形式

接續助詞「たり」分別接於同一單詞的肯定及否定等形式之後，或分別接於詞義相反的兩個單詞之後時，表示按不同場合，兩項中的其中一項爲該當事例；除「～たり～たりする」形式外，亦有用「～たり～たりだ/です」的形式。

例：行っ<u>たり</u>行かなかっ<u>たり</u>する。

先生の宿題は難しかっ<u>たり</u>、難しくなかっ<u>たり</u>する。

お父さんは新聞を読ん<u>だり</u>読まなかっ<u>たり</u>する。

教え<u>たり</u>教えられ<u>たり</u>する。

大きかっ<u>たり</u>小さかっ<u>たり</u>などして体に合わない。

調子はよかっ<u>たり</u>悪かっ<u>たり</u>だ。

寝<u>たり</u>起き<u>たり</u>して、よく寝られなかった。

春先は暖かかっ<u>たり</u>寒かっ<u>たり</u>する。

參考二　接續助詞「たり」的特殊用法

接續助詞「たり」列舉的動作、行爲，最後一個動作行爲有不用「たり」的用例。

例：昼間は大学に出講してい<u>たり</u>、図書館へ行くなどして不在のことが多い。

參考三　接續助詞「たり」表示命令

同一動詞以「～たり～たり」形式重覆，用於句末，表示命令、呼喝，屬不拘禮的表達形式。

例：そこにいてはじゃまだ。どい<u>たり</u>どい<u>たり</u>。

きょう1日だけの大安売りだす。さあ、買っ<u>たり</u>、買っ<u>たり</u>。

參考四　接續助詞「たり」整體具有體言功能的用例

例：古本屋は一見だれにでもできそうだが売っ<u>たり</u>買っ<u>たり</u>が意外に難しいそうだ。

このところ体の調子が悪く、何もできずに、ただ寝<u>たり</u>起き<u>たり</u>の生活を繰り返しているだけだ。

折れてい<u>たり</u>曲がってい<u>たり</u>で、満足に使える釘は1本もなかった。

参考五　可構成連用修飾語的接續助詞「たり」

「〜たり〜たり」可以單獨或與後續的「する」構成連用修飾。

例：飲んだり食ったり十分腹をこしらえた。

　　このドアは押したり引いたりいろいろやってみたが、ど
　　うしてもあかない。

参考六　由「〜たり〜たり」構成的一些慣用說法

例：似たり寄ったり

　　踏んだりけったり

　　願ったりかなったり

　　飛んだりはねたり

□　11.3.29　「つつ」（接續助詞）

一　接續

接續助詞「つつ」接動詞、助動詞的連用形之後。

例：働きつつ勉学に励む。

　　興味を持たせつつ教えていく。

二　用法

接續助詞「つつ」爲書面語，很少用於會話，其用法有下述三
種：

（1）表示前接動詞動作正在進行中，用於修飾後續動詞動作的
樣子、進行狀態等。

例：酒を飲みつつ月を眺める。

　　2人は助け合いつつ暮らしている。

（2）表示前接動作、作用與後續動作、作用不相稱、互相矛盾
或相反，具有與原來的期待、意願不符的語氣，亦有用「つつも」的
形式。

例：悪いと知りつつ（も）、やってしまった。

　　失礼だと思いつつ笑ってしまった。

（3）「つつある」的形式，表示動作、作用或變化按某傾向緩慢
地進行。

例：ふとりつつある。

　　困難な状態になりつつある。

□ 11.3.30 「って」（格助詞）

一 接續

格助詞「って」接體言或與體言相當的詞組之後。

例：山田先生って日本語の先生ですか。

　　きょうは休みだってこと、忘れてしまったんです。

二 用法

格助詞「って」只用於不拘謹的口頭語。其用法有下述兩種：

（1）表示思考內容、引用的談話內容、名稱內容等；助詞「と」
亦有此用法。

例：さようならって言って去って行った。

　　山田っていう人がそとで待っている。

　　僕、太郎っていいます。

（2）與「という」相當

1. 表示名稱、事物的內容等。

例：山田って男。

　　　女<u>って</u>やつはしかたがない。

2. 表示後續動作的內容、樣態、理由等。

　　例：悲しい<u>って</u>泣いていた。

　　　　大きい<u>って</u>その靴を履かなかった。

□　11.3.31　「って」（終助詞）

一　接續

終助詞「って」接於句末。

　　例：困った<u>って</u>。

　　　　もう終わった<u>って</u>。早いな。

此外，亦可後接終助詞「ね」等。

　　例：君も贊成しているんです<u>って</u>ね。

二　用法

終助詞「って」的用法有下述三種：

(1) 從他處聽來的話向對方傳達時用，相當於「ということだ」。

　　例：あなたもゴルフをなさるんです<u>って</u>ね。

　　　　あの人は日本語がとても上手だ<u>って</u>ね。

(2) 將對方所說的話原原本本地引述，用於反問，語調上揚。

　　例：え、死んだ<u>って</u>。それほんとうか。

　　　　やめた<u>って</u>、いつなの。

(3) 自信十足地提出自己認爲正確、合理的看法或主張。

　　例：彼は必ず来る<u>って</u>。

　　　　そんなこと言われなくてもわかっている<u>って</u>。

□ 11.3.32 「て/で」(接續助詞)

一 接續

接續助詞「て/で」接活用詞的連用形之後；接動詞之後時要注意音便。

例：どのようにして作りましたか。

お金がなくて行けません。

遊んでばかりいないで、少し勉強しなさい。

二 用法

接續助詞「て/で」的用法有下述七種：

(1) 表示事例的並存、並列、對比或構成對等的詞組。

例：あの花は赤くて美しい。

赤くて美しい花です。

夏は涼しくて冬は暖かい所だ。

(2) 表示事例的先後出現次序，前項事例比後項事例發生、出現的時間為早。

例：早く起きてでかけた。

転んで起きあがった。

朝は5時に起きて、夜は9時に寝る。

此外，亦有用「～てから」形式，而這種表達形式使前、後項的先後意識更加強烈。

例：歯を磨いてからご飯を食べなさい。

(3) 表示原因、理由。前項為後項的原因、理由，與「ので」、「から」比較，「て/で」的因果意識沒有那麼強烈。

例：雨が降って行けなかった。

その問題はやさしくてすぐできた。

咳がひどくて話ができない。

　　教室で騒い<u>で</u>叱られた。

　（4）表示連用修飾關係，即表示後續動詞動作、作用的樣子、
進行狀態、方法、手段。動作主體與後續（結句）述語主體相同。

　　例：声を出<u>して</u>泣いている。

　　　　走<u>って</u>帰った。

　　　　自転車に乗<u>って</u>買い物に行った。

　（5）表示前項事例與後項事例具互不相容、文意不相稱的關
係；其條件的提示語氣不及「のに」強烈。

　　例：知ってい<u>て</u>、知らないそぶりをする。

　　　　顔はやさしく<u>て</u>、心は鬼だ。

　（6）後接補助用言「いる」、「ある」、「もらう」、「いけない」、
「ほしい」、「いい」等，表示習慣、動作進行、狀態、行為的授受、
禁止、希望、許可等意。

　　例：毎日本を読ん<u>で</u>いる。

　　　　今雨が降<u>って</u>いる。

　　　　野菜はたくさん買<u>って</u>ある。

　　　　係員に案内<u>して</u>もらう。

　　　　部屋に入<u>って</u>(は)いけない。

　　　　あじたは祭日ですから、学校へ来なく<u>て</u>いいですよ。

　（7）一些慣用形式：

　1.「～について」、「～に関して」、「～に対して」、「～に反し
て」、「～に当って」、「～にとって」等形式，前項對後項所述的內容
加以提示、限定，或提示其場面、背景、狀況等。

　　例：本日は次期役員選出の件に<u>ついて</u>ご審議願いたいと思い
　　　　ます。

　　　　この問題に<u>関して</u>あなたの意見を聞かせてください。

2. 同一單詞之「～て～て」形式，具加强該詞詞義的功能。

例：寒く<u>て</u>寒く<u>て</u>がまんがならない。

　　嬉しく<u>て</u>嬉しく<u>て</u>たまりません。

參考一　動詞的否定形與接續助詞「て」

　　動詞的否定形後接「て」有「なくて」和「ないで」兩種詞形。若用於「～てはいけない」、「～てもいい」、「～てもかまわない」等形式，動詞的否定形用「なくて」的詞形。

例：あした来<u>なくて</u>もいいです。

　　もう行か<u>なくて</u>はいけない。

　　無理に食べ<u>なくて</u>もかまいません。

動詞的否定形用於禁止時，則用「～ないでください」詞形。

例：ひとりで出かけ<u>ないで</u>ください。

　　テレビを見ながら食事をし<u>ないで</u>ください。

「ないで」亦有用於作否定的中止形式，修飾後續陳述。

例：本を見<u>ないで</u>答えてください。

　　朝ごはんを食べ<u>ないで</u>、学校へ行く。

動詞後接「て」的敬體是連用形後接「まして」。

例：よく考え<u>まして</u>御返事いたします。

　　おいでください<u>まして</u>、恐れいります。

參考二　接續助詞「て」與活用詞的連用形

　　接續助詞「て」用法與活用詞的連用形相若，可用於句中停頓，這種用法稱爲中止法。

例：$\left\{ \begin{array}{l} あそこは山があっ\underline{て}湖がある。\\ あそこは山があり、湖がある。 \end{array} \right.$

參考三　接續助詞「て」與形容動詞、指定助動詞「だ」的連用形

　　接續助詞「て」與形容動詞及指定助動詞「だ」的連用形「で」不同，必須加以留意，以免混淆。

　　例：彼の恰好は立派である。（形容動詞連用形）

　　　　これは机である。（助動詞「だ」連用形）

　　　　新聞を読んでいる。（接續助詞）

□　11.3.33　「て」（終助詞）

一　接續

　　終助詞「て」接活用詞的連用形之後，動詞撥音便時成為「で」。此外，亦接終止形之後，為女性用語，只限於下文第(4)項的用法。

　　例：今申し上げたことは、おわかりになって。

　　　　わたしにも教えて。

　　　　一緒に遊んで。

　　「て」接形容詞及形容詞型活用助動詞時有作「って」。

　　例：これでよくって。

　　　　そのお菓子、どう、おいしくって。

　　「て」可後接終助詞「ね」、「よ」。

　　例：お手紙ちょうだいね。待っててよ。

　　　　とても似合ってよ。

　　　　騒がないでね。

二　用法

　　終助詞「て」用於句末，其用法有下列四種形式：

　　(1) 接連用形之後，對某事例之是非可否，向對方求證、確認，語調上揚，屬女性用語。

例：こちらへいらしたことあっ<u>て</u>。

　　あなたに読め<u>て</u>。

　　変なにおいしなく<u>て</u>。

（2）接連用形之後，提出自己的主張，但將斷定語氣減弱，增加熟稔可親的感覺，屬女性用語。

例：これに限っ<u>て</u>よ。

　　あなたはジーパンのほうが似合っ<u>て</u>よ。

（3）接連用形之後，表示請求、命令，男女可用，可後接「よ」、「ね/ねえ」。否定時用「ないで」，表示禁止。

例：ちょっとそれを貸し<u>て</u>。

　　お土産買ってき<u>て</u>ね。

　　しゃべらない<u>で</u>。

加強語氣時，「て」變爲長音「てえ」。

例：ちょっと待っ<u>て</u>え。

（4）接終止形之後，陳述自己的判斷、主張、保證等，或用於質詢、請求等，大多爲女性在不拘禮及坦率場合時使用。

例：大丈夫、できる<u>て</u>。

　　これに限る<u>て</u>。

□　11.3.34　「で」（格助詞）

―　接續

格助詞「で」接體言或與體言相當的詞語之後。

例：病気<u>で</u>学校を休みました。

　　うちじゅう<u>で</u>わたしの意見を賛成してくれました。

「で」可後接助詞「は」、「も」，成爲「では」、「でも」。「では」在口頭語中往往說成「じゃ」。

例：お支払いは現金でお願いします。小切手では困ります。

この料理は自宅でも作れます。

車じゃ、かえって遅くなる。

二　用法

格助詞「で」的用法有下述八種：

(1) 表示動作、作用的進行、發生場所。

例：東京で生まれた。

庭で遊ぶ。

「で」表示動作進行的場所；「に」表示存在的場所。

例：$\begin{cases} 毎日学校で日本語を勉強しています。 \\ 毎日朝9時から午後5時まで学校にいます。 \end{cases}$

(2) 表示動作、作用、進行、發生的場面、樣態、立場。

例：委員会で審議する。

博士ははしがきで次のように述べている。

警察で事件の真相を発表した。

わたしのほうで切符を買っておく。

一定の速度で回転する。

夫婦で浪費する。

対等の立場で協議する。

(3) 表示手段、方法、材料、工具等。

例：筆で書く。

自転車で通う。

木で作る。

紙で鶴を作った。

(4) 表示原因、理由、根據等。

例：病気で欠席した。

故障で遅くなった。

(5) 表示動作、行爲所需要的時間，或動作、行爲完成、結束的時間。

例：3時間で大阪を走る。

　　3日で終わった。

　　3時で読み終わった。

(6)「で」接表示集團、機構、地區、城市、國家等名稱、名詞之後，下接「は」、「も」而構成主語。

例：学校ではそんなことは教えない。

　　お宅ではどうなさいますか。

　　わが党でもそれは認めない。

(7) 接表示人倫關係、人物、人數等名詞之後，表示使有關動作、行爲成立的人物，說明其身分、關係、構成、人數等；相當於「～して」、「～でもって」。

例：夫婦ふたりで旅行した。

　　親子で経済学を研究した。

　　4人で歌う。

　　子供はひとりでどこへ行ったのだろう。

(8) 表示期限、範圍、限度等。

例：申込みは明日で締切ります。

　　この中でどれがいちばんいいかしら。

　　この絵葉書は5枚で一組です。

參考一　格助詞「で」與助動詞「だ」、「です」的連用形「で」

　　格助詞「で」與助動詞「だ」、「です」的連用形「で」詞形相同，要注意加以區別。

　　「～である」、「～でござる」的「で」是助動詞「だ」、「です」的連用形「で」後接活用詞，不屬格助詞。

例：$\left\{\begin{array}{l}\text{最新型のバスで行く。（格助詞）}\\\text{これは最新型のバスでございます。}\end{array}\right.$

（助動詞「だ」、「です」的連用形）

參考二　格助詞「で」可用作接續詞

格助詞「で」亦有用於接續，其他如「では/じゃ」、「でも」、「それで」、「ところで」等亦爲接續詞，或具有起接續作用的用法。

例：強大で勇敢な軍隊である。

君も行きますか。では、僕も行きましょう。

どうすればいいかわかりません。それできょうはご相談にうかがったのですが。

參考三　句型「～でも～でも」

「～でも～でも」的形式用於列舉場所、場面、樣態等。

例：家庭電化の傾向は都市でも農村でも顯著である。

□　11.3.35　「ては」（接續助詞）

一　接續

接續助詞「ては」接活用詞（形容動詞除外）的連用形之後，動詞撥音便時成爲「では」。形容動詞是連用形「で」後接「は」，與「ては」功能相同。

例：間違えては困ります。

こんなに暑くては何もできません。

これだけ覚えなくては試験に落ちますよ。

二　用法

接續助詞「ては」的用法有下述兩種：

(1) 前項事例為條件，順理成章地引出後項事例。

例：あまり飲ん<u>では</u>体に悪いですよ。

　　こんなに暑く<u>ては</u>勉強ができない。

後項如屬已成立或過去之事例，則應用「たら」代替「ては」。

例：$\left\{\begin{array}{l}\text{たくさん飲ん<u>では</u>体にさわりました。（×）}\\\text{たくさん飲ん<u>だら</u>体にさわりました。（✓）}\end{array}\right.$

(2) 表示兩個相繼或重覆進行的動作、行為。

例：書い<u>ては</u>消す。

　　生活がすさんでいて、飲ん<u>では</u>吐くの連続だった。

□　11.3.36　「ても」(接續助詞)

一　接續

接續助詞「ても」接活用詞（形容動詞除外）連用形之後。動詞撥音便時成為「でも」，形容動詞是連用形「で」之後接「も」，與「ても」功能相同。

例：雨が降っ<u>ても</u>行きます。

　　苦しく<u>ても</u>我慢しなさい。

形容詞及形容詞型活用助動詞後接「ても」時，有成為「っても」形式。

在口頭語中有以「っても」形式接活用詞的終止形之後，是「～と言っても」的簡約形。

例：これからじゃ、帰る<u>っても</u>電車がないでしょう。

二　用法

接續助詞「ても」的用法有下述三種：

（1）假定前項未成立的事例已成立，而後項事例不受前項所約束而實現。通常前項與後項事例具互相矛盾、相反、不受約束的關係。

　　例：たとえ雨が降っても行きます。

　　　　見てもわからないだろう。

　　　　泳いでも渡れそうもない。

（2）已成立的前項事例作爲條件，後項事例不受前項所約束而成立；前項與後項事例亦具矛盾、相反、不受約束的關係。

　　例：あんなに暑くても、だれも暑いと言わなかった。

　　　　いくら説得してもわかってくれなかった。

（3）「ても」與其他詞語結合，成爲慣用表達形式。

1. 具副詞用法。

　　例：この仕事は何としても年内に完成させたい。

　　　　どうしても行きたい。

　　　　何といってもこれが最高だ。

2. 具接續詞用法。

　　例：それにしてもずいぶん帰りが遅いね。

3. 用「～と言っても」或「っても」的形式：對前項事例大致認可，但亦有不能全部同意之處，用「ても」引出後項，提出一些與前項預期不符的內容、規限等。「っても」接活用詞的終止形之後。

　　例：彼は大学に勤めていると言っても、先生じゃなくて、事務員をしているんだ。

　　　　不況と言っても、別に倒産した会社や失業者が増したわけではない。

　　　　すぐ行くってもそのかっこうじゃ外出できないだろう。

參考一　接續助詞「ても」與假定條件

接續助詞「ても」亦用於前項與後項爲經常不相稱的一般事例中，這時前項事例與假定條件是否爲既成事實無關。

例：この地方は冬になっても、ほとんど雪が降らない。

參考二　接續助詞「ても」前接助詞「て」

接續助詞「ても」有接助詞「て」之後的用例，如下例所示，當是「見ていても」的省略形式。

例：見てても知らぬふりをする。

參考三　助動詞「ない」與「ないでも」

助動詞「ない」有以「ないでも」的形式出現，與「なくても」相同。

例：めがねなどかけないでも何とか読める。

參考四　表示許可的「～てもいい」

表示許可的「～てもいい」、「～てもかまわない」等，宜作「～ていい」、「～てかまわない」之「て」再接「も」處理。

例：一人で行ってもいい。

　　試験の時に辞書を見てもかまいません。

參考五　接續助詞「とも」與接續助詞「ても」

「とも」屬文言表達形式，與「ても」相同，仍殘存在現代日語之中。

例：遅くとも7時には起きよう。

　　金はなくとも実力があれば安心だ。

參考六 接續助詞「ても」與接續助詞「けれども」的區別

例：$\left\{\begin{array}{l}\text{かぜをひいたけれども学校を休まなかった。}\\\text{かぜをひいても学校を休まなかった。}\end{array}\right.$

上一句單純表示前項與後項具緊密關係，前項不容以其他事例代入；下一句前項與後項的緊密關係不及上句，與前項有類似條件出現時，亦會有相同的後項。

參考七 一些與「でも」同形而品詞相異的用例

下列是一些與「でも」同形而品詞相異的用例。

例：学校でもそれを奨励している。

我党でもそうしている。

上述兩例的「でも」是格助詞「で」接副助詞「も」，具「〜において」之意，與上接名詞構成主語。

例：顔はきれいでも心は鬼だ。

這句例子的「でも」是形容動詞的連用形「で」接副助詞「も」。

□ 11.3.37 「でも」（副助詞）

一 接續

副助詞「でも」接下列詞之後。

（1）接體言或後接助詞的體言而在語法機能上與體言相當者。

例：お茶でも飲みましょう。

これだけでもやってほしい。

（2）格助詞（「は」、「が」除外，「でも」具取代「は」、「が」功能）。

例：庭へでも出て遊んでください。

　　　　新聞は机の上にでもおいてくれ。

（3）接續助詞「て」。

例：あの子は部屋で勉強してでもいるだろう。

（4）活用詞的連用形。

例：来てくれでもすればありがたいことだが。

（5）副詞。

例：少しずつでもやりましょう。

二　用法

　　副助詞「でも」的用法有下述三種：

　　（1）提出某事例的大概範圍而具有不只限於該事例的語氣；作婉轉表達方式時常用。

　　　　例：コーヒーでも飲もうか。

　　上句例子表示其他飲品，如茶、果汁等亦在該當範圍。其他用例如下：

　　　　例：本でも読んで待ってください。

　　　　　　机の上にでもおいてください。

　　　　　　倒れでもすると困る。

　　（2）舉出層次較低事例（能力、價值、重要性等最低或較低的事例，或作爲讓步底線的事例），以喻其他層次較高的事例。具有「甚至……」、「連……」、「最低限度……」、「最少……」等意思。

　　　　例：こんな事は子供にでもわかる。

　　　　　　牛乳だけでも飲みなさい。

　　　　　　ちょっとでもいいよ。

　　（3）接疑問詞或不定稱詞語之後時，表示包括全部同類事物。

　　　　例：誰でも彼が好きになる。

　　　　　　地図の上でならどんな所にでも行けるよ。

どれでもお好きなのをお取りください。

何とでも言え。

どこにでもあります。

何年でも待ちましょう。

參考一　與副助詞「でも」形式相同而意義相異的表達形式

有些與副助詞「でも」形式相同而實質相異的表達形式，要留意和加以區別。

1. 副助詞。

例：暇でもできたらまいりましょう。

2. 格助詞「で」後接副助詞「も」。

例：原稿はペンでも書きます。

　　野でも山でも花盛りです。

　　紙でもドレスができる。

3. 助動詞「だ」的連用形「で」後接副助詞「も」。

例：彼は実業家でも政治家でもある。

　　彼は欠席でもわたしは必ず出席する。

5. 形容動詞的連用形後接接續助詞「も」。

例：いくら丈夫でも一年は使えない。

但亦有些用例是難以判斷的。

例：これなら田舎でも売っています。

　　このごろのラジオは感度がよくて、山の中でもよく聞こえる。

□　11.3.38　「でもって」(格助詞)

一　接續

格助詞「でもって」接體言之後。

例：筆<u>でもって</u>書く。

二　用法

格助詞「でもって」的用法有下述五種：

(1) 表示原因、理由。

例：結核<u>でもって</u>死んだ。

(2) 表示方法、手段。

例：ローマ字<u>でもって</u>書き表す。

(3) 表示標準、界限。

例：30人<u>でもって</u>打ち切ります。

(4) 表示動作或過程成立時的狀態。

例：良い成績<u>でもって</u>卒業した。

(5) 以「でもっての」形式作連體修飾。

例：ライフル<u>でもって</u>の射撃。

□　11.3.39　「と」(格助詞)

一　接續

格助詞「と」接體言、助詞「の」或引用之文句、詞語之後。

例：きょう<u>と</u>あしたは休みです。

　　入口に休業<u>と</u>書いた紙が張ってある。

二　用法

格助詞「と」的用法有下述七種：

(1) 表示思考、說話、名稱、見聞等的內容，成為連用修飾語，其後大多接「考える」、「思う」、「言う」、「話す」、「名付ける」、「見る」、「聞く」等動詞。接引用文句、詞語時，該引用文句、詞語在語法上具體言資格。

　　　例：たぶんそうだろう<u>と</u>思う。

　　　　　わたしも「立派な人だ」<u>と</u>思った。

　　　　　よろしく<u>と</u>申しました。

　　　　　これを××法案<u>と</u>名付ける。

　　　　　あれは高瀬川<u>と</u>いう川です。

　此外，亦有用於詞義與「と言って」、「と思って」相等，即省略
「言って」、「思って」的用法。

　　　例：帰る前に「ありがとう」<u>と</u>（言って）おじぎをした。

　（2）表示動作、行爲的共事者、對手、夥伴等，包括做某行爲
時必要的對象和一起做某行爲的人。表示一起做某行爲的人時，與
「と一緒に」、「とともに」同義。

　　　例：弟<u>と</u>遊ぶ。

　　　　　父<u>と</u>出かける。

　　　　　兄は先月、花子さん<u>と</u>結婚しました。

　（3）列擧同類或資格對等的事例；表示範圍只及所列擧事例，
而所擧事例整體爲一組，具體言功能，可接用言之後。在現代日語
中，「AとB」形式較「AとBと」形式普遍，即最後事例之後不接
「と」（請參看下文參考一「AとB」與「AとBと」的表達形式）。

　　　例：お茶<u>と</u>お菓子がほしい。

　　　　　あしたの試験は経済<u>と</u>歴史<u>と</u>英語だ。

　　　　　見る<u>と</u>聞く<u>と</u>は大違いだ。

　（4）表示動作、作用、變化的結果。

　　　例：社会人<u>と</u>なった。

　　　　　春休みも終り<u>と</u>なった。

　（5）表示比較的標準，或比較的對象。

　　　例：あれはこれ<u>と</u>同じだ。

　　　　　いつも<u>と</u>違った様子だ。

（6）表示動作、作用進行的樣態、次數等。

例：二度、三度<u>と</u>回を重ねるうちに、すっかり慣れました。

　　もう二度<u>と</u>すまいと誓った。

（7）慣用的用法。

動詞的未然形接助動詞「う/よう」再接「とする」，表示正要做某行動。

例：行こう<u>と</u>した。

　　倒れそう<u>と</u>してかかってきた。

參考一　「AとB」與「AとBと」的表達形式

上文用法第(3)項中指出所列舉最後一個事例之後的「と」可省略，但亦要注意可能因省略而使詞義不同，引起文意混淆的情況。

例：$\begin{cases} 小説\underline{と}俳句の参考書を読んだ。 \\ 小説\underline{と}俳句\underline{と}の参考書を読んだ。 \end{cases}$

上一句表示看過俳句的參考書，但小說方面可能是某部小說，也可能是小說的參考書，兩者都有可能，不能確定，但下一句則清楚知道看的是小說的參考書和俳句的參考書。

例：わたしは昨日陳さん<u>と</u>李さんの家を訪問した。

上一句例子文意不明確，宜改寫為：

例：$\begin{cases} わたしは昨日陳さん\underline{と}李さん\underline{と}の家を訪問した。 \\ わたしは昨日陳さん\underline{と}一緒に李さんの家を訪問した。 \end{cases}$

上一句清楚指出曾去過「陳さん」和「李さん」的家，下一句是與「陳さん」一起去「李さん」的家。

參考二　格助詞「と」和接續助詞「や」的區別

「と」表示除所舉事例之外，沒有該當事例的存在；「や」則表示

除所列舉事例之外，尚有其他該當事例的存在。因此，「や」可以和「など」連用，但「と」不能。

參考三　格助詞「と」和格助詞「に」的區別

「と」和「に」的用法有部分相似，今討論如下：

1. 兩者都可以表示動作、行爲的對手、對象，但「と」具有互相、雙方的方向性，而「に」則具有單一、非互相的方向性。

例：
$$\begin{cases} AはBと話している。(A \rightleftarrows B) \\ AはBに話している。(A \rightarrow B) \end{cases}$$

上一句「A」、「B」都是發言者和受言者，兩人互相傾談，互有問答；下一句「A」是發言者，「B」是受言者。

例：
$$\begin{cases} 友だちと会う。 \\ 友だちに会う。 \end{cases}$$

上一句指與朋友往某地見面，或偶然在街上遇見等；下一句指往朋友處(朋友的家、辦公室等)見朋友。

例：
$$\begin{cases} 友だちと相談する。 \\ 友だちに相談する。 \end{cases}$$

上一句指與朋友商討，互有商量；下一句指向朋友請求指示。

例：AはBと話している。

可以說成：

例：AとBは話している。

其意思不變，但不能說成：

例：AはBに話している。

2. 兩者都可以表示變化的結果。

例：
$$\begin{cases} 敵を味方とする。 \\ 敵を味方にする。 \end{cases}$$

彼は政治家<u>と</u>なった。
彼は政治家<u>に</u>なった。

信号が青から赤<u>と</u>なった。
信号が青から赤<u>に</u>なった。

大きいの<u>と</u>取替えてほしい。
大きいの<u>に</u>取替えてほしい。

用「と」時具判斷語氣，具主觀、人爲、暫時等感覺；用「に」純起修飾作用，具客觀、自然、永久等感覺。

表示變化結果時，「と」與「に」常和「する」、「なる」連用。「と」是將有關內容，作爲變化的結果，加以說明，比較上多用於發生急劇的變化；「に」是表示「する」、「なる」所指向歸結的對象，比較上指自然變化爲多。

3. 兩者都可以表示比較的標準、對象。

例：
この花はバラ<u>と</u>似ている。
この花はバラ<u>に</u>似ている。

上一句指兩者互有相似之處，而下一句指「この花」似「バラ」，即以「バラ」爲樣板、標準。

類似的用例還有：

例：
Aは B<u>と</u>等しい。
Aは B<u>に</u>等しい。

以前<u>と</u>比べれば大分よくなった。
以前<u>に</u>比べれば大分よくなった。

4.「と」可用於列舉事例，表示思想內容等，而「に」無此等用法。「に」亦有些用法爲「と」所無，請參看下文11.3.51及11.3.52有關助詞「に」的討論。

□　11.3.40　「と」(接續助詞)

一　接續

接續助詞「と」接活用詞的終止形之後。

例：夜になると暗くなる。

　　勉強をしていると友達が遊びに来た。

二　用法

接續助詞「と」的用法有下述六種：

(1) 表示兩個動作、作用同時發生，或相繼發生。

例：山の上から見おろすと町が一目に見わたせました。

　　電車が止まると乗っていた人が降り始めた。

　　言い終わると出て行った。

(2) 連接兩個具因果關係的動作、作用。前項事例為理由、發端，引起後項的當然結果。

例：雨が降ると道が悪くなる。

　　暑いと汗が出る。

　　読むとわかる。

　　早くしないと遅れてしまうよ。

(3) 連接前項和後項；前項是後項內容的根據、資料的來源、整理的形式、狀況等。前項為後項下文的發言準備。

例：要約するとこうなる。

　　新聞によると近く選挙があるらしい。

(4) 表示某事例之發生、完成，因而突然注意另一事例的發生、出現。一般只用於過去的事例。

例：駅へ着くと電車がすぐ来た。

　　ふと見るとそれは父だった。

（5）表示某事例成立時，後項事例亦經常成立。常用於數式、自然現象等。

例：2に2をたす<u>と</u>4になる。

　　春になる<u>と</u>花が咲く。

（6）接「う／よう」、「まい」等之後，對可能發生的場合作出假定，表示後項事件之成立，不受前項條件之約束。後項內容多屬放棄、不予理會、不再有關連等的含義。

例：どうなろう<u>と</u>かまわない。

　　行こう<u>と</u>行くまい<u>と</u>わたしの勝手だ。

　　死のう<u>と</u>生きよう<u>と</u>お前には関係ない。

　　彼が行こう<u>と</u>行くまい<u>と</u>、僕は行く。

　　どうしよう<u>と</u>君の勝手だ。

□　11.3.41　「とか」(接續助詞)

一　接續

接續助詞「とか」接下列詞語之後。

（1）體言，或與體言相當之詞語。

例：わたしはサッカー<u>とか</u>フットボール<u>とか</u>いうものは好きではありません。

（2）活用詞的終止形。

例：時々散歩する<u>とか</u>スポーツをする<u>とか</u>しないと病気になりますよ。

二　用法

接續助詞「とか」的用法有下述兩種：

（1）列舉同類事物為例示，而其中一項為該當事例，同時暗示除所列舉例示之外，尚有其他該當事例存在。

　　例：認める<u>とか</u>認めない<u>とか</u>、もめていたよ。

　　　　試験がある<u>とか</u>ない<u>とか</u>言って、学生が教室で騒いでい

　　　　る。

　　(2) 列舉同類事物爲例示，所列舉者全部均爲下文之該當事

例，同時暗示尚有其他該當事例存在。

　　例：太郎<u>とか</u>次郎<u>とか</u>には話してある。

　　　　健康のために散歩する<u>とか</u>体操する<u>とか</u>してください。

參考一　接續助詞「とか」的一般表達形式

　　一般用「AとかBとか」形式，亦有用「AとかBなど」、「AとかB」

的形式。

　　例：東京<u>とか</u>大阪のような大都市だ。

　　　　君<u>とか</u>僕などが言ったって聞きはしない。

參考二　接續助詞「とか」與格助詞「と」

　　　　　⎧ 行く<u>と</u> か行かない<u>と</u> か言ってぐずぐずしているんです

　　例：⎨ よ。

　　　　　⎩ 行く<u>とか</u>行かない<u>とか</u>と言ってぐずぐずしているんで

　　　　すよ。

　　上一句「とか」之「と」應視作格助詞，與「言って」呼應，「か」爲

接續助詞；下一句「とか」應整個視爲接續助詞，而「言って」之前的

「と」爲格助詞，與「言って」呼應。

□　11.3.42　「ところが」(接續助詞)

一　接續

　　接續助詞「ところが」接助動詞「た」終止形之後。

例：会員を募集した<u>ところが</u>、500人集まった。

二　用法

接續助詞「ところが」的用法有下述兩種：

（1）表示前項事例爲引發後項事例成立的發端、契機，或表示在時間上，前項在先而後項在後等關係。

例：山田さんに会いに行った<u>ところが</u>、山田さんは病気で寝ていた。

応募した<u>ところが</u>、もう締め切った後だった。

（2）前項是假設現實中未發生的事例已經成立，而在這個假設下，沒有達到所期待的後項事例。口頭語大多用「ところで」。

例：いくらお金をもうけた<u>ところが</u>、それで幸福になれるわけではない。

今から急いだ<u>ところが</u>、もう間に合うまい。

參考一　接續助詞「ところが」與「けれども」

上文用法第（1）項的「ところが」，對後項事例的出現具有意外的感覺，無論後項事例的出現是否與期待符合，一般都具有失望、不愜意的語氣。這種語氣爲「けれども」所無。

□　11.3.43　「とも」（接續助詞）

一　接續

接續助詞「とも」接下列詞之後。

（1）動詞及動詞型活用助動詞的終止形、形容詞及形容詞型活用助動詞的連用形、助動詞「う/よう」、「ず」。

例：いかに困る<u>とも</u>我慢すべきだ。

経験がなく<u>とも</u>かまわない。

(2) 表示程度之副詞、文言之形容動詞的終止形。

例：多少<u>とも</u>政治に関心のある人なら記憶に残っているはず
の事件だ。

わずかなり<u>とも</u>融資は受けられないだろうか。

二　用法

接續助詞「とも」的用法有下列兩種：

(1) 表示前項爲假定事例，或前項爲已成立之事實，後項不受
前項的任何約束而成立。這種用法適用於上文所述的接續法第(1)
項。

例：たとえ、どんな非難を受けよう<u>とも</u>わたしは計画どおり
事を運ぶつもりだ。

今更いくら謝られよう<u>とも</u>僕は君を許す気など毛頭ない
ね。

高く<u>とも</u>買います。

行かなく<u>とも</u>よかったのに。

(2) 後項敍述某動作、作用、狀態，而前項是推想有關之數
量、程度，屬非常極端或已達至極限。這種用法適用於上文所述的
接續法第(2)項。接副詞或文言形容詞終止形之後，其中一部分已
成爲慣用形式，如「多少とも」、「少なくとも」、「おそくとも」等，
具副詞語法機能。

例：文学に多少<u>とも</u>関心のある人なら、この小説の名を知ら
ないはずはない。

おそく<u>とも</u>9時までにできると思う。

少なく<u>とも</u>1年10回は映画を見ています。

□ 11.3.44 「とも」(終助詞)

一 接續

終助詞「とも」接下列詞之後。

(1) 活用詞的終止形。

例：
{「今度の会にご出席いただけますでしょうか。」
{「ええ、ええ、うかがいます**とも**。」

(2) 副詞「そう」。

例：
{「さあ、がんばらなくちゃな。」
{「うん、そう**とも**。」

二 詞義

終助詞「とも」屬絲毫沒有懷疑語氣的斷定。充滿信心地向對方提出自己的主張、判斷，或表示同意、確認對方的主張、判斷時用，具有「理所當然」的堅強語氣，予人以堅決而肯定的印象。通常用於被詢問意見在回答時用，表示不容對方懷疑，將事實、主張告訴對方。

例：
{「僕のやり方、正しいかい。」
{「正しい**とも**。」

{「やってもらえますか。」
{「よろしいです**とも**。」

{「君は行くか。」
{「行く**とも**。」

それはそうだ**とも**。

參考一 終助詞「とも」與「だろう」

終助詞「とも」不用於表示勸誘、依賴、命令的句子。可接「だろ

う」之後。但不接「そうだ」、「らしい」之後。「とも」亦可後接另一終
助詞「さ」，以加强語氣。

例：
　「また山へ行くのかね。」
　「ああ、ゆくともさ。」

□　11.3.45　「ども」（接續助詞）

一　接續

接續助詞「ども」接動詞、動詞型助動詞的假定形之後。

例：極悪人といえども、人間だ。

二　詞義

「ども」用於文言或具文言風格的文章，與現代日語之「けれど
も」相當，表示後項事例與前項所預期者不相若。

例：声はすれども、姿は見えず。

行けども行けどもぬかるみだ。

參考一　接續助詞「ども」與「といえども」

「といえども」與「でも」相若，前項所述驟然看來爲特殊事例，
但後項內容不受前項之特殊性影響，與一般普通事例相同，不具特
殊性質。

例：精薄児といえども、我々はその人格を無視するようなこ
　　とがあってはなりません。

彼の如き秀才といえども、この難問には答えられなかっ
た。

「といえども」亦有用於連接內容不相稱的事例，與「だけれど
も」、「しかし」相當。

例：若者<u>といえども</u>その資質は侮りがたい。

「といえども」大多用於具文言風格的文章。

□　11.3.46　「な」（終助詞）

一　接續

終助詞「な」接各種活用詞的終止形之後。

例：よくできる<u>な</u>。

　　　そこは静かだ<u>な</u>。

　　　うまくできました<u>な</u>。

此外，亦有接動詞、助動詞的連用形之後。

例：ここへ来<u>な</u>。

　　　ひとりで考えさせ<u>な</u>。

二　用法

終助詞「な」的用法有下述六種：

(1) 表示感歎，加强語氣時用「なあ」。

例：いい<u>な</u>あ。

　　　美しい<u>な</u>。

　　　静かだ<u>な</u>あ。

　　　困っちゃう<u>な</u>あ。

「な」常用於向對方尋求共鳴，而語氣較「ね」、「の」為弱。

(2) 表示主張、陳述自己的意見、判斷、主張，而語氣不太强烈。

例：わたしは賛成だ<u>な</u>。

　　　それはだめだ<u>な</u>。

　　　きみが責任をとるんだ<u>な</u>。

此外，亦常見用於自言自語，對某判斷加以確認。

例：これが最後だ<u>な</u>。

　　いいと思うが<u>な</u>。

（3）用於尋求對方共鳴、打聽對方意向、促請對方回答，帶有疑問而欲確認的語氣。

例：よく降ります<u>な</u>。

　　ほんとうに後悔しない<u>な</u>。

　　協力してくれるでしょう<u>な</u>。

　　よそう<u>な</u>。

　　わかったか<u>な</u>。

（4）表示禁止。

例：忘れる<u>な</u>。

　　行く<u>な</u>。

　　近寄る<u>な</u>。

　　触る<u>な</u>。

一般來說，「な」接動詞的終止形之後，亦有接助動詞「ます」終止形之後，屬慣用形式。

例：何もおっしやいます<u>な</u>。

　　御心配なさいます<u>な</u>。

（5）接動詞、使役、被動等助動詞的連用形之後，表示命令、要求。

例：気をつけ<u>な</u>。危ないぜ。

　　こっちへ来<u>な</u>。

　　ひとりで考えさせ<u>な</u>。

（6）接敬語動詞「なさる」、「くださる」等的命令形之後，使命

令語氣溫和，成爲邀請、催請、敦促的語氣。

　　例：早くなさいな。

　　　　おあがりなさいな。

　　　　これ、くださいな。

參考一　接續助詞「が」與終助詞「な」、「なあ」

　　接續助詞「が」用於句末時，可後接「な」、「なあ」，使感歎氣氛
更加濃厚、更有餘韻。

　　例：花が咲いてくれるといいんだがなあ。

　　　　大学へ入学できればいいがな。

　　　　この問題も時間さえあればできたんだがなあ。

參考二　終助詞「な」與終助詞「よ」、「よな」

　　終助詞「な」表示禁止、命令（詳見上文用法第(4)及第(5)項）
時，可以下接「よ」、「よな」，主要是男性對平輩或卑輩說話時用。

　　例：もっと早く来なよ。

　　　　さわぐなよな。

　　　　ちゃんとやりなよな。

參考三　終助詞「な」可接詞組之後

　　終助詞「な」亦有接詞組之後，用於句中。男性在無需拘謹的場
合用。

　　例：しかしな、必ず雨が降るとは言えないからな。

　　　　そこにな問題があるんだ。

　　　　わたしはな、そんなこと少しも知らないよ。

□　11.3.47　「ながら」(接續助詞)

一　接續

接續助詞「ながら」接下列詞之後。

(1) 動詞、動詞型活用助動詞連用形。

例：あの人はいつも音楽を聞きながら勉強をします。

(2) 形容詞及助動詞「ない」的終止形(只限於連接前後不相稱的事例，請參看下文用法第(2)項。

例：期待ほどにはいかないながら、何とか目的を達成できた。

(3) 名詞、形容動詞詞幹。有些屬慣用形式。

例：このカメラは小型ながらよく写る。

　　実験の成功を祝し、ささやかながら慰労会を催すことに
　　しよう。

　　及ばずながらわたしが何とか力になってあげたいものだ。

二　用法

接續助詞「ながら」的用法有下述兩種：

(1) 表示兩個動作、作用或狀態同時並存。

例：あの人はいつもテレビを見ながら御飯を食べます。

　　散歩をしながら話しましょう。

有時前項用於表示後項動作的樣子或狀態等。

例：考え事をしながら歩いていたら、自動車にひかれそうに
　　なった。

　　向こうから田中さんが笑いながらやってきた。

　　泣きながら歌を歌っている。

　　一般而言，前項與後項的動作、狀態等屬可彼此共存而為一般
常識所接受，而且前項與後項都屬同一動作主體。

例：彼はいつもたばこを吸いながら原稿を書きます。

　　　右手で字を書きながら左手でパンを食べる。
　（2）表示前項與後項的動作、行為不相稱，超乎一般常理，具
意外的感覺。「～にもかかわらず」的意思。

　　　例：知っていながら教えてくれない。

　　　　　幼いながらよく働く。

　　　　　彼は新入社員ながら、古参顔負けの働きをする。

　　　　　不愉快に思いながら顔には出さない。

　　　　　年はまだ若いながらすることは大人なみだ。

　　　　　行きたいながら遠慮している。

參考一　接續助詞「ながら」與非動詞的詞語

　　接續助詞「ながら」接動詞以外的詞語時，大多用於連接前後不
相稱的事例。請參看上文接續法第(2)項。

　　　例：彼は背は低いながら、なかなかの男前だ。

參考二　接續助詞「ながら」用於表示兩個不相稱事例

　　上文用法第(1)項即用於表示兩個動作、作用同時並存時，前後
項主語相同；但用於用法第(2)項，連接兩個不相稱的事例時，主
語可以不同。

　　　例：彼が来ていながら、彼女が来ていないのは変だ。

參考三　接續助詞「ながら」用於陳述句的用例

　　上文用於用法第(1)項（前項與後項內容相稱）時，後項可用於
命令、邀約、假定等陳述形式；用法第(2)項所述的前項與後項內
容不相稱）的後項陳述形式有限制。

例：歩きながら

$$\begin{cases} 話そう。\\ 話せ。\\ 話せばいい。 \end{cases}$$

但下例則不成立。

例：学校まで来ていながら

$$\begin{cases} 授業に出よう。（×）\\ 授業に出ろ。（×）\\ 授業に出ればいい。（×） \end{cases}$$

參考四　接續助詞「ながら」與前項和後項所述的事項

　　上文用法第(1)項（前項與後項內容相稱）前項無否定形的用法，但用法第(2)項（前項與後項內容不相稱）前項有否定形的用法。

　　例：新しくはないながらもこぎれいだ。

參考五　接續助詞「ながら」對所述的前項和後項的語法機能

　　前項與後項具對稱均等關係時，前項與後項互調而句子的意思不變。

例：

$$\begin{cases} 右手で字を書きながら左手でパンを食べる。\\ 左手でパンを食べながら右手で字を書く。 \end{cases}$$

$$\begin{cases} 夕食の後、彼はいつも新聞を読みながら音楽を聞く。\\ 夕食の後、彼はいつも音楽を聞きながら新聞を読む。 \end{cases}$$

　　但前項表示後項動作進行的狀態，對後項加以修飾、規範，起副詞作用時，則前項只屬修飾成分，是後項的從屬部分。

　　例：本を読みながら道を歩くのは危険だ。

　　　　彼女は涙を流しながら話している。

「ながら」具副詞的用法時，有「ながらも」、「ながらに」的形式。

例：こんどのアパートは狭いながらも住み心地は悪くない。

　　彼女は涙ながらに苦衷を訴えた。

參考六　接續助詞「ながら」常用的慣用形式

接續助詞「ながら」常用的慣用形式有「われながら」、「残念ながら」、「いやいやながら」、「はばかりながら」等，而「しかしながら」則作接續助詞用。

例：残念ながら今日はお目にかかれません。

　　しかしながらあなたの考えだけで決めるのは困ります。

參考七　接續助詞「ながら」與體言

體言後接「ながら」，如「女ながら」、「こどもながら」，可視作「女でありながら」、「こどもでありながら」之省略。

此外，體言後接「ながら」，有作「～ごと」、「～のまま」之意，與「なり」相若。

例：僕は柿は皮ながら食べる。

「皮ながら」与「皮ごと」、「皮のまま」、「皮なり」意思相同。

參考八　接續助詞「ながら」與「がてら」

與接續助詞「ながら」詞義相近的有「がてら」。「がてら」有被視作接尾詞。

例：散歩(し)がてら町まで行った。

　　遊びがてら訪ねてくれ。

□ 11.3.48 「など」(副助詞)

一 接續

副助詞「など」主要接體言之後，亦接各種詞、詞組、句子之後。

(1) 接體言之後，再下接格助詞、係助詞。

例：その任務には彼などが適任だと思う。

ゆうべさしみやすきやきなどを食べました。

「など」後接「が」、「を」時，可以省略「が」、「を」。

例：彼のことなど(を)心配しなくてもいいです。

金など(が)ほしいとは思いません。

(2) 接活用詞的終止形之後，成爲連用修飾語。

例：こんな日にでかけるなどとんでもない。

自殺するなど言わないでください。

離婚するなどと思っていません。

(3) 接活用詞的連用形之後，成爲連用修飾語，後接用言。

例：こまごまと話しなどして、慰めました。

(4) 接「サ行」變格活用動詞詞幹的漢語、副詞之後。

例：こんなくだらない小説を翻訳なんか(など)してもしよう
がないじゃないか。

時間がないからゆっくりなどしていられない。

(5) 接格助詞(「が」、「を」除外)、一部分副助詞(體言性質較强
者)、接續助詞(「て」、「たり」等)之後。

例：となりの人と話したりなどしてはいけません。

二 用法

副助詞「など」的用法有下述四種：

（1）不限於所舉事例，具有舉例語氣，暗示尚有其他同類事例。即舉一事例以喻其餘。

例：絵<u>など</u>を書く。

わたしは妹に着物<u>など</u>買ってやった。

写真<u>など</u>を用意するのも有効です。

その任務には、彼<u>など</u>が適任だと思います。

この子はどちらかといえば、算数<u>など</u>、理科系の学科の

ほうが得意だ。

（2）列舉數事例之後加「など」，加以總括，可只限於所列舉事例，但大多數言外尚有其他同類事例。所列事例可不介有任何助詞，亦可介用「や」、「たり」。

例：わたしは中国語・英語・日本語<u>など</u>を話すことができま

す。

東京・大阪・福岡<u>など</u>は世界的な大都市です。

あの人は絵や音楽<u>など</u>にあまり興味がありません。

わたしは決してうそをついたり<u>など</u>しません。

或說出大約範圍、規限、可能性。如以例示形式出現時，將斷定語氣加以削弱。

例：コーヒー<u>など</u>飲みませんか。

酒<u>など</u>お好きですか。

この模様では雨に<u>など</u>なりそうに思えない。

（3）具有舉例語氣，舉一事物以喻其餘，但將所舉事例加以否定，或賦予消極評價，以該事例毫不足取，故大多用於否定意味或反語。

例：こんなもの<u>など</u>ほしければいくらでもやるよ。

いくら丁寧に説明してやったところで、君に<u>なんか</u>わか

りっこないよ。

　　這種用法的「など」在口語中往往說成「なんか」，而「なんぞ」則
具文言風格。

　　例：こんなつまらない映画なんか見るな。

　　　　子供のくせに酒なんぞ飲むもんじゃない。

發言者對自己本身，或屬於己方事物時用，則具謙卑語氣。

　　例：わたしなど先生に比べたらまだまだ足もとにも及びませ
　　　　ん。

　　　　わたしなどはものの数ではありません。

　　　　いっこじんの誠実などはふみにじられてしまうのである。

　　這種用法的「など」有後接「わるい」、「ない」等，表示有關事例
欠佳、不可等否定意味。

　　例：朝寝するなどはわるい。

　　　　もうだめなどいってはいけない。

　　　　値が高いなどいってはいられない。

　　(4) 以「～やなんか」的詞形，成為慣用說法。「なんか」具形式
名詞的功能。

　　例：ゲームやなんかして遊ぶ。

　　　　毎日会議やなんかで帰りが遅くなる。

　　　　米やなんかを買い占めるか。

　　　　お菓子やなんかを買ってきた。

參考一　　副助詞「など」與格助詞

　　副助詞「など」與格助詞重疊時，其位置先後較有彈性。

$$格助詞＋「など」→ \begin{cases} 格助詞＋「など」 \\ 「など」＋格助詞 \end{cases}$$

　　但「が」、「を」與「など」重疊時，其情況如下：

$$
が＋など \rightarrow \left\{ \begin{array}{l} など \\ などが \end{array} \right.
$$

$$
を＋など \rightarrow \left\{ \begin{array}{l} など \\ をなど \\ などを \end{array} \right.
$$

例：僕は野球 $\left\{ \begin{array}{l} \underline{\text{など}} \\ \underline{\text{などが}} \end{array} \right\}$ 大好きです。

毎日忙しくて、本 $\left\{ \begin{array}{l} \underline{\text{など}} \\ \underline{\text{をなど}} \\ \underline{\text{などを}} \end{array} \right\}$ 読む時間がない。

參考二　副助詞「など」與接尾詞「ども」

副助詞「など」與表示複數的接尾詞「ども」不同，「ども」表示同種類事物的複數。

例：車ども：表示數輛車。

車など：以車爲例，暗示尚有其他的交通工具，即從衆多
交通工具中舉車爲例。

☐　11.3.49　「なり」(副助詞)

一　接續

副助詞「なり」接下列各詞之後。

（1）接體言之後。

例：お茶なりコーヒーなり何か飲み物がほしいです。

（2）接動詞、動詞型活用助動詞、形容詞、助動詞「ない」之終
止形後。

例：大分疲れているようだから休むなりするほうがいい。

（3）接形容詞、形容動詞的連用形後（形容動詞爲詞尾「に」之連用形）。

例：味を濃く<u>なり</u>するのは簡単です。

もっと穏やかに<u>なり</u>と話していただけませんか。

（4）接副詞之後。

例：少し<u>なり</u>と先へ進める。

（5）接格助詞（「が」除外）、部分副助詞及接續助詞「て」等之後。

例：昼間は忙しいから夜に<u>なり</u>お会いできませんか。

二　用法

副助詞「なり」的用法有下列四種：

（1）用於列舉事例，表示其中之一爲下文所指之該當事例，同時暗示尚有其他該當事例之存在。

例：酒<u>なり</u>ビール<u>なり</u>好きなものを飲んでいい。

行く<u>なり</u>帰る<u>なり</u>するのは君の自由だ。

もう少し上手に<u>なり</u>きれいに<u>なり</u>書けないものだろうか。

父<u>なり</u>母<u>なり</u>に相談しなさい。

「なり」大多用「〜なり〜なり」形式，亦有「〜なり〜」的用例。

例：彼に<u>なり</u>わたしに無断でやってもらっては困るね。

「なり」接疑問詞之後，表示包括所有同類事物。

例：どこへ<u>なり</u>と行くことができる。

いつ<u>なり</u>と君の好きな時にいらっしゃい。

どの本<u>なり</u>と持って行きなさい。

（2）某動作、作用完了而相繼有另一動作、作用的進行時用。有時後一動作、作用是因前一動作、作用而引起的結果。

例：山田さんは授業が終わる<u>なり</u>、さよならも言わずに教室
　　を出て行ってしまった。

　　マラソンの選手はゴールに着く<u>なり</u>、ばったりと倒れて
　　しまった。

　　彼はその手紙を読む<u>なり</u>、見る見る顔色が変わった。

(3) 某動作、狀態在持續的同時，有另一動作、狀態出現時
用。只用於接助動詞「た」之後。

例：田中さんは1年前に家を出た<u>なり</u>、帰って来ない。

　　夕焼空に沈む太陽を見つめた<u>なり</u>、彼女はそこに立ちつ
　　くしていた。

(4) 舉出某事物爲例示，表示限於某一籠統範圍時用；大多用
「～なりと」的形式。

例：わたし<u>なりと</u>相談してくれればよかったのに。

　　どこへ<u>なりと</u>行きなさい。

　　今日がだめなら、明日に<u>なりと</u>連絡してください。

　　せっかくここまで来たんだからせめて1時間<u>なりと</u>遊んで
　　いらっしゃい。

此外，亦有用「～なりとも」形式，與「でも」大致相同，但「な
り」具有至少、最低限度之意。

例：一冊だけ<u>なりとも</u>買ってほしい。

　　友人<u>なりとも</u>来ればよい。

□　**11.3.50　「に」(格助詞)**

一　**接續**

格助詞「に」接下列各詞之後。

(1) 接體言、具體言功能的助詞「の」等之後。

　　例：机の上に本があります。

　　　　醬油は料理を作るのに使います。

　　(2) 接動詞、助動詞「れる／られる」、「せる／させる」之終止形後。

　　例：住むには不便な所だ。

　　(3) 接形容詞、動詞的終止形之後，用「～には～が」的形式，後續同一單詞。

　　例：食べるには食べるが、あまり好きではない。

　　　　カメラがほしいにはほしいが、今あまり金がないから買えないと思います。

　　(4) 接動詞的連用形後再後續「行く」、「来る」等表示來去往返等動詞。

　　例：本を買いに行く。

　　(5) 接動詞的連用形後再後續同一動詞。

　　例：待ちに待つ。

二　用法

　　格助詞「に」的用法有下列十三種：

　　(1) 表示事物存在的場所、位置、立場等。

　　例：ここに本がある。

　　　　門の前に車が止まっている。

　　　　人の立場に立って考えなければならない。

　　(2) 表示動作、作用完成後之所在地、方向等。

　　例：外国に行く。

　　　　壁に地図を貼った。

　　　　朝8時までに駅前に集まってください。

　　(3) 表示變化、決定的結果。

　　例：湯が水になる。

雨が雪に変わった。

この魚はさしみにして食べる。

今夜8時に会うことにした。

（4）表示動作、作用發生的時間、狀況、場合等。

例：授業は9時に始まります。

2年前に日本へ来ました。

決勝戦に優勝した。

（5）表示動作、作用所及的對象。

例：君に話す。

友達に3万円借りた。

先生に教えていただいた通りにする。

（6）表示動作、作用的目的。

例：駅まで買物に出かけた。

たばこを買うにも10分歩かなければならない。

これは生活に必要なものです。

一般常用下列兩種形式，表示動作、作用的目的：

1. 接動詞的連用形之後，再後接表示來去往返等的動詞。

例：本を買いに本屋へ行く。

友達が遊びに来ました。

書留の手紙を出しに郵便局に行った。

2. 接名詞或動詞的連體形後接助詞「の」之後。

例：妹は買物に出かけた。

日本語の勉強に日本へ行く。

箸はご飯を食べるのに使う。

（7）遭受某動作、作用的影響時，表示該動作的主體、作用的來源等。

例：先生に叱られるよ。

　あの人はみんなに嫌われている。

　きのう雨に降られて困った。

(8) 表示動作、作用成立的因素、發端。一般屬原因、理由、動機、出處、根據等。

例：誕生日に何をあげようか。

　こどもの乱暴に困っている。

　あの人の熱心な気持ちに心を打たれた。

　研究の成功に自信をつけてしまった。

(9) 表示比較、評價、比率等的標準。

例：あの子は父親に似ている。

　わたしの家は海に近いです。

　1ポンドは16オンスに等しい。

　この薬は1日に三回飲んでください。

　あの人は三度に一度は約束を忘れてしまう。

(10) 表示某動作、狀態成立(或不成立)之內容。

例：中国は天然資源に富む国である。

　この子は忍耐力に欠けている。

　彼は人生の経験に乏しい。

　あの人はいつも若さに溢れている。

(11) 表示動作、作用在進行、出現時的方式、形態。

例：横に二列に並んでください。

　朝の電車は身動きもできないほどに込んでいます。

　船は激しく左右に搖れていた。

(12) 表示申述敬意的對象。

例：先生にはお元気のことと拝察いたします。

母上にはお元気のよし、お慶び申し上げます。

殿下には御満足に思い召された。

(13) 一些慣用的説法。

1. 上接動詞終止形，下接同一動詞的可能否定形，表示「即使想如此做，但不能……」之意。

例：言うに言われぬ苦しみ。

泣くに泣けぬ思い。

此外，亦有用「にも」或接助動詞「う/よう」後的形式。

例：怒るにも怒れない。

泣くにも泣けない。

箸がなくて、食べようにも食べられない。

2. 接動詞、形容詞終止形後，再接同一動詞、形容詞，成為「～には～が」形式，表示姑且認同該事例的成立，但成為後續事例之條件。

例：行くには行くが、少し遅れるかもしれない。

わたしはさしみは食べるには食べるが、あまり好きじゃない。

カメラがほしいにはほしいが、今お金がないから買えないと思います。

3. 上接動詞連用形，下接同一動詞。用於加強該動詞詞義，有極力從事或重覆該動作之意。

例：考えに考えた末、やめることにした。

待ちに待ったその日が来た。

走りに走って、やっと間に合った。

よりによって、あんな男と結婚するとは。

4. 其他慣用的說法還有「～において」、「～について」、「～に関して」、「に対して」、「～に反して」、「～によって」、「～に当たって」、「～に際して」、「～に違いない」、「～に過ぎない」、「～にほかならない」等。

參考一　格助詞「に」的特殊用例

格助詞「に」亦有用於敍述後項事例之心理態度、簡約前文或作開場白。

例：思いますに母の愛ほど尊いものはありません。

つらつら考えてみるにやはり私どもの落ち度であった。

わたしの言いたいことは、要するに、みんなもっと勉強しなければならないということなのです。

至於常用的形式則有「考えるに」、「察するに」等。

□　11.3.51　「に」(接續助詞)

一　接續

接續助詞「に」接下列各詞。

(1) 接體言之後。

例：トマトにきゅうりに玉葱をください。

(2) 接助動詞「う/よう」之後。

例：折りもあろうに悪い時にやってきた。

二　用法

接續助詞「に」的用法有下列兩種：

（1）用於列舉和加添事例。

例：国語に英語に社会に、まだまだいろいろな科目があるよ。

　　　この着物の柄は梅に松に鳳凰がついています。

此外，亦用於舉出習慣上成雙成對之事例。

例：梅に鶯。

　　　月にむら雲、花に風。

　　　東男に京女。

（2）表示有意料不到而不予評價的事例，大多用「～もあろう
に」的形式，作爲引子。

例：人もあろうに、あんな男と仲間になるなんて。

此外，慣用的形式還有「こともあろうに」、「場所もあろうに」
等。

□　11.3.52　「に」（終助詞）

一　接續

終助詞「に」大多接助動詞「う/よう」之後。

例：天気がよかったら、もっと楽しい旅行だったでしょうに。

二　用法

終助詞「に」用於某事例的出現，與期待相反，表示可惜、不値
得的心情。

例：もう少し勉強すれば成績が上がるだろうに。

　　　ちょっと注意したらそんな事故にはならなかったろうに
　　　なあ。

□　11.3.53　「ね」（終助詞）

一　接續

終助詞「ね」接各種句子之末。

二　用法

終助詞「ね」用於口頭語，表示各種微妙語氣，具熟絡不拘、提點注意、引起共鳴等意義。

（1）用於有輕微詠歎語氣的判斷。

例：いい柄<u>ね</u>。ちょっと見せてえ。

　　これは困った<u>ね</u>。

（2）具提出自己意見，向對方提點的語氣。

例：わたしは正しいと思います<u>ね</u>。

　　もうやめなさい<u>ね</u>。

　　いけません<u>ね</u>。

　　読んでよ<u>ね</u>。

（3）徵求對方同意、促請對方回答。

例：ずいぶんやられたようです<u>ね</u>。

　　これでいい<u>ね</u>。

　　わたしの本はこれ<u>ね</u>。

（4）用於質問、查詢。

例：どうだ<u>ね</u>。やっぱりだめか<u>ね</u>。

　　そろそろ行くか<u>ね</u>。

參考一　終助詞「ね」的男性用法和女性用法

終助詞「ね」的用法，男性和女性各有不同，茲列表如下：

表11.1 終助詞「ね」的男性用法和女性用法

句末形態	男性用法	女性用法
活用詞 (形容動詞除外) (形容動詞)	終止形＋ね (よくしゃべる<u>ね</u>) (そうだ<u>ね</u>) 終止形＋ね (静かだ<u>ね</u>)	終止形＋わ＋ね (よくしゃべるわ<u>ね</u>) (そうだわ<u>ね</u>) 詞幹＋ね (静か<u>ね</u>)
ます/です	終止形＋ね (そうです<u>ね</u>) (あすおいでになります<u>ね</u>)	終止形＋(わ)＋ね (そうです<u>ね</u>)/(そうですわ<u>ね</u>) (あすおいでになります<u>ね</u>)/ (あすおいでになりますわ<u>ね</u>)
名詞	名＋だ＋ね (富士山だ<u>ね</u>)	名＋ね/名＋だ＋わ＋ね (富士山<u>ね</u>)/ (富士山だわ<u>ね</u>)
副詞	副詞＋だ＋ね (ゆっくりだ<u>ね</u>)	副詞＋ね (ゆっくり<u>ね</u>)
助詞「か」	か＋ね (そうか<u>ね</u>)	用「かしら」 (そうかしら)
助詞「さ」	さ＋ね (そう<u>さね</u>)	さ (そうさ)
助詞「よ」	よ (今日よ)	よ＋ね (今日よ<u>ね</u>)
助詞「わ」	×＋ね (困った<u>ね</u>)	わ＋ね (困ったわ<u>ね</u>)

參考二　終助詞「ね」與間投助詞

　　終助詞「ね」亦有用於句中，一般稱爲間投助詞。接呼喚詞語、主格詞語，其他助詞和各種詞語、詞組之後，用於調整文句語氣，塡補句中停頓空白、使語氣更爲連接暢順。

　　　例：そこでね、出発した。

　　　　　わたしはですね、よろこんでるんです。

　　　　　僕はね、反対だな。

□　11.3.54　「の」(格助詞)

一　接續

　　格助詞「の」接名詞、副詞、大部分助詞及用言連體形之後。

　　　例：これはわたしの傘です。

　　　　　あの人は少しのことですぐ怒る。

　　　　　日本との交流がさかんになった。

　　　　　これは田中君へのお土産です。

　　　　　それは日本へ行ってからの話です。

　　　　　きれいなのをください。

二　用法

　　格助詞「の」的用法有下列四種：

　　(1)接體言後，起連體修飾作用，可表示所有、所屬、性質、數量、時間等。

　　　例：わたしの本がなくなった。

　　　　　山田君は東京大学の学生だ。

　　　　　最新型の車がほしいです。

　　　　　3人の学生がそとで待っている。

　　　　　一週間の休暇を取って旅行に行った。

(2) 接體言之後，表示該體言爲修飾句子的主語，亦用於表示句中補語。

例：この子は親の言うことを少しもきかない。

　　あそこに人のいない島がある。

　　お茶の飲みたい人はどうぞこちらへ。

　　英語の話せる人は1人もいません。

　　なんて話のわからない人だろう。

(3) 接用言連體形後，「の」在語法上起名詞作用。

例：勉強するのはいいことだ。

　　お茶の熱いのが飲みたい。

(4) 接名詞之後，相當於「～のもの」、「～のこと」之意。

例：これがわたしのです。

　　このボールペンはどなたのですか。

用於表示人時，只適用於自己家人。

例：うちのはいたずらで困ります。

參考一　格助詞「の」與助動詞「ようだ」、「ごとし」

格助詞「の」後接助動詞「ようだ」、「ごとし」，表示有關的內容。

例：きょうは真夏のような暑さだ。

　　学則を左のごとく改定する。

參考二　格助詞「の」與格助詞「が」

格助詞「の」用於表示修飾句子的主語時，可代替「が」，但如有副助詞時，一般仍用「が」不用「の」。

例：100人ばかりが集まる集会だ。

　　こどもまでが歌っている歌だ。

參考三　格助詞「の」可用於列舉事例

格助詞「の」亦有用於列舉事例。

例：場所がいいの、建物が新しいの、と言って高い家賃を要
　　求する。

　　どうのこうのと文句ばかり言う。

「の」常接活用詞之後，再下接同一活用詞之否定形，加強該活
用詞之詞義。

例：きたないのきたなくないの、全く話にならない。

　　食べたの食べないのって、またたく間におひつを空にし
　　てしまったよ。

　　彼は泳ぐの泳がないのってまるで魚だ。

□　11.3.55　「の」(終助詞)

一　接續

終助詞「の」接下列各詞之後。

（1）接活用詞（形容動詞及形容動詞活用型助動詞除外）的終止
形後。

例：そのエレベーターは故障しているの。

　　私も知らないんですの。

（2）接形容動詞及形容動詞活用型助動詞之連體形後。

例：何がそんなに不満なの。

二　用法

終助詞「の」的用法有下列四種：

（1）用於表達斷定，而將語氣變得溫和。在現代日語中是女性
專用語。

例：これは田中さんにもらったの。

ちょっとお聞きしたいことがあるの。

「の」可後接「ね」、「よ」。「のね」大多用於提點對方或確認等。「のよ」用於加強效果。兩者亦只宜女性使用。

例：あの話、ほんとうだったのね。

靴もほしいし、洋服もほしいのよ。

(2)「の」的語調上揚，成爲疑問形式，亦有與疑問詞同用。書面語中大多加添問號。

例：これは田中さんからもらったの。

その店はどこなの。

なぜ泣いているの。

おとうさんいつ帰るの。

(3)「の」的語調下降，成爲命令形式。

例：あなたは心配しないで、勉強だけしていれはいいの。

こっちへ来るの。

さっさとするの。

此外，亦有用於拒絕、禁止等，對卑輩或母親對孩子說時，大多件以強勢的語調。

例：弱い子ばかりいじめないの。

(4) 表示感動、讚歎、驚歎等，但在現代日語中，這種用法不常見。

例：物覚えがよいの。

參考一　終助詞「の」可後接終助詞「よ」、「ね」、「さ」

終助詞「の」可後接終助詞「よ」、「ね」、「さ」。「のよ」、「のね」在現代語中屬女性用語，「のさ」大多爲男性使用。

例：これでいいのよ。

　　　　この辺は静かなのね。
　　　　これも食べてはいけないって、それじゃ何を食べればい
　　　　いのさ。

參考二　終助詞「の」的長音化

　　終助詞「の」有長音化成「のう」，也表示感動、詠歎，但大多是
老年人使用。

　　　　例：平気で人殺しをやるなんて、ぶっそうな世の中になった
　　　　のう。

參考三　終助詞「の」用於詞組之間

　　終助詞「の」、「のう」有用於詞組之間，表示稍作提點、感動。
老年者在開懷對話時使用。

　　　　例：春になるとのこの庭にのうぐいすがよく来たもんじゃ。

□　11.3.56　「ので」(接續助詞)

一　接續

　　接續助詞「ので」接活用詞連體形之後，但不接助動詞「だろ
う」、「う/よう」及「まい」之後。

　　　　例：用事があるので遊びに行けない。
　　　　　　道が狭いので交通事故が絶えない。

二　用法

　　接續助詞「ので」的用法有下述兩種：

　　(1) 表示原因、理由、根據、發端等。前項與後項屬於因果、
歸結等關係，以客觀立場而非由主觀判斷，說明此等關係。

例：雨が降ってきた<u>ので</u>、運動会は中止になった。

　　　試験が近づいた<u>ので</u>みんないっしょけんめいに勉強して
　　　います。

（2）後項雖屬依賴、勸誘等主觀表達形式，但爲表示客氣（爲表
示不擬以主觀之己見加之於別人，或表示非己所願），主觀之理由亦
有用「ので」表示。

例：このたび下記に移転開業いたします<u>ので</u>なにとぞよろし
　　　くお願いします。

　　　混雑のおりは約30分かかります<u>ので</u>、お呼びするまで
　　　控席でお待ちくださいませ。

參考一　接續助詞「ので」的會話表達形式

接續助詞「ので」在會話時，往往唸成「んで」。

例：お金がないというん<u>で</u>少し貸してやった。

參考二　接續助詞「ので」與格助詞「の」＋「で」

例：それは君<u>ので</u>、これは僕のだ。

這句例子中的「の」是具名詞機能的格助詞「の」，「で」爲斷定助
動詞「だ」之連用形（中止法），而「ので」意即「君のものであって」，
與接續助詞「ので」無關。

參考三　接續助詞「ので」與接續助詞「から」的區別

1. 接續助詞「ので」傾向用於客觀敍述，前項和後項的因果關係
爲內在因素，不基於發言者之判斷、解釋而成立，發言者只將客觀
因果如實地表達出來。

至於接續助詞「から」，則從發言者的立場，以某事例作爲原
因、理由而提出，而發言者之判斷導致後項之結果、結局。

　　因此有關之判斷爲主觀判斷，或前項屬意志、推測、個人好惡、感受，或其他基於感情之事例而向對方提出要求、命令、禁止、邀約和請求等，都用「から」，不用「ので」。換言之，「ので」含有不負主觀責任之意。

　　例：暑いから窓をあけてください。

　　　　あまりたくさんあるからどれがいいかわからない。

　　　　危いから気をつけなさい。

　　2. 接續助詞「ので」的後項陳述與前項關係薄弱，具從屬地位，在雙重因果的關係中，主句的因果關係用「から」，從屬句的因果關係用「ので」。

　　例：頭が痛いので委員会に欠席するから、よろしくお伝えください。

　　3. 接續助詞「から」可後接「は」、「も」和「こそ」等係助詞，或用「からと」、「からって」形式，表示「～からと言って」和「～からと思って」，而「ので」則無此等用法。

　　例：おれがついているからは、安心していていいよ。

　　　　人数が足りないからって、中止するわけにはいきません。

　　4. 接續助詞「から」有「からだ」、「からです」形式結句，將原因、理由和根據不與結果連結一起而作單獨陳述，或先說出結果，再補充原因時用，而「ので」無此種用法。

　　例：その時刻には参れません。あいにく用事があるからです。

　　此外，亦有以「から」結句，具終助詞用法。

　　例：じゃ、僕はこれで帰るから。

　　5. 講求丁寧有禮或客氣拘謹時大多用「ので」，尤其是對顧客、公衆人士的通告、告示和廣播等，以「ので」減低主觀的介入，以客觀手法作出請求，有迫不得已、非己所願的含義。

　　例：試合終了後は大変混雑いたしますので、お帰りの切符は

　　　　今のうちにお求めになっておいてください。

　　　　　工事中何かと御不便をおかけすることと思いますので、

　　　　何とぞ暫くの間御辛抱願い上げます。

　　6. 女性有較男性多用「ので」的傾向，因「ので」具客觀陳述的特徵，不以己見強加於人，爲傳統保守女性所常用。

　　7. 接續詞「それで」和「だから」之間是與「ので」和「から」的關係相同；即「ので」與「それで」的用法相同；「から」與「だから」的用法相同。

□　11.3.57　「のに」(接續助詞)

一　接續

　　接續助詞「のに」接活用詞連體形之後，但不接助動詞「だろう」、「う/よう」及「まい」之後。

　　例：ビールは飲めるのに日本酒は飲めない。

　　　　真冬だというのに少しも寒くならない。

二　用法

　　接續助詞「のに」用於後項事例發展與期待不符，有時含有意外、不服的語氣。

　　例：こんなに安いのに買わない。

　　　　静かなのに勉強できない。

　　　　いつもはひどく混んでいるのにきょうは珍しくがらあきだ。

參考一　接續助詞「のに」與形容動詞

　　接續助詞「のに」有接形容動詞及形容動詞活用型助動詞終止形

的用例，但這並非標準的用法，而且亦有欠馴雅。

　　例：あたりはまっくらだ<u>のに</u>、そこだけは<u>昼</u>のように明るい。

參考二　接續助詞「のに」與接續助詞「に」

　　有些用「のに」的場合而用「に」的用例，但不屬標準說法。

　　例：よせという<u>に</u>よさないのか。

　　　　早く来ればよい<u>に</u>まだこない。

參考三　接續助詞「のに」與「ものに」

　　接續助詞「のに」亦有同形而意爲「ものに」之意，「の」具名詞資格而「に」爲格助詞。

　　例：もっと立派な<u>のに</u>取り替えたい。

　　　　赤い<u>のに</u>取り替えたい。

參考四　接續助詞「のに」與接續助詞「けれども」的區別

　　「けれども」用於前項與後項爲對立之事例，前項和後項之重要性相同；「のに」之陳述重點在後項，而前項只爲從屬句子。

□　11.3.58　「のに」(終助詞)

一　接續

　　終助詞「のに」接活用詞連體形之後。

　　例：字引きがあれば、すぐわかる<u>のに</u>。

　　　　ああ、いつもきょうぐらい上手に歌えればいい<u>のに</u>。

二　用法

　　終助詞「のに」的用法有下列三種：

（1）對未能預期，或出乎意料之外的結果表示意外。接「のに」之後的部分，可從上文得知而予以省略，以「のに」結句。

例：もう少し早く起きれば、授業に間に合ったのに。

　　結構いい成績でしたよ。あまり勉強しませんでしたのに。

（2）用於未能達到預期結果，或因招致不理想結果而對之有不平、不滿的語氣。

例：惜しいことをしたなあ。もう少しで一番になれたのに。

　　どうしてあの人がきらいなんですか。あんな親切な人なのに。

（3）含有向對方責問的語氣。

例：何遍同じことを言ったらわかるんだ。この前、あれほど注意したのに。

□　11.3.59　「は」（副助詞）

一　接續

副助詞「は」接體言、用言之連用形、副助詞及其他助詞之後。

例：お茶は飲みたいが水は飲みたくない。

　　行きはしたが間に合わなかった。

　　よくは知らない。

　　富士山にはまだ登らない。

二　用法

副助詞「は」的用法有下述四種：

（1）提示某事例作爲主題（話題）而規範其判斷、陳述的範圍。

例：バラの花は美しい。

　　きょうはいい天気です。

　　作爲主題(話題)的事例，一般是發言者及對方皆已知曉之事例，故在文章開始時不用，「は」亦不接疑問詞之後。

　　例：昔、おじいさんとおばあさんがおりました。おじいさん
　　　　は毎日柴刈に山へ行きます。おばあさんは毎日川で洗濯
　　　　します。……

　　當句子述語部分具主述關係時，該句子之主語用「は」表示，述語部分之主語或補語用「が」表示。

　　例：象は鼻が長い。

　　　　弟は野球が好きだ。

　　　　宿舎は門限が 10 時だ。

(2) 提出某事例，使之與其他事例加以區別或比較。

　　例：ビールは飲まないがワインはよく飲む。

　　　　美しくはあるが好きではない。

　　　　アメリカへは三度ばかり行ったことがあるが、ヨーロッ
　　　　パへはまだ行ったことがない。

　　　　鉛筆はありますが、ボールペンはありません。

(3) 提示條件：提出某場合如成立則有後項之後果。

　　例：お父さんがご病気では、いろいろと心配なことでしょう。

　　　　お金がなくては何もできない。

(4) 加强語氣：用於加强上接詞組的語氣。

　　例：目が覚めてはいたが気がつかなかった。

　　　　承知しては下さらない。

　　　　ヨーロッパにはまだ行かない。

　　　　よくは知らない。

「は」後接否定語，接「は」之部分爲否定對象。

　　例：あの辞書は決して高くはない。

　　　　あのやさしかった母も今はない。

參考一　副助詞「は」與口頭語

在口頭語中，副助詞「は」往往與上一詞語的最後音節複合。

例：それは→そりゃ（あ）

　　では→じゃ（あ）

　　ては→ちゃ（あ）

參考二　副助詞「は」用於提示主題

副助詞「は」用於提示主題（話題），引導陳述，與句末述語相照應，故不用於修飾成分中之主語，亦不適用於提示作爲主題之疑問詞。

例：　{ 田中先生は書いた本はこれです。（×）
　　　{ 田中先生が（の）書いた本はこれです。（✓）
　　　{ どこは駅ですか。（×）
　　　{ どこが駅ですか。（✓）

參考三　副助詞「は」與格助詞「が」、「を」

副助詞「は」可與其他助「に」、「へ」、「で」、「と」、「から」等重疊而接於此等助詞之後，但不接「が」、「を」之後而有取代「が」、「を」的功能。

例：この部屋には誰もいません。

田中さんからはもう返事をもらいました。

「田中さんへの贈り物は何にしましょうか。」「あの人へは人形がいいでしょう。」

あの人は大学院の学生です。（代替「が」）

わたしはビールは飲みますが、お酒は飲みません。

（代替「を」）

參考四　副助詞「は」與獨立性低的從屬句子

副助詞「は」不用於獨立性低的從屬句子中。

例：$\begin{cases}林さんは部屋に入ったとき、大きな物音がした。（×）\\林さんが部屋に入ったとき、大きな物音がした。（✓）\end{cases}$

$\begin{cases}雨は降ったので遠足は中止になった。（×）\\雨が降ったので遠足は中止になった。（✓）\end{cases}$

在從屬程度低、陳述性高的從屬句子，又或在超乎常理、與預測期待不符的從屬句子中可用「は」。

例：彼は来たが彼女は来なかった。

小林君は来たし、鈴木君も来た。

たばこは飲まない男。

參考五　副助詞「は」用於表示主語

1. 以表示屬性的形容詞、形容動詞作爲述語的句子用「は」表示主語。

例：空は青い。

桜はきれいだ。

2. 主語與述語爲同一事例，以名詞接「だ」、「です」爲述語的句子中，其主語亦用副助詞「は」表示。

例：今日は日曜日だ。

あれは富士山です。

參考六　副助詞「は」兩個或以上並用的用例

副助詞「は」兩個或以上並用時，最初的「は」表示主題(話題)，以後的「は」屬於區別、對比等用法。

例：わたしは(主題)ヨーロッパへは(區別)行かなかった。

　　　　林君は(主題)音楽は(對比)好きですが、カラオケは(對比)
　　　　きらいです。

參考七　副助詞「は」用於表示話題的用例

　　副助詞「は」表示主題(話題)時，有些場合其主語可及於從屬句
子的述語和結句的述語。

　　例：地球は太陽の惑星の一つで、火星より大きく、木星より
　　　　小さい。

參考八　副助詞「は」與句子的前項和後項的主述關係

　　試以較下列兩句：

　　例：{ わたしが帰国する。
　　　　{ わたしは帰国する。

　　上一句述語「帰国する」的主體是「わたし」，成爲句中所述說的
重點；下一句「わたし」與其他人的行動加以識別區分，述說重點是
在「帰国する」。

　　再試試比較下列兩句：

　　例：{ わたしが帰国する時に〔？〕病気をした。
　　　　{ わたしは帰国する時に〔？〕病気をした。

　　上一句述語「病気をした」的主體，可以是「わたし」，亦可以是
其他人。用「が」時「わたし」所及範圍只限「帰国する」。至於誰人生
病，可另外表明。

　　例：わたしが帰国する時に林君は病気をした。

　　但下一句生病的主體一定是「わたし」；「わたし」所及範圍直達
整句之述語。生病的不可能爲其他人，故上一句「わたし」與「帰国す

る」連成一體，具主述關係；下一句「わたし」與「病気をする」連成一

體，具主述關係。

□　11.3.60　「ば」(接續助詞)

一　接續

　　接續助詞「ば」接活用詞假定形之後，但助動詞「だ」、「た」的假

定形「なら」、「たら」後不接「ば」時仍具假定的功能。

　　例：高ければ買いません。

　　　　雨が降れば遠足は中止します。

　　　　君が行くなら(ば)僕も行く。

　　　　日本へ行ったら(ば)手紙をください。

二　用法

　　接續助詞「ば」的用法有下述五種：

　　(1) 用於表示假定條件，前項爲未實現之假想事例，由前項而

導致理所當然之後項。

　　例：すぐ行けば間に合うだろう。

　　　　安ければ買おう。

　　　　もし彼が来てくれなければ、僕がこれを全部1人でやらな

　　　　ければならない。

　　(2) 提示後項事件的出處、範圍、根據，或只提出話題，作爲

敍述後項的開場白、引子。雖爲假定形式，但與後項之成立無關。

　　例：うさわによれば、彼女は近々結婚するそうだ。

　　　　よく見れば、かなりの年だ。

　　　　以前に比べれば、君もずいぶん上達したものだね。

（3）提示前項事例作爲條件，在該條件下，後項事例經常得以成立。

例：雨が降れば気温が下がる。

　　風が吹けば波が立つ。

　　2と2をたせば4になる。

　　苦あれば楽あり。

（4）前項事例與後項事例具並存關係，經常使用「Ａも～ばＢも～」的形式。

例：本も読めば運動もする。

　　絵も書けば字も書ける。

　　金もなければ暇もない。

（5）與「こそ」連用，表示原因、理由。

例：近ければこそこどもでも行けたのだ。

　　長い間研究すればこそ成功したのです。

　　長ければこそ切ったのだ。

□　11.3.61　「ばかり」（副助詞）

一　接續

副助詞「ばかり」接體言、活用詞之連體形及一部分助詞之後。

例：学校では日本語ばかり習っています。

　　すっかり準備が終わって、旅行に出かけるばかりになっています。

　　すわってばかりいないで、たまには運動しなさい。

二　用法

副助詞「ばかり」的用法有下述五種：

（1）接表示數量等的單詞之後，表示大約的數量、程度。

例：病気をして5キロばかり痩せてしまった。

　　　2時間ばかり待っていた。

　　　そればかりのことで泣くなんてみっともない。

（2）表示限於某事例，而含有經常如此，或該事例甚爲特出或矚目等含義。

例：休みになると図書館へばかり行っている。

　　　遊んでばかりいないで、勉強でもしたらどうですか。

　　　彼は彼女とばかり話している。

「ばかり」有時具否定其他事例的含義，用法與「だけ」相若。

例：遅刻したのは彼ばかりだ。

　　　言うばかりで何もしない。

（3）「ばかりに」表示唯一原因，即原因限於某事例，而下文通常都是不稱意的結果，或引出事態惡化；具接續助詞用法。

例：ちょっとゆだんをしたばかりに大事故を起こしてしまった。

　　　金がないばかりに、今度の旅行には行かれない。

　　　行動をともにしなかったばかりに皆から仲間はずれにされている。

（4）接動詞之後，表示某動作即要開始的狀態。

例：用意ができて、もう食べるばかりになっている。

常用「～ん（ない）ばかりに（の）」的形式。

例：泣かんばかりに頼み込んでいる。

　　　林さんは胃が痛いといって、死なんばかりに苦しんでいる。

　　　割れないばかりの大声で泣いた。

（5）「～たばかり」表示動作剛完成或剛着手進行的狀態。

例：今、着いた<u>ばかり</u>だ。

走った<u>ばかり</u>で、まだはあはあいっている。

走り出した<u>ばかり</u>で、まだそのあたりを走っているだろ
う。

參考一　副助詞「ばかり」與口頭語

在口頭語中，副助詞「ばかり」大多唸成「ばっかり」、「ば（っ）か
し」。

例：百ドル<u>ばかっり</u>貸してくれないか。

毎日小説<u>ばっかし</u>読んではだめだよ。

參考二　副助詞「ばかり」與「を」

副助詞「ばかり」有取代助詞「を」的功能，而與其他助詞重疊使
用。

例：わたしたちは日本語<u>ばかり</u>勉強している。（代替助詞「を」）

うちの中に<u>ばかり</u>いるのはよくない。（接助詞「に」之後）

林さんは彼女と<u>ばかり</u>話している。（接助詞「と」之後）

□　11.3.62　「へ」（格助詞）

一　接續

格助詞「へ」接體言之後。

例：授業が終わったら、すぐうち<u>へ</u>帰りましょう。

これは林さん<u>へ</u>の贈り物です。

二　用法

格助詞「へ」的用法有下述三種：

（1）表示動作進行的方向。

例：右へまがってください。

　　こちらへ向かないでください。

(2) 表示動作所到達的場所、地點。

例：今度の夏休みに日本へ行きます。

　　これを棚へのせてください。

　　海へ飛び込む。

(3) 表示傳授、請求、傳達等動作的對象。

例：わたしへ知らせてください。

　　田中さんへ頼みましょう。

□ 11.3.63 「ほど」(副助詞)

一 接續

副助詞「ほど」接體言及活用詞之連體形後。

例：今年は去年の冬ほど寒くはない。

　　きのうは足が痛くなるほど歩きました。

二 用法

副助詞「ほど」的用法有下述四種：

(1) 表示大約的數量、分量、程度，大多接表示時間、數量的詞語或「これ」、「それ」、「あれ」、「どれ」等詞之後。

例：かぜをひいて一週間ほど休みました。

　　原稿は半分ほど書いた。

　　あれほど注意したのにまた失敗した。

　　さっきからこれほど言っているのに、わたしの言うことがわかりませんか。

(2) 舉某事物爲例，表示動作進行或狀態之程度，又或作爲程度的比較標準時用。

例：あの人はそばにいても聞こえないほど小さい声で話します。

林さんの病気は皆が心配したほどのことはないようだ。

(3) 用「～ほど（の）～はない」的形式，表示以之作比較標準的事例。

例：彼ほど思いやりのある人はない。

あなたほど幸せな人はない。

今年ほど火事の多い年はない。

(4) 表示相關的兩個事例，其中一方的程度起變化時，另一方亦相應地起變化。

例：經驗を積むほど人間ができる。

長引くほどこちらが不利になる。

此外，亦有用「～ば～ほど」的形式。

例：安ければ安いほど結構です。

高ければ高いほど価値があるように思われる。

□　11.3.64　「まで」（副助詞）

一　接續

副助詞「まで」接體言、用言之連體形及各種詞句之後。

例：授業は5時までです。

そんなにまで親切にする必要はない。

乗り物が混むので、向こうへ着くまでが大変ですよ。

二　用法

副助詞まで」的用法有下述五種：

(1) 表示動作、作用、事例所及之限度、範圍、界限、到達點、期限等。

例：6時まで勉強する。

　　それまでやってだめなら仕方がない。

　　3人までなら無料です。

　　都合により旅行は秋まで延期になった。

　　彼が来るまで待ちましょう。

「まで」常與「から」連用。

例：朝から晩まで働いている。

（2）表示動作、作用、事例所及之程度。

例：学生の本分が勉学にあることはいうまでもない。

　　あの人はどこまでずうずうしいのかしら。

（3）表示所舉出者爲該當事例中之最，以喻其餘。即舉出某事例，作爲同類事例中之極端者，或範圍中最大者，其他的不在話下。

例：彼までやって来たのか。

　　彼はラテン語まで知っている。

　　まさか君にまで裏切られるとは思わなかった。

（4）表示在原來陳述事例之上，再加其他事例，而所加添之事例，非意料所及，或程度之甚，出乎預期。具有與「さえ」相同之含義。

例：雨が降ってきたうえに風まで強くなった。

　　こどものけんかに親まででる。

　　寒いのに雨まで降り出した。

　　子供にまで笑われた。

　　父ばかりかおとなしい祖母まで怒り出した。

（5）「までもない」表示「無此必要」。

例：わざわざ行くまでもないでしょう。

　　言うまでもなく、香港は国際的な大都市である。

□　11.3.65　「も」(副助詞)

一　接續

副助詞「も」接下列詞語之後。

(1) 體言及具體言功能的助詞。

例：あなたが行くならわたし<u>も</u>行きたいです。

(2) 活用詞連用形。

例：せっかくたずねて来たのに彼は会い<u>も</u>しなかった。

うれしく<u>も</u>悲しく<u>も</u>ありません。

(3) 接「が」、「の」以外的格助詞。(「をも」形式少用，一般以「も」取代「を」。)

例：留学生はアメリカやヨーロッパだけでなくアフリカから<u>も</u>来ます。

(4) 副助詞 (但不接具排他意義的「だけ」、「きり」、「のみ」等副助詞)。

例：いつまで<u>も</u>お元気で。

(5) 副詞。

例：それはあまりに<u>も</u>ひどすぎる。

二　用法

副助詞「も」的用法有下述五種：

(1) 以同類事例的存在爲前提而舉出某事例。

例：田中さんが来た。李さん<u>も</u>来た。

りんごを買った。梨<u>も</u>買った。

此外，亦可用於空泛或抽象而含蓄地作暗示，即使心目中並無其他具體事例的存在亦可以使用。

例：菊<u>も</u>香る節季となりました。

彼<u>も</u>なかなかやるね。

わたし<u>も</u>知りません。

その本に<u>も</u>書いてある。

長かった苦難<u>も</u>やっと終わろうとしている。

（2）將兩個（或以上）類似，或處同樣狀態、評價的事例一併舉出，而分別以「も」表示其主題。

例：金<u>も</u>暇<u>も</u>ない。

手<u>も</u>足<u>も</u>出ない。

痛く<u>も</u>かゆく<u>も</u>ない。

この家は庭<u>も</u>狭いし、日当たり<u>も</u>悪い。

（3）提出極端、特殊的事例，言外暗示其他類似事例亦當然如此，與「さえ」同義。

例：あいつには冗談<u>も</u>言えない。

彼はあいさつ<u>も</u>満足にできない。

（4）表示强調，加强有關否定詞義的語氣。

例：てんでお話に<u>も</u>ならない。

別にほしく<u>も</u>ない。

見向き<u>も</u>しない。

全くお話に<u>も</u>ならない。

（5）一些慣用形式：

1. 接於數詞之後的用法。

（a）接最小數量單位的詞語之後，與後續成分互相呼應，作全盤否定。

例：今年になって一日<u>も</u>休まない。

一人<u>も</u>来ない。

（b）接一般數詞（非最小單位的數詞）之後，可以表示約數，也可以表示發言者認爲該數是大數量，或帶有意外之語氣。

例：あと3年もすると、この車は使い物にならなくなる。
　　（約數）
　　3日もあればできるでしょう。（約數）
　　一つ百円もしない。（約數）
　　この辺は真冬には冰点下20度にもなるそうだ。
　　（意外、強調）
　　300人もやって来た。（意外、強調）
　　3年も我慢した。（意外、強調）
表示相反意思，指出某數量爲小數時用「しか」。
例：300人しかやって来なかった。

2. 與上文之疑問詞語呼應，表示所言範圍及於所有同類事例。
例：食べ物は何もなかった。
　　彼はどんな人間とも仲良くやっていく。
　　その話は誰も知らなかった。
　　人間はどんな山奥にも入り込んでいく。
　　いずれもきれいだ。
　　どこも不景気は同じだ。
　　どこへも行かない。

3.「も」加插在兩個相同單詞之間，表示程度之甚，也指某動作、行爲之重覆進行。
例：勝ちも勝ったり、十五連勝だ。
　　飲みも飲んだり、一晩で二升もあけてしまった。
　　北も北、北海道の果てだ。
此外，亦有用於表示先對該事例予以肯定，不予追究或反駁，然後引出後文另一事例；對後文的事例，一般有不滿情緒，或有所提議、斷言。
例：こどももこどもだが、親も悪い。

例：
{
「スープがぬるくなってしまったでしょう。」
「ぬるいもぬるいが、塩気が足りないね。」
}

　　　　飯も飯だが、まず酒だ。

　這種形式亦用於表示應各如其分的含義。指出各自都有其操守與規範，而有關事例未能安於其操守或規範，具責難的語氣。

　　例：太郎も悪いが、次郎も次郎だ。

　4. 調整語氣，使文句語氣變得溫和時亦用「も」，動詞用「ても」形式。

　　例：そのダイヤも2カラットはあるという大きなものです。

　　　　黙ってもいられない。

　　　　帰ってもいい。

　　　　捨ててもおけない。

　　　　飲んでもかまいません。

　副助詞「も」亦可加強上接詞語的語氣、詞義。

　　例：際限もなくしゃべる。

參考一　副助詞「も」與格助詞的重疊

　が＋も→も（もが）

　を＋も→も

　に＋も→も、にも

　其他格助詞＋も→其他格助詞＋も

　一般而言，格助詞不接副助詞之後，但亦有「もが」的用例。

　　例：日本人の誰もがそう考えている。

　　　　こどもまでもがわたしをばかにする。

　以下是「も」與其他格助詞重疊的用例。

　　例：母も行きます。（代替「が」）

　　　　手にも取らない。

箸にも棒にもならない。

奈良へも行きたい。

參考二　副助詞「も」用於從屬句子

　　副助詞「も」對從屬句子及結句述語的統率能力強，「も」比「は」用於從屬句子的場合較多。

　　例：$\begin{cases}彼も来たので出発することにした。(\checkmark) \\ 彼は来たので出発することにした。(\times)\end{cases}$

參考三　副助詞「も」與副助詞「は」的區別

　　副助詞「は」提示兩個或以上事物，加以區別；「も」則提示兩個或以上事物的一致、相同。兩者俱有強調語氣，「は」是用於與其他事物的區別、比較，因而具強調語氣；「も」則用於列舉事例，具加添而帶強調語氣，亦用於超乎一般設想而具強調語氣。

　　例：$\begin{cases}雑誌はありますが、新聞はありません。 \\ 雑誌も新聞もあります。\end{cases}$

□　11.3.66　「もの」(終助詞)

一　接續

終助詞「もの」接句末活用詞終止形之後。

　　例：$\begin{cases}「どうして旅行にかないんだ。」 \\ 「だって、お金がないんだもの。」\end{cases}$

　　　　一緒に行ってくれない。一人で行くのはこわいもの。

可後接終助詞「ね」或「な」。

例：あなたにみんなおまかせしますわ。あなただけがたより

　　　なんですものね。

二　用法

終助詞「もの」在口頭語中往往說成「もん」，其用法有下述三種：

（1）表示抗議不平，具傾訴或投訴的語氣。是在反駁對方，申明自己的立場，說明事情原委時用，很多時與句首的「だって」或「でも」互相呼應。

例：だってわたし困るんだもの。

　　知らないんだもの。

　　｛「どうして学校へ行かないんだ。」
　　｛「だって、頭が痛いんだもん。」

　　彼ってきらいよ。怖そうだもの。

（2）「ものね」（女性用語）和「ものな」（男性用語）的形式，表示發言者恍然明白事情因由，或自言自語，具無可奈何的語氣。

例：なるほど、あなたは自信家ですものね。

　　よくわかるはずだ。前に行ったことがあるものな。

　　見覚えがあるはずだ。一度来たことがあるもんなあ。

（3）用於句中，具接續助詞用法，與「ので」和「から」一樣，表示原因和理由。

例：だんだん、うまくいってるんですもの、今さら止められないわ。

　　いっしょうけんめいに勉強していますもの、大丈夫ですわ。

□　11.3.67　「ものか」（終助詞）

一　接續

終助詞「ものか」接活用詞連體形後，不直接接體言之後。

例：いくら君が来いと言ったって、行くものか。

可後接終助詞「ね」等。

例：あんな男に会ってやるものかね。

二 用法

終助詞「ものか」在口頭語中往往說成「もんか」。

(1) 表示堅決的否定判斷。只用於敍述句，不用於推測、邀約、請求或命令等句子。

例：景気がいいもんか。火の車だよ。

彼が引き受けるものか。

(2) 表示堅決的意志，或堅決表示不從事某動作或行為，或不讓某行動或狀態發生。

例：あなたのようなうそつきの言うことなど、信用するもんか。

英語はだめだが、数学では負けるものか。

參考一 終助詞「ものか」的敬體

終助詞「ものか」的敬體是「ものですか」，而「もんですか」是較具禮貌的說法，主要用於口頭語。

例：あの醍醐味がそう簡単に忘れられるもんですか。

「ものですか」、「もんですか」用於平輩或卑輩時，有時具有看不起對方，或含有冷嘲熱諷的意味。

例：彼の話なんて信用できるもんですか。

參考二 終助詞「ものか」的男性用法和女性用法

終助詞「ものか」的女性用法大多用「もの」，而男性用法大多用「ものか」。

例：$\left\{\begin{array}{l}\text{田中さんは親切な\underline{ものか}。(男性)}\\\text{田中さんは親切な\underline{もの}。(女性)}\end{array}\right.$

□ 11.3.68 「や」(接續助詞)

一 接續

接續助詞「や」接下列各詞之後。

(1) 接體言及具體言功能的助詞「の」之後。

例：牛や馬がいる。

赤のや青いのやいろいろある。

(2) 接動詞、助動詞「れる／られる」和「せる／させる」終止形之後。

例：店を開くやいなや、お客で滿員になった。

二 用法

接續助詞「や」的用法有下述兩種：

(1) 接體言和具體言功能的助詞「の」之後時，用於在同類(同一範疇)事物中列舉二、三事物，以例其餘，而暗示尚有其他同類事物。

例：本やノートはかばんの中にしまってください。

今日は、あれやこれやと忙しかった。

「や」很多時與副助詞「など」連用。

例：そこには、本や新聞や雑誌などがおいてある。

(2) 接動詞、助動詞「れる／られる」和「せる／させる」終止形之後時，表示前項動作或作用發生的同時，後項另一動作或作用亦進行、發生。此外，亦有用「～やいなや」的慣用形式，但不大用於會話，只用於書面語。

例：その報に接する<u>や</u>急ぎ救助に向かった。

夏休みにはいる<u>や</u>いな<u>や</u>海へ山へとどっと人がくり出した。

知らせを聞く<u>や</u>すぐに飛んで行った。

參考一　接續助詞「や」用於接名詞的用例

接續助詞「や」接體言或具體言功能的助詞「の」之後，一般用「Aや B」的形式，但亦有「AやBや」形式的用例。

例：あれ<u>や</u>これと迷っている。

あれ<u>や</u>これ<u>や</u>と考えてみたが、わからない。

參考二　接續助詞「や」與接續助詞「と」的區別

接續助詞「や」與「と」的區別是接續助詞「と」的詞義只及所列舉的事物，而「や」的詞義除所列舉事物之外，尚及其餘。即只列舉具代表性的二、三事物，以例其餘。

例：おりに虎と豹がいる。（只限於所列舉的兩種猛獸）

森に虎や豹（など）がいる。（暗示尚有其他猛獸）

☐　11.3.69　「や」（終助詞）

一　接續

終助詞「や」接下列詞之後。

(1) 形容詞及形容詞活用型助動詞的終止形。

例：そんなのずるい<u>や</u>。

田中君が来ているらしい<u>や</u>。

(2) 動詞及動詞活用型助動詞的命令形。

例：君も早く来いや。

　　　僕にもさせろや。

（3）助動詞「う/よう」。

例：もうよそうや。

　　　そろそろ始めようや。

（4）姓名、名字。

例：花子や、ちょっとおいで。

（5）副詞。

例：もしやできなかった時はどうしよう。

二　用法

終助詞「や」主要爲男性用，其用法有下述四種：

（1）用於命令、邀約、意志等表達形式的句子之後，表示發言者期望該事例的實現。用於命令、邀請句子時，「や」詞義的重點不在強烈要求對方依從，而是表示發言者自己的意向或希望。

例：早くしろや。

　　　速く走ろうや。

　　　そろそろ行こうや。

（2）用於一般敍述時，輕描淡寫，漫不經心地說出自己的判斷、感受，有不大重視，漠不關心的語氣。將向對方訴說的感受變得無可奈何，或不着意及坦率地作出回應，頗帶自言自語的意味。

例：まあ、いいや、なんとかなるだろう。

　　　あれ、もうないや。

　　　今さらどうしようもないや。

　　　おれはいけないや。

　　　君、試驗に落ちているよ。しかたないや。

（3）接名字、稱謂之後時，用於呼喚平輩和卑輩，甚至寵物，具親近熟稔的感覺。大多用於口頭語。

例：太郎<u>や</u>、早く来てごらん。

　　坊<u>や</u>。

　　三毛<u>や</u>ちょっとここへおいで。

　　ねえ<u>や</u>。

（4）接某些副詞之後，有加強詞義和調整語氣的功用。大多用於書面語。

例：いま<u>や</u>、まさに危急存亡のときである。

　　またも<u>や</u>失敗に終わった。

　　事業は必ず<u>や</u>成功するであろう。

□　11.3.70　「やら」（副助詞）

一　接續

副助詞「やら」接下列詞之後。

（1）體言。

例：おかし<u>やら</u>果物<u>やら</u>、お腹一杯いただきました。

（2）活用詞連體形，但形容動詞則接詞幹。

例：打つ<u>やら</u>ける<u>やら</u>ひどいことをしていじめている。

（3）副詞及部分助詞。

例：近ごろは男なの<u>やら</u>女なの<u>やら</u>區別のつかないかっこう
　　をした若い人がいる。

二　用法

（1）接表示疑問的詞語之後，表示不確定的語氣。有時用於發言者本身不能確定，亦有用於發言者已確定的事例，但不擬清楚說出，而以不確定的語氣出之。

例：だれ<u>やら</u>がそう言っていたよ。

そのことについてはいつやら話しましたね。

隣りで何やらいっているよ。

なにやら見える。

どこにやら住んでいるそうだ。

何やらしきりに話をしている。

何のことやら、さっぱりわからない。

どうやらうまくいったようだ。

(2)「〜とやら」是在不予以清楚明確地說明或含糊其詞時使用。這種用法不接表示疑問的詞語之後。

例：田中さんは渋谷の初台とやらに引っ越したそうだ。

もと選手とやらで、たいへんうまい。

どっかの社長とやらがやって来た。

(3) 用於列舉事例，具有除此之外仍有同類事例的語氣。

例：本やら、ノートやらたくさん買った。

長いのやら短いのやらいろいろある。

珍しいやら楽しいやらすべて夢のようだった。

悲しいやらくやしいやら困ったことだ。

泣くやら笑うやらたいへんな騒ぎだ。

(4)「〜のやら〜のやら」形式舉出具對立或相反意義的詞語，表示該當事例不知屬哪一方面。

例：来るのやら来ないのやら何の連絡もないんだ。

するのやらしないのやらはっきりしない。

(5)「どこへやら」的形式，是「どこへやら行ってしまった（なくなった）」等的省略和慣用形式。

例：さっきの元気はどこへやら、すっかりしょんぼりしてしまった。

(6)「やら」以句中停頓形式，用於句末。具不知結果如何的語

氣以結束文句，有時附有詠歎語氣。下文具有不確實的「わからない」等語氣，但予以省略。此外，亦有將此種用法的「やら」作終助詞處理。

　　例：こんなことで、いったいどうなることやら。

　　　　何が起こるやら。

　　　　誰が来るやら。

　　　　ひとりだちできるのはいつのことやら。

　　用於句末的「やら」，可後接終助詞「ね/ねえ」。

　　例：どうなることやらね。

參考一　　副助詞「やら」的一般表達形式

　　副助詞「やら」一般用「～やら～やら」形式，亦有用「～やら～」形式。

　　例：殴るやらけるの乱暴。

　　　　本当にできるのやらできないのやら見当がつかない。

參考二　　副助詞「やら」與接續助詞「や」

　　副助詞「やら」比接續助詞「や」更具例示的語氣。

　　例：{ 彼の失敗は一度や二度(や)のことではない。(✓)
　　　　{ 彼の失敗は一度やら二度(やら)のことではない。(×)

　　上例中的「や」不宜用「やら」代替。

□　11.3.71　「よ」(終助詞)

一　接續

　　終助詞「よ」接各種句子之後，主要是活用詞的終止形和命令形。

　　例：あなたが行かなくてもわたしは行く<u>よ</u>。

　　　　遅くなるから早く行け<u>よ</u>。

二　用法

　　在口頭語中，終助詞「よ」有說成「よう」。

　　（1）向對方訴說自己的主張，加強陳述的語氣，或向對方提點，引起對方注意，或加強命令、請求、邀約和禁止等的語氣，使對方依從。

　　例：とてもきれいだ<u>よ</u>。

　　　　そのことはきっとうそ<u>よ</u>。

　　　　今朝とても寒い<u>よ</u>。

　　　　時間です<u>よ</u>。

　　　　あす帰る<u>よ</u>。

　　　　きっと行くだろう<u>よ</u>。

　　　　早くいらっしゃい<u>よ</u>。

　　　　こちらへ来い<u>よ</u>。

　　　　一緒に行こう<u>よ</u>。

　　　　もっと泳ごう<u>よ</u>。

　　　　遊びましょう<u>よ</u>。

　　　　遠慮するな<u>よ</u>。

　　　　忘れないで<u>よ</u>。

　　（2）向對方反駁、質詢時用。通常與表示疑問的詞語互相呼應，大多具責備和不滿的語氣。

　　例：何<u>よ</u>。

　　　　どこへ行くんだ<u>よう</u>。

　　　　どうするんだ<u>よう</u>。

　　　　百円くらい何だ<u>よ</u>。

　　　　どうしたんです<u>よ</u>。

（3）用於呼喚。大多爲書面語。

例：花子<u>よ</u>。どこへ行くのだ。

　　父<u>よ</u>。あなたは強かった。

　　主<u>よ</u>。助け給え。

（4）用於句中時，作短暫停頓，或引起對方注意。

例：もしも<u>よ</u>、ほんとうにそうなったらどうする。

　　それが<u>よ</u>、だめだったんだなあ。

參考一　終助詞「よ」與女性用語

　　終助詞「よ」直接接體言、形容動詞詞幹之後時爲女性用語，如「本よ」和「きれいよ」，而「本だよ」和「きれいだよ」則爲男性用語。

參考二　終助詞「よ」與終助詞「な/なあ」、「ね/ねえ」

　　終助詞「よ」可後接終助詞「な/なあ」和「ね/ねえ」等，後接「な/なあ」時爲男性用語。

例：明日だ<u>よ</u>な。

後接「ね/ねえ」時則男性和女性都適用。

例：する<u>よ</u>ね。

此外，亦有後接助動詞「だ」的用例。

例：見た<u>よ</u>だ。

參考三　終助詞「よ」男性用法和女性用法

　　終助詞「よ」的前接成分有時按男性和女性的說法不同而其表達形式有異，可整理如下：

表11.2　終助詞「よ」的男性用法和女性用法

		男性用法	女性用法
動詞・助動詞	終止形	〜よ （行くよ、朝だよ）	〜わよ （行くわよ、朝だわよ）
	命令形	〜よ （書けよ、しろよ、来いよ）	〜よ （書きなさいよ、しなさいよ、いらっしゃいよ）
形容動詞		〜だよ （静かだよ）	〜よ 〜だわよ （静かよ、静がだわよ）
名詞 副詞		〜だよ （犬だよ、きっとだよ）	〜よ （犬よ、きっとよ）

另外，一些按表達形式不同而令男性用語和女性用語的說法有
異。

1. 表示禁止時，男性可用終助詞「な」，再接「よ」。

例：するな<u>よ</u>。

　　　行くな<u>よ</u>。

女性則可用「ないで」，再接「よ」。

例：しないで<u>よ</u>。

　　　行かないで<u>よ</u>。

2. 另外一些女性獨有「よ」的用法：表示請求或命令時可用動詞
連用形「て」，再接「よ」。

例：見て<u>よ</u>。

　　　読んで<u>よ</u>。

「よ」亦常接終助詞「の」、「こと」和「わ」之後。

例：笑うの<u>よ</u>。

　　新しいの<u>よ</u>。

　　もうしないこと<u>よ</u>。

　　いいわ<u>よ</u>。

□　11.3.72　「より」（格助詞）

一　接續

格助詞「より」接下列詞語之後。

(1) 體言（或體言後附副助詞而在語法上與體言相當者）。

例：漢字は仮名<u>より</u>難しいです。

(2) 副詞（或在語法上具副詞性質的詞語）。

例：今<u>より</u>ずっと昔のことであった。

(3) 活用詞之連體形。

例：海へ行く<u>より</u>山へ行きたい。

「より」起連用修飾作用，修飾後續用言時，可後接助詞「は」、「も」。

例：牛肉は豚肉<u>より</u>も値段が高いそうだ。

二　用法

格助詞「より」的用法有下述六種：

(1) 表示動作或行爲等的起點。適用於時間及空間。在現代日語的口頭語中，一般用「から」，而「より」用於較鄭重場合和書面語。

例：ただ今<u>より</u>受付を始めます。

　　この花は関西<u>より</u>北では咲かない。

表示來源、構成等的起點時，不限於時間和空間。

例：三幕よりなる芝居です。

（2）表示比較或對照的標準或所參考的事例。予以強調時可用「よりも」。此外，在口頭語中，「より」有說成「よりか」。

例：話しを聞くより実物を見たほうがよくわかるよ。

　　　この本はあの本よりおもしろい。

　　　僕のよりいいね。

　　　水銀は鉄より重い。

　　　あそこよりかここの方が静かだ。

　　　これは何よりも結構なお品です。

　　　志願者は去年よりも減る模様である。

若從兩個事例中選取其一時，「より」表示落選（未被選中）的事例。

例：当社では学歴より実力を重視します。

（3）表示一固定範圍。

例：白線より前へ出ないでください。

　　　3時より以後になるだろう。

這種用法的「より」與後續否定陳述互相呼應，對所定範圍以外之可能性，加以否定。

例：そうするより仕方がない。

　　　やめるより方法はない。

　　　新しい家ができるまでは狭くてもここで暮すより仕方が
　　　ない。

此外，亦有伴以「ほか」或「しか」同用的用例。

例：これができるのはわたしよりほかにない。

　　わたしは英語より（ほか）知りません。

　　これより（ほか）仕方がない。

　　よい大学に入るためには勉強するより（ほか）仕方があるまい。

　　時計は古いのより（しか）持っていない。

「より」可用於比較及限定（見上文第(2)及(3)項），要區分這兩種用法，可加「ほか」或「しか」，文意不變而自然者，屬第(3)項限定的用法。

(4) 表示原料或材料，與助詞「で」和「から」相若。

例：酒は米より作る。

　　これは原油より精製されたものだ。

(5) 起連體修飾作用，修飾後續體言，表示起點和範圍等。

例：社長への面会は午後2時より後がよい。

　　その話は今よりずっと昔のことであった。

　　学校は役所より東にある。

(6) 一些慣用形式。

「もとより」表示從最初開始、從前，或表示理所當然。

例：これはもとよりわたしの願っていたことです。

　　たばこはもとよりきらいです。

　　教師はもとより教えることを第一に考えなければならない。

「何より」表示某事例勝於其他事例，或以某事例為最佳、程度最甚。

例：健康は何よりです。

　　これは何よりの好物です。

　　これは何よりのご馳走です。

　　　何よりうれしいです。

　　　それは何より悲しいことです。

參考一　格助詞「より」具副詞的語法機能

　　「よりよい」、「より一層」等的「より」表示「更」和「更加」的意
思，具副詞用法，可作副詞處理。

　　例：よりよい生活を送りたい。

　　　　より一層の御発展をお祈りします。

　　　　より以上の収入がほしい。

□　11.3.73　「わ」（終助詞）

一　接續

　　終助詞「わ」接活用詞終止形之後。

　　例：あそこに田中さんがいるわ。

　　　　あの映画、見たわ。

　　「わ」不直接接體言之後。

　　例：$\begin{cases} すてきな絵だわ。（✓） \\ すてきな絵わ。（×） \end{cases}$

　　「わ」不接推測、請求、邀約和命令句子之後，但「らしい」之後
則可接「わ」。

　　例：行くらしいわ。

二　用法

　　終助詞「わ」的用法有下述四種：

　　（1）表示輕微詠歎和感動，或具下定決心或作出主意的心情，
陳述自己的意見或主張，將談話內容以輕描淡寫形式表達，具溫和

和不激烈的語氣，爲女性用語，予人有女性特有的溫柔感覺。在會
話中，句末語調上揚，書面語中可加「！」符號來表示。

例：違う<u>わ</u>。絶対違う<u>わ</u>。

あの人、すごい<u>わ</u>。

このデザイン、すてきだ<u>わ</u>。

一度でいいからアルプスに登ってみたい<u>わ</u>。

若感動或決心的心情較強，或爲了使對方留下印象，又或爲了
尋求對方共鳴或同意，或加以提點時，「わ」可後接「よ」和「ね／ね
え」，成「わよ」、「わね」和「わよね」等，則更具女性特有的溫柔親切
氣質。表示強烈感動時可說長音「わあ」。

例：そろそろ練習を始める<u>わ</u>よ。

難しい年ごろです<u>わ</u>ね。

彼女の花嫁すがた、すてきだ<u>わ</u>ねえ。

ダメだ<u>わ</u>ね。

行く<u>わ</u>よね。

きれいだ<u>わ</u>あ。

此外，亦有男性（尤其是年長者）用「わ」的例子，用於使斷定語
氣加以溫和化。

例：おれが見てやる<u>わ</u>。

この分じゃ明日は雨だ<u>わ</u>。

男性用「わ」時可後接「さ」，句末語調下降。

例：おれにだってできる<u>わ</u>さ。

(2) 表示驚訝、感慨的語氣。男性（尤其是年長者）用。句末語
調下降。這種用法有簡慢感覺，不宜對尊長用。

例：毎日まったくよく降る<u>わ</u>。

こりゃひどい<u>わ</u>。

有「わ」後接「い」，成爲「わい」的用法。

例：来た<u>わい</u>。

　　これは豪勢な邸宅だ<u>わい</u>。

　(3) 同一詞語重覆而「わ」分別接其後，表示該動作等反覆或不斷進行，又或表示驚奇、詠歎和感動等感情，語調下降。

例：庭をほると、出る<u>わ</u>、出る<u>わ</u>、大判、小判がざっくざく。

　　食べる<u>わ</u>、食べる<u>わ</u>、たちまちおかまを空にした。

　　売れる<u>わ</u>、売れる<u>わ</u>、たちまち品切れだ。

　　ぞろぞろ、ぞろぞろ出てくる<u>わ</u>、出てくる<u>わ</u>。

　　来る<u>わ</u>、来る<u>わ</u>、まるで行列だ。

　(4) 將事例逐一列舉時用。

例：殴る<u>わ</u>、蹴る<u>わ</u>の大乱闘。

　　どろぼうにはいられる<u>わ</u>、病気にかかる<u>わ</u>で、去年はさんざんな年でした。

　　こどもが生まれる<u>わ</u>、転勤になる<u>わ</u>で、てんてこまいだ。

　　這種用法可視作副助詞「は」的其中一種用法。接續助詞「の」和「と」亦有類似用法。

例：死ぬ<u>の</u>生きる<u>の</u>と大騒ぎだ。

　　ある<u>と</u>ない<u>と</u>ではおおちがえ。

□　11.3.74　「を」(格助詞)

一　接續

　　格助詞「を」接體言、具體言功能的助詞及體言後附助詞，而與一體言相當者之後。

例：　学生は図書館で本<u>を</u>読みます。

　　　自分の<u>を</u>持ってきてください。

二　用法

　　格助詞「を」的用法有下述六種：

　　(1) 表示他動詞動作、作用所及的對象，如行動、製造、授受和精神作用等的目的物。

　　例：正月には着物を着ます。

　　　　デパートでかばんを買った。

　　(2) 在自動詞的使役形式中，表示受該使役自動詞影響的主體，亦即用「を」表示被使役或被驅使的人。

　　例：子供を泣かせないようにしなさい。

　　　　おもしろいことを言ってみんなを笑わせます。

　　(3) 表示移動或往來等動作所經過的空間和場所。

　　例：町の中を川が流れている。

　　　　公園を散歩する。

　　　　鳥は空を飛ぶ。

　　此外，亦可表示經過的時間。

　　例：長い年月を經る。

　　(4) 表示動作或行為的起點、出發點、分離點，或完成某階段而離開、應在而不存在的場所或機構等(如用於表示畢業、缺席、缺課等)。

　　例：毎朝9時に家を出ます。

　　　　故郷を離れる。

　　　　終点で電車を降りる。

　　　　あの人は去年大学を卒業したはずです。

　　　　あした会社を休んではいけません。

　　　　どうして学校を休んだのですか。

　　(5) 表示方向、目標。

　　例：右を向く。

　　　　　優勝をねらってがんばる。

　　　　　すきをねらう。

　(6) 表示動作或作用之發生期間或進行期間。

　　　例：夏休みを遊んで暮した。

　　　　　昼休みを読書で過す。

參考一　格助詞「を」與其他助詞的重疊

　　格助詞「を」可接助詞「の」、「まで」和「なり」之後。

　　例：走っているのを見た。

　　　　君までを合格させる。

　　　　ペンなり鉛筆なりを貸してください。

　　助詞「は」和「も」可代替「を」。

　　例：わたしは辛いものは食べません。

　　　　フランス語も習っている。

　　「を」可後接「も」，但不後接「は」。

　　例：フランス語をも習っている。

參考二　格助詞「を」用於他動詞的句子

　　上文用法第(1)項的「を」表示他動詞所及對象，有時包括所用
的工具、材料和行為的結果。

　　　　　　臼を挽く。（工具）

　　例：｛ 麦を挽く。（材料）

　　　　　　粉を挽く。（結果）

　　上例的「麦」因動作「挽く」而遭變形，是動作的目的物（賓語、目
的語），而表示工具或行為結果可用其他助詞。

　　　　　　臼で挽く。（工具）

　　例：｛ 粉に挽く。（結果）

因此，若行爲所及對象有兩個或以上時，宜用不同的助詞，加以區別。

例：臼で麦を粉に挽く。

直接遭受變化者用「を」表示，變化結果用「に」表示，有關道具用「で」表示。

例：
$$\begin{cases}壁を塗る。\\ペンキを塗る。\end{cases}$$

$$\begin{cases}壁にペンキを塗る。\\壁をペンキで塗る。\end{cases}$$

上一句「壁にペンキを塗る」表示行爲結果留在「壁」上，而「ペンキ」爲直接遭受變化者；下一句「壁をペンキで塗る」的「壁」是表示遭受變化者，而「ペンキ」爲引起變化所用的材料，故可用「で」表示。

參考三　格助詞「を」與使役形句子

上文用法第(2)項的「を」表示被使役者，亦可以用「に」來表示。

例：
$$\begin{cases}子供を走らせる。\\子供に走らせる。\end{cases}$$

上一句含有強制和不理會被使役者的意願等含意；下一句可以含有許可和尊重被使役者的意願等含意。

有關使役形式的用法，詳見上文 10.3.2「さる/させる」。

參考四　格助詞「を」與格助詞「から」

上文用法第(4)項的「を」表示出發點，某些情況下亦可用「から」來代替。

例：
$$\begin{cases}駅を出る。\\駅から出る。\end{cases}$$

如上例所示，物理上的移動可以用「から」，而其意思不變，但抽象的用法則不能。

例：$\left\{\begin{array}{l}\text{大学}\underline{\text{を}}\text{出る。}\\\text{大学}\underline{\text{から}}\text{出る。}\end{array}\right.$

作爲大學畢業的解釋，只能用上一句；下一句只能用於表示離開場所。

索 引

- 所有標題按五十音順序排列。
- 部分標題後用〔〕表示漢字寫法，( )表示所屬品詞或主要用法。

現代日語語法詳解

定價：350元

初版中華民國八十五年八月
本出版社經行政院新聞局核准登記
登記證字號：局版臺業字1292號

著　　　者：余均灼
發　行　人：黃成業
發　行　所：鴻儒堂出版社
地　　　址：台北市中正區100開封街一段19號二樓
電　　　話：三一一三八一〇・三一二〇五六九
電話傳眞機：〇二～三六一二三三四
郵 政 劃 撥：〇一五五三〇〇～一號

本書凡有缺頁、倒裝者，請逕向本社調換